U0552831

E.M. 福斯特作品系列

天国的公共马车

E.M. 福斯特短篇小说集

Collected Stories

〔英〕E.M. 福斯特 著

裔传萍 万晓艳 译

人民文学出版社
PEOPLE'S LITERATURE PUBLISHING HOUSE

Edward Morgan Forster
Collected Stories

Simplified Chinese edition copyright © 2021 by Shanghai 99 Readers'
Culture Co., Ltd.
All rights reserved.

图书在版编目(CIP)数据

天国的公共马车：E.M.福斯特短篇小说集/(英)
E.M.福斯特著；裔传萍，万晓艳译. —北京：人民文
学出版社，2021
（E.M.福斯特作品系列）
ISBN 978-7-02-016000-6

Ⅰ. ①天… Ⅱ. ①E… ②裔… ③万… Ⅲ. ①短篇小
说-小说集-英国-现代 Ⅳ. ①I561.45

中国版本图书馆 CIP 数据核字(2019)第 300651 号

责任编辑　朱卫净　邱小群
封面设计　李　佳

出版发行　**人民文学出版社**
社　　址　**北京市朝内大街 166 号**
邮政编码　**100705**
网　　址　**http://www.rw-cn.com**

印　　制　**山东新华印务有限公司**
经　　销　**全国新华书店等**

开　　本　**890 毫米×1240 毫米　1/32**
印　　张　**6.75**
字　　数　**188 千字**
版　　次　**2021 年 4 月北京第 1 版**
印　　次　**2021 年 4 月第 1 次印刷**

书　　号　**978-7-02-016000-6**
定　　价　**42.00 元**

如有印装质量问题，请与本社图书销售中心调换。电话：010 - 65233595

总　序

英国作家爱德华·摩根·福斯特（Edward Morgan Forster，1879—1970）一向是文学界的宠儿，有关研究著述可谓汗牛充栋，所以本文首先主要从阅读的角度对这套丛书做个简单的介绍。

文学作品的直接阅读无疑非常重要。会读书的人都知道，看作品以有感为上，有所启迪更佳，可以一直读到舒心快意，能与有识者共赏古今世界文学经典之瑰丽，品味蝼蚁人类勤奋思考之精华。这套丛书所选的书目就都是福斯特的代表作，从中可见"这一位"所贡献的瑰丽与精华：长篇小说《天使不敢涉足的地方》（*Where Angels Fear to Tread*，1905），《看得见风景的房间》（*A Room with a View*，1908），《霍华德庄园》（*Howards End*，1910），《印度之行》（*A Passage to India*，1924）；文学评论《小说面面观》（*Aspects of the Novel*，1927）；《天国的公共马车：E.M. 福斯特短篇小说集》（《天国的公共马车及其他故事》[*The Celestial Omnibus and Other Stories*，1911] 和《永恒的瞬间及其他故事》[*The Eternal Moment and Other Stories*，1928] 这两部短篇小说集的合集）。作品时间跨度为从 1905 年到 1928 年，这正是福斯特的创作巅峰时期。

其实福斯特的作品不光专家喜欢研究，大众也喜欢看。这当然和影视手段的推动不无关系。这套丛书里的四部长篇小说都有电影版：《天使不敢涉足的地方》（1991），《看得见风景的房间》（1985），《霍华德庄园》（1992；另有 2017 年拍的电视剧版），《印度之行》（1984）。影视手段和大众阅读的关系严格说是互动互惠的，有读者缘，影视制作机构也就喜欢拍。文学研究关注的东西都比较深远，大众的喜好也未必浅薄，能打动人心就一定自有其道理。

福斯特的长篇小说充满了地道的英国风味，但是他并没有满足于对英国上层社会生活图景及其趣味的展示。在貌似复杂而琐碎的人物关系描写和故事情节推进中，他的重点更多的是揭示，揭示这个阶层的人在与国内外各色人等打交道的时候出现的种种问题，其中涉及人与人的关系，人与自然的关系，人与自我的关系，殖民地宗主国与殖民地人民之间各种内在的和表面化了的冲突，还有理想化生活方式与现实之间的冲突。给福斯特套什么"主义"似乎不太容易，我们只要从他的作品里看到了他笔下那个时候若干英国人的生活状态，看到了他或曲折暗示或直接表述的种种思考，也就对得起作者的苦心了。

福斯特的文论著作《小说面面观》基于他自己作为一个小说家的体验去观察小说这种文学存在，去评论小说的方方面面，早已列入文学专业的必读书目。他在书中提出的一些重要概念，如圆形人物和扁平人物、幻想小说（或奇幻小说）等小说类别、小说节奏等等，为文学理论大厦的构建做出了卓越的贡献。

这套书给了我惊艳之感的，还有福斯特的短篇小说。他长篇小说的那些特点同样表现在了他的短篇作品中。除此以外，在这些轻灵活泼、引人入胜的短篇中，对人类去向和人性发展的沉重思考，超越了现实局限、时代局限和社会局限，细想起来，的确令人震撼，却又处处不离"文学即人学""伟大的文学家必然是思想家"这些耳熟能详的文学正道。难怪文学界如此尊崇福斯特。

毋庸讳言，这类书的出版不可避免地要再次涉及两个话题，一个是读经典的意义，另一个就是重译的必要。

关于读经典，近年谈论的人比较多，笔者也在其他场合参与过讨论，重复的话就不说了。这里想强调的是：首先，经典的涵盖范围是一直在变的，新的经典不断加入，文学界的评论探究和出版界的反复出版，其实就是个大浪淘沙、沙里淘金的过程，这个过程始终没有而且也不应该中断，一百年后也是如此；其次，和创作一样，文学阅读也有代际承接的问题，新的读者不断产生，对经典作品必然有着数量和质量上不断更新的需求。即便是宗教经典那种对曲解极为警惕的作品，也存在着更新的需要，因为教徒在生长，在变动。这是生命的特征。而与时俱进是生命力的特征。更何况经典的一个本质性特点就是耐读，即经得起反复读，而且常读常新。巧的是，在对福斯特的各种评介中，印象最深的正是很多人都知道的这样一句话："爱·摩·福斯特对我来说，是唯一一位可以反复阅读其作品的还在世的小说家，每次读他的书我都有学到了东西的感受，而进入小说阅读之门以后，就很少有小说家能给我们这样的感觉了。"①

关于第二个话题，翻译界有过不少讨论。重译同样和受众的不断变化有关，其实质是，译入语语言本身的发展和译入语文化环境的改变。除此以外，还涉及译本质量的提高。版权问题插进来以后，重译要考虑的情况似乎更为复杂一些。尽管如此，不断提高译本质量仍然是敬业的译者和出版人不懈的追求。需要注意的是，文化产品和一般意义上的科技产品有一个区别，和艺术与科学的区别一样，即并非后来者就一定居上。美学追求和先来后到的顺序基本无关，全看创作者内心的呼唤及其素质加努力。文学作品的翻译也是同样。在考虑译本质量的时候，这是不能忘记的一个侧面，否则无法体现我们对无数前辈译者的尊重。

综合以上各种考虑，这套丛书在投入重译之初，我们就对参与这项工作的各位译者提出了明确的要求，希望我们能竭尽全力，以爱惜羽毛的谨慎，锻造不后悔的硬作。

我们还提出了两个需要特别注意的问题。第一个就是注意与前译的关系。为不断提高译作质量，后译对前译有所参照是难以避免的，但是我们要求，必须特别注意防止侵权。如与前译过于贴近，一般要求再改；如确有借鉴，必须予以说明。然而我们也发现，有些地方，从初译、修订到审校，经三四个人之手，最后竟然还是与某种前译撞车，这只能说是所见趋同，巧了，因为那大概的确就是最妥帖的译法。对这种情况如何看，还有待翻译界和出版界共同探讨。读者如果

---

① 原文是：E. M. Forster is for me the only living novelist who can be read again and again and who，at each reading，gives me what few novelists can give us after our first days of novel-reading，the sensation of having learned something. 见美国文学批评家莱昂内尔·特里林（Lionel Trilling，1905—1975）的《爱·摩·福斯特》（E. M. Forster，Oxford University Press，1982）一书第3页。

在这个方面发现问题，欢迎提出。

第二个需要特别注意之处，是福斯特的语言风格及其表达。语言风格的再现始终是翻译的一个难点，我们只能尽力而为。众所周知，善用反讽，表达讲究机智巧妙（有时甚至给人以卖弄聪明之感），这是英国文学中的一种传统，福斯特是这种传统的继承者和推进者，因此我们注意了尽量保留这类表达方式的多层含义。作为十九世纪末二十世纪初典型的英国绅士，虽然在用词甚至标点上也有一些自己的习惯，福斯特的语言基本上还是中规中矩的，这对翻译来说是福音，因为相对而言减少了难度。考虑到原文的时代特点，我们希望译文流畅可读，但不过度活泛现代。那个时期英语的一个特点是句子偏长，福斯特的语言也是如此，但结构也不是非常复杂。我们的把握是：对偏长的句子适当截断以便于理解，同时注意紧凑，不使其过于散乱。我们希望译作语言首先是不能给读者造成理解障碍，其次要能给读者以阅读的愉悦，此外还要让人感觉这是福斯特而不是其他人在说话。

总体来看，这套丛书其中的几本，译者认为纠正了前译中的一些错译，也就是说，我们的译本在翻译的准确程度上有所提高。细节之外，我们还尤其注意了整部作品的内在连贯，包括前后通达和风格的一致。至于美学意义上的评价，我们等待时间的检验，并且始终欢迎各种角度的批评和讨论。

衷心感谢丛书译者和出版社众多编辑的辛勤付出。

感谢爱·摩·福斯特赋予我们的文学盛宴。

杨晓荣

2020 年 11 月 16 日于南京茶亭

目录

惊魂记

一

尤斯塔斯的事业——假如可以称之为事业的话——肯定始于拉韦洛①镇外山上栗树林里的那个午后。同时我得坦言，我是个头脑简单的普通人，不会假装富有文采。尽管如此，我引以自傲的是我很会讲故事，而且从来不会夸大其词。因此，我决定客观地讲述一下八年前发生的那件非比寻常的事情。

拉韦洛是个令人愉悦的地方，有一家令人愉悦的小旅馆，我们在旅馆里遇到了几个挺有意思的人。姓罗宾逊的姐妹俩带着侄子尤斯塔斯已经在那里住了六个星期，尤斯塔斯当时是个大约十四岁的少年。桑德巴赫先生也在旅馆住了好一阵子，他曾在英格兰北部当助理牧师，由于健康欠佳被迫辞了职。在拉韦洛调养身体的时候，桑德巴赫先生承担起了教育尤斯塔斯的任务——很遗憾，尤斯塔斯当时的教育还很欠缺——努力想让他达到英国一所著名公学的要求。旅馆里还住着一位以画家自居的莱兰先生，最后就是为人友善的房东斯卡费蒂太太，以及会讲英语、为人友善的服务员埃马努埃莱。不过我讲的这件事发生的时候，埃马努埃莱到外地探望生病的父亲去了。

我和我的妻子以及两个女儿加入了这个小小的社交圈子，我自以为我们还是颇受欢迎的。虽然我非常喜欢与他们中的多数人相处，但有两位我一直看不上眼，就是画家莱兰和罗宾逊姐妹的侄子尤斯塔斯。

莱兰还只是狂妄自大，不招人待见，他的品行容我后叙，眼下暂且不表。可尤斯塔斯就完全是另一回事了：他非常令人反感，简直难以形容。

---

① 拉韦洛（Ravello）是意大利南部坎帕尼亚大区萨莱诺省的一个古镇，地处阿马尔菲海岸，为旅游胜地。

我一向喜欢男孩子，自然也很愿意跟他友好相处。我和两个女儿提议带他出门——"不去，散步太累了。"然后我又喊他过来游泳——"不行，不会游啊。"

"每个英国男孩都应该会游泳，"我说，"我来教你。"

"瞧瞧，亲爱的尤斯塔斯，"罗宾逊小姐说，"好机会啊。"

可他说他怕水！——一个男孩子，竟然害怕！——当然啦，我没再说什么。

如果他真是个勤奋用功的孩子，我或许倒不会那么介意，但他既不痛痛快快地玩，也不认认真真地学习。他最喜欢做的事就是躺在平台的安乐椅上消磨时间，或者沿着公路闲逛，驼着背，拖着脚，脚下一片尘土飞扬。可想而知，尤斯塔斯面色苍白，佝胸驼背，肌肉松软无力。两位姑姑觉得他身体孱弱，其实他真正需要的是严格管教。

那天的事太难忘了。我们所有人计划好去山上的栗树林野餐——"所有人"不包括珍妮特，她要留下来画完那幅大教堂的水彩画——要我说，她的努力并不是很成功。

我东拉西扯地说了这么多不相干的细枝末节，是因为我无法在脑海中把这些细节同那天的事分割开来；野餐时的交谈也是一样，这一切都一股脑地刻在了我的脑海里。我们用了几个小时上山，然后把我妻子和两位罗宾逊小姐骑的驴留下，大家徒步继续向山谷之巅进发——我后来才知道，那个地方的正式名称是卡罗索喷泉山谷。

在那天之前及之后，我游览过许多风景优美的地方，但几乎没有哪个地方比那里更令人心旷神怡。山谷的尽头是一片巨大的凹地，状如茶杯，许多条沟壑呈放射状从四周陡峭的小山延伸到凹地之中。山谷、沟壑以及分开沟壑的山脊都长满了郁郁葱葱的栗子树，因此整个山谷看起来就像一只有许多指头的绿色大手，掌心向上，仿佛在抽动着，要握起拳头，把我们紧紧攥住。朝山谷下方望去，我们能远远地看见拉韦洛镇和大海，不过那只是另一个世界仅有的一点迹象。

"哦，多漂亮的地方啊，"我女儿罗丝赞叹道，"画成油画该多美!"

"是啊,"桑德巴赫先生说,"欧洲许多著名的美术馆要是能在墙上挂一幅只有这风景十分之一美的画,就足可引以为豪了。"

"恰恰相反,"莱兰说,"画下来可能就糟了。说真的,这风景根本就不能入画。"

"为什么呢?"罗丝问道,她真没必要对莱兰如此尊敬。

"你们看,"他回答说,"首先,在天空的衬托下,这座山的线条太直了,直得让人受不了。需要打破线条,再加些变化。还有,从我们站的地方看,整片风景都不符合透视画法。此外,整体色彩太单调,太随意。"

"我对绘画一无所知,"我开口说道,"我也不会不懂装懂:可美不美我还是看得出来的,这里的景色就让我非常满意。"

"是啊,谁会不满意呢!"年长一点的那位罗宾逊小姐说道,桑德巴赫先生也随声附和。

"哼!"莱兰说,"你们把画家眼中的大自然跟摄影师拍照取景的大自然混为一谈了。"

可怜的罗丝随身带着相机,因此我觉得莱兰的话相当无礼。我不想弄得大家不开心,便转身走开,帮我妻子和玛丽·罗宾逊小姐把中午要吃的东西摆出来——午餐并不丰盛。

"尤斯塔斯,亲爱的,"他姑姑喊道,"过来给我们帮帮忙。"

那天早上尤斯塔斯的脾气特别乖戾。跟往常一样,他一开始就不想来,两位姑姑差点儿就同意他待在旅馆里找珍妮特的麻烦。不过我征得她们同意后,颇为尖锐地跟尤斯塔斯谈了谈体育锻炼的事;结果他人虽来了,却比平日更加寡言少语、喜怒无常。

温顺听话可不是他的强项。他总是质疑每个指令,即便执行了嘴里也会嘟嘟囔囔。我要是有个儿子,一定会要求他立刻愉快地服从命令。

"我……来了……玛丽……姑姑。"尤斯塔斯总算应了一声。他慢吞吞地砍下一截树枝做起了口哨,直到我们安排停当才走到跟前。

"好啊，好啊，先生！"我说，"你终于晃悠过来了，来享受我们的劳动成果了。"他叹了口气，因为他受不了别人的批评。玛丽小姐极不明智，不顾我一再阻拦，非要把鸡翅给他不可。记得我当时心里可是气恼了一阵子，觉得我们没有好好地享受阳光、空气和森林，反而为了一个被宠坏的孩子该吃什么在瞎吵吵。

不过午餐之后，尤斯塔斯就没那么碍眼了。他缩到一棵树旁，开始剥口哨上的树皮。我见他好不容易找了点事做，颇感欣慰。我们半坐半躺地歇着，享受了一段"无所事事的美好时光"①。

跟我们北方粗壮的栗子树相比，欧洲南方的甜栗树就像娇弱的少年。但是这些树覆盖着群山与谷地的轮廓，连绵不绝，赏心悦目，这片帷幕只有两处开了口子，那是砍树留下的两块空地，我们就坐在其中的一块空地上。

就因为砍掉了这几棵树，莱兰突然开始为这点鸡毛蒜皮的事指责起山林的主人来。

"大自然的诗意全没了，"他大声说，"湖泊和沼泽抽干了，海面圈起来了，森林砍掉了。到处都看到荒蛮在蔓延。"

我在私人地产方面有些经验，于是解释说适当砍伐是必须的，有益于大树的健康生长。再说，不让山林的主人从自己的土地上获益，这样也不合情理。

"如果你考虑的是景观的商业价值，那么山林主人的做法也许会让你感到高兴。可是对我而言，一想到树木可以变成金钱，就觉得十分厌恶。"

"我觉得，没有理由因为大自然的馈赠有价值而鄙视这些东西。"我谦和地回答。

这话也没能让他闭嘴。"那并不重要，"他继续说道，"我们全都是粗俗透顶的人，粗俗得无可救药。我自己也不例外。就因为我们，

---

① 原文为意大利语。

海中女仙涅瑞伊得斯①都离开了海洋，山岳女神俄瑞阿得斯②都逃离了山岗，森林也不再给潘神③遮风挡雨，这是我们的耻辱。"

"潘神!"桑德巴赫先生喊道，他柔和的声音响彻山谷，仿佛那是一座宏伟的绿色教堂，"潘神死了。所以森林才不再替他遮风挡雨。"然后他讲述了一个令人惊奇的故事：耶稣诞生的时候，在海岸附近航行的水手听见一个洪亮的声音连喊了三遍："伟大的潘神死了。"

"是啊。伟大的潘神死了。"莱兰说。他沉溺在虚幻的悲痛之中，有艺术家气质的人就喜欢这样。他的雪茄灭了，只好找我要火柴。

"真有意思，"罗丝说，"我要是也懂一点古代史就好了。"

"古代史不值得你关注，"桑德巴赫先生说，"对吧，尤斯塔斯?"

尤斯塔斯正在打磨他的口哨。他抬头看了看，不耐烦地皱起眉头，没有回答。他那两个姑姑总是由着他动不动就皱眉头。

大家转而聊起了其他各种话题，后来交谈渐渐地停歇了。那是五月间的一个午后，天气晴和，万里无云，栗树淡绿的嫩叶与湛蓝的天空相映成趣，美不可言。为了观景，我们都坐在林间空地的边缘，身后的小栗树显然不足以提供遮阳的绿荫。万籁渐息——至少我是这么说的；罗宾逊小姐则说，鸟儿的喧闹是她最先察觉到的躁动迹象。所有的声音都渐渐平息了，只有一个例外，我能听到远处一株巨大的栗树摇晃时两根树枝发出的摩擦声。摩擦声越来越短促，最后也平息了。我俯瞰着那些绿色手指汇成的山谷，一切都纹丝不动，毫无声息；一种悬而未决的感觉悄然袭上我的心头，在大自然静穆无声的时候，人们常常会有这种感觉。

突然，尤斯塔斯撕心裂肺的哨声把所有人吓了一大跳，好像触电了一样。我从来没听过哪种乐器会发出如此刺耳、如此嘈杂的噪声。

"尤斯塔斯，亲爱的，"玛丽·罗宾逊小姐说，"你应该体恤一下

---

① 涅瑞伊得斯（Nereids）是希腊神话中的海中众女仙。
② 俄瑞阿得斯（Oreads）是希腊神话中的山岳神女。
③ 潘神（Pan）是希腊神话中的牧神，掌管牧羊、山林乡野，爱好音乐，是创造力、音乐、诗歌与性爱的象征，同时也是恐慌与噩梦的标志。

你可怜的朱莉亚姑姑，这声音炸得她脑壳疼。"

莱兰刚才显然睡着了，他猛地坐了起来。

"一个男孩子，竟然对振奋精神或者赏心悦目的东西视而不见，太令人惊讶了，"他说，"我真没想到，他在野外竟然能想出这种法子来败坏我们的兴致。"

随后可怕的寂静再次降临。当时我站了起来，看着一股猫掌风①从对面山脊吹下，风过之处，浅绿翻滚成墨绿。我凭空生出了一种不祥之感，便转过身去，却惊异地发现其他人都站了起来，也在看着那股风。

接下来发生的一切，根本无法条理清晰地描述；但是就我而言，我并不羞于承认当时的感受：尽管我头上是清澄的蓝天，脚下是春天青翠的树林，周围是最友善的朋友，我仍然不由自主地感到恐惧，那是一种我绝不愿意再次经历的恐惧，一种我在此之前或从此以后都从未体验过的恐惧。我也从其他人的眼睛里看到了一种茫然而呆滞的恐惧。他们的嘴在动，却发不出声音，手在摆，却做不出手势。然而，我们周围林木葳蕤，景色优美，一派平和；一切都静止不动，除了那股猫掌风，现在它已经吹上了我们站立的山脊。

我们一直都没搞清谁是第一个跑的。我只能说，刹那间我们全都开始撒腿往山下狂奔。莱兰冲在最前面，后面跟着桑德巴赫先生，随后是我妻子。不过我只看到了瞬间的情形；因为我跑过了那一小片林间空地，穿过树林，跳过灌木丛和岩石，越过干涸的河床，冲下了山谷。我跑的时候天可能是昏暗的，树木成了草地，山坡成了平坦的路；因为我什么都看不见，什么都听不见，什么都感觉不到，我所有的感性和理性渠道都堵住了。那并不是其他情况下人们所知道的那种精神上的恐惧，而是蛮横霸道的肉体上的恐惧，让你双耳堵塞，双目蒙蔽，口中充满恶臭。恐惧过后，留下的是一种不同寻常的屈辱感：因为我害怕了，不是像人那样害怕，而是像野兽那样害怕。

---

① 小区域的微风。

二

我无法描述我们开始的情形，也同样无法描述我们结束的情形；因为我们的恐惧就像先前莫名其妙地降临一样，又莫名其妙地消失了。突然间，我又能看见了，能听到声音了，能咳嗽了，能清嗓子了。我回头一看，发现其他人也停了下来；不一会儿我们就聚到了一起，但是过了很久才能张口，又过了很久才敢说话。

大家的伤都不严重。我可怜的妻子崴了脚，莱兰在树干上蹭掉了一个指甲，我自己则是擦伤了耳朵。我刚才一点感觉都没有，停下来才发现。

我们都默不作声，面面相觑。突然，玛丽·罗宾逊小姐发出了一声可怕的尖叫，"老天啊！尤斯塔斯呢？"要不是桑德巴赫先生一把扶住她，她肯定会瘫倒在地。

"我们得回去，我们得马上回去，"我女儿罗丝说，这群人里还数她最镇定了，"不过我希望——我觉得他没事。"

莱兰完全是个懦夫，竟然表示反对。不过他发现自己是少数，又害怕落单，只得让步。罗丝和我扶着我那可怜的妻子，桑德巴赫先生和罗宾逊小姐搀着玛丽小姐，大家慢慢往回走，全都默不作声。刚才我们从这条路跑下来只花了十分钟，走上去却足足花了四十分钟。

我们的对话自然是有一搭没一搭的，因为谁都不想对刚才发生的事情发表意见。罗丝的话最多，她说她刚才差点儿就待在原地了，这话把大家都吓了一跳。

"你是说当时你没有——你没觉得不跑不行了吗？"桑德巴赫先生问。

"哦，当然了，我确实很害怕……"她是第一个用了"害怕"这个词的人，"可不知怎么我觉得如果留下来情形会很不一样，好像我根本就不该害怕。"罗丝从来都表达不清楚自己的意思，不过她还是很了不起的，她在我们当中年纪最小，在刚才那个可怕的时刻，她竟然坚持了那么久。

"要不是看见妈妈跑了，我真觉得我应该留在原地不动。"她继续说。

罗丝的感受稍稍缓解了一点我们对尤斯塔斯的担心。但是可怕的不祥之感依然萦绕在我们心头，我们吃力地爬上栗树覆盖的山坡，往那片林中空地走去。到了那儿，大家才七嘴八舌地开始说话。空地的那一头放着我们吃剩的午餐，尤斯塔斯仰面躺在旁边不远的地方，一动也不动。

我还算镇定，立即喊道："嗨，你这个小猴子！快蹦起来！"但是他没有回答；他那两位可怜的姑姑跟他说话，他还是不搭理。大家朝他走去的时候，我看见一只绿色的蜥蜴 ① 从他衬衣袖口下面窜了出来，不禁感到一阵说不出来的恐惧。

我们站在那儿看着他，他躺着，一声不出，我的耳朵开始刺痛，预感到恸哭和眼泪即将迸发。

玛丽小姐跪在尤斯塔斯身边，抚摸着他的手，那只痉挛的手和长长的草缠在了一起。

就在此时，他睁开眼睛，笑了。

从那以后，我就经常看见他这种很特别的笑容，在他本人的脸上，还有他的照片上，现在他的照片都开始出现在带插图的报纸上了。可是在此之前，尤斯塔斯的脸上总是一副烦躁的神情，时常不满地皱着眉头；我们都很不习惯他这种令人不安的微笑，好像总是没什么来由他就这样笑了。

两位姑姑一个劲地亲吻他，他却没有回应，于是令人尴尬的冷场出现了。尤斯塔斯看上去是那么自然，那么泰然自若；可要是没有过惊心动魄的经历，他理应对我们异乎寻常的行为十分震惊才对。我妻子向来机智，她尽量做出一副若无其事的样子。

"哎，尤斯塔斯先生，"她说着坐了下来，好歇歇脚，"我们不在的时候，你自己玩得怎么样啊？"

---

① 蜥蜴在罗马神话中是死亡与复活的象征，早期基督教则认为蜥蜴与恶魔、邪恶有关。

"谢谢你，泰特勒太太，我一直都很开心。"

"你到哪儿去了？"

"就在这儿。"

"就一直躺在这儿吗，大懒包？"

"不是啊，没有一直躺着。"

"那刚才你干吗呢？"

"呃，要么站着，要么坐着。"

"站着、坐着，什么都没干！你不知道那首诗吗？'撒旦依然会找麻烦事，给……'①"

"噢，亲爱的夫人，别说了！别说了！"桑德巴赫先生打断了她。我妻子自然觉得尴尬，于是不再言语，走开了。我惊讶地看见罗丝随即来到我妻子刚才的位置上，用手指梳理着男孩乱蓬蓬的头发，比平常表现得更加随意大方。

"尤斯塔斯，尤斯塔斯！"她急切地说，"告诉我怎么回事——详细说说。"

尤斯塔斯慢慢地坐起来——原先他一直仰面躺着。

"哦，罗丝……"他低声说。这激起了我的好奇心，我凑近些想听清他的话。恰在此时，我一眼看到树下潮湿的泥地上有几个山羊蹄印。

"看得出来，有几只羊来拜访你了，"我说，"我倒不知道羊会在这儿吃草。"

尤斯塔斯吃力地站起身，走过来察看；一看见那些蹄印，他便躺到蹄印上打起滚来，就像狗在泥里打滚似的。

随之而来的是一片死寂，终于打破沉默的是桑德巴赫先生几句很严肃的话。

"我亲爱的朋友们，"他说，"最好的做法是勇敢地说出真相。我

---

① 引自英国诗人、圣歌作者以撒·华兹（Isaac Watts，1674—1748）的诗歌《警惕懒散与顽皮》（Against Idleness and Mischief），原句为："因为撒旦依然会找麻烦事，给懒散的人做。"

知道，我所要说的正是此刻大家心里的感受。恶魔撒旦已经在我们身边现形了。假以时日，我们就会发现他对我们造成的伤害。但是眼下，就我自己而言，我无论如何都想感谢上帝仁慈的拯救。"

他说完就跪下了，其他人跟着跪下，我也跪了下来，尽管我并不相信上帝会允许恶魔现形攻击我们，事后我把这个看法告诉了桑德巴赫先生。尤斯塔斯也过来了，按照两个姑姑的招手示意安安静静地跪在她俩之间。但是祈祷一结束，他立即站起身，开始寻找什么东西。

"怎么回事！谁把我的口哨劈成两半了。"他说。（我看见刚才莱兰手里拿着一把打开的折刀——这是一种迷信的做法，我几乎无法认同。）

"算了，没关系。"尤斯塔斯接着说。

"为什么没关系？"桑德巴赫先生问，他一直在套尤斯塔斯的话，想让他说出在那神秘的一个小时里究竟发生了什么事。

"因为我不想要这个口哨了。"

"为什么？"

听到这话，他笑了笑。大家似乎都无话可说了，于是我尽可能快地穿过树林，牵来一头毛驴，让我可怜的妻子骑着回去。我不在的那会儿倒是平安无事，只是罗丝又追问起来，想让尤斯塔斯告诉她刚才发生了什么事。这次尤斯塔斯扭过头，根本没搭理她。

我一回来，大家就出发了。尤斯塔斯走得很费劲，像是在忍着疼痛，所以到了另外几头驴子跟前，两位姑姑想让他坐到驴背上去，一路骑回家。我原则上绝对不会干涉别家亲戚的事，但这一次我坚决反对。结果证明我的意见非常正确，因为我觉得走这段路对他身体很有好处，让他凝滞的血流顺畅起来，僵硬的肌肉也松弛了。他平生第一次像个男子汉一样迈开大步，昂起头，深深地呼吸着空气。我满意地对玛丽·罗宾逊小姐说，尤斯塔斯总算是为自己的外表有几分自豪了。

桑德巴赫先生叹了口气说，要好好观察尤斯塔斯才是，因为到现在我们谁也不知道他到底是怎么了。在他的影响之下——我觉得这种影响有点过头了——玛丽·罗宾逊小姐也叹了一口气。

"好了，好了，罗宾逊小姐，"我说，"尤斯塔斯一点问题也没有。是我们经历了匪夷所思的事，不是他。他看到我们突然离开感到很诧异，所以我们回来的时候他的举止才那么奇怪。他正常得很——说不定还进步了呢。"

"崇尚体育，痴迷没头脑的活动，这算是进步？"莱兰插了一句，他瞪大眼睛盯着尤斯塔斯，神色忧伤。尤斯塔斯这时停下了脚步，费力地爬到一块岩石上去摘仙客来花。"狂热地掠夺大自然硕果仅存的美好事物，这也算进步？"

回答这话纯属浪费时间，况且说话的还是个落魄的艺术家，正饱受手指伤残之痛呢。我转移了话题，问大家回到旅馆后该怎么说。经过一番讨论，大家达成了共识：无论是在旅馆还是给家人写信，都绝口不提此事。我的意见是：喋喋不休地讲述真相，只会让听的人疑惑不安，不是好事。经过漫长的劝说，我总算让桑德巴赫先生接受了我的观点。

尤斯塔斯没有参与我们的谈话。他在右边的林子里四处奔跑，像个真正的男孩子。一种奇怪的羞愧感使我们不敢公开向他提及我们的恐惧。说实在的，我们似乎有理由断定，那件事没给他带来什么影响。所以后来我们看到他抱着一大捧绽放的莨菪花蹦蹦跳跳地跑回来，嘴里喊着："你们说，咱们回去的时候詹纳罗会在吗？"大家都觉得很不安。

詹纳罗是旅馆从米诺利镇找来的渔家青年，笨手笨脚，鲁莽无礼，临时顶替那位会讲英语、为人友善的服务员埃马努埃莱。正是拜詹纳罗所赐，我们的午饭才那么寒酸；我想象不出尤斯塔斯为什么想见他，该不是要在他面前嘲笑我们的举止吧。

"会啊，他当然会在，"罗宾逊小姐说，"你干吗问这个，亲爱的？"

"噢，我觉得挺想见他的。"

"为什么？"桑德巴赫先生厉声问道。

"因为，因为我想见，就是想见嘛；因为……因为我想见。"他踩着这几句话的节奏跳起了舞，一直跳进了越来越幽暗的树林里。

"这可真是太不寻常了，"桑德巴赫先生说，"他原来就喜欢詹纳罗吗？"

"詹纳罗才来两天，"罗丝答道，"据我所知，他们就没说过几次话。"

尤斯塔斯每次从树林里出来情绪都愈发高涨。有一次他像个印第安人似的呐喊着朝我们冲过来，还有一次他装成了狗的样子。最后一次他带回来一只可怜的野兔，那兔子给吓呆了，趴在他胳膊上一动不敢动。我觉得尤斯塔斯闹腾得有点过分了，最后大家都很高兴离开那片树林，踏上陡峭的台阶，沿着小路朝山下的拉韦洛镇走去。天色已晚，四周越来越暗，我们尽量加快脚步，尤斯塔斯像只山羊似的跑在我们前面。

就在小路与白色的公路交汇之处，这个不寻常的日子里又发生了一件不寻常的事。有三个老妇人站在公路旁。她们跟我们一样，也是从树林里走下来的，身上还背着沉重的柴火，此刻正把柴火捆靠在低矮的马路栏杆上休息。尤斯塔斯在她们面前停下，思忖片刻便走上前去，然后……亲吻了左边那个老妇人的脸颊！

"好家伙！"桑德巴赫先生惊呼，"你疯了吗？"

尤斯塔斯什么都没说，只是给了那个老妇人几枝花，就匆匆往前走了。我回头看了看，那个老妇人的同伴也跟我们一样，对尤斯塔斯的举动惊诧不已。不过那个老妇人却把花抱在胸前，喃喃地说着祝福的话。

尤斯塔斯向老妇人致意的举动是他怪异行为的第一个例证，我们既惊讶又害怕。跟他说话根本没用，因为他要么就回你几句蠢话，要么就压根儿不搭理你，蹦蹦跳跳地跑开了。

回旅馆的路上他没再提起詹纳罗，我希望他把这事给忘了。可是我们走到大教堂前面的广场上的时候，他一边扯着嗓子高喊"詹纳罗！詹纳罗！"，一边跑进了通向旅馆的那条小巷子。不出所料，詹纳罗就在巷子那头，他穿着那位会说英语的彬彬有礼的小个子服务员的制服，胳膊和腿都露着一截，头上还扣着一顶脏兮兮的渔夫帽。可怜的房东太太真没说错，无论她怎么严格地监督詹纳罗的着装，他总有法子在遵命拾掇整齐之前加进一点不协调的东西。

尤斯塔斯连蹦带跳地迎向詹纳罗，径直扑进他的怀里，伸出胳膊搂住了他的脖子。当时在场的不光是我们，还有房东太太、清洁女工、行李搬运工和两位在这家旅馆小住几日的美国女士。

我向来十分注意对意大利人要和和气气，无论他们有多么不值得我这样做；可如此随意亲密的习惯是绝对不能容忍的，只会发展成对所有人都亲昵，让所有人都难堪。我把罗宾逊小姐拉到一旁，请她允许我跟尤斯塔斯严肃地谈谈，教教他该怎么跟社会地位低下的人交往。她同意了。不过我决定等一等再说，让这个激动了一天的荒唐孩子先冷静冷静。说话间，詹纳罗没去关心两位新来的美国女士有什么需要，而是把尤斯塔斯抱进了旅馆，好像这才是世上最自然不过的事。

"Ho capito。"詹纳罗从我身边经过的时候，我听见他说了这么一句。"Ho capito"在意大利语里的意思是"我懂了"，可是尤斯塔斯并没有跟他说什么，所以我不明白这话到底是什么意思。这个情况让我们愈发困惑，等我们终于在晚餐桌前落座，我们的想象力和舌头都精疲力竭了。

我对此事的讲述略去了大家的种种议论，因为其中似乎很少值得一记。不过有三四个小时的时间吧，我们七个人尽情倾诉各自的困惑，不停地发出得体或不得体的感叹。有人追根溯源，认为我们下午的行为与尤斯塔斯现在的行为存在着关联。有人则认为没有任何关联。桑德巴赫先生仍然坚持认为受恶魔影响这回事是有可能的，还说尤斯塔斯必须去看医生。莱兰只看到"那个粗俗得让人说不出口的孩子"有什么发展趋向。让我意外的是，罗丝仍然觉得一切都可以原谅。我却渐渐明白了，这位小少爷需要好好地用鞭子抽一顿。可怜的罗宾逊姐妹不知所措，在不同的观点之间摇摆不定；她们一会儿同意对尤斯塔斯严加管束，一会儿倾向于对他的行为听之任之，一会儿赞同对他进行体罚，一会儿又答应给他吃点以罗果子盐①。

晚餐平安无事，只是尤斯塔斯毛躁得坐不住。詹纳罗则像往常一样，掉了刀子掉勺子，咳嗽完了清嗓子。詹纳罗只会说几个英语单词，所以我们只得说起了意大利语，好让他明白我们需要什么。尤斯塔斯不知怎么学会了一点意大利语，他说想要几个橘子。让我恼火的是，詹纳罗回答时用了第二人称单数形式，那是跟亲近的平辈说话时才能用的。这是尤斯塔斯自找的，可这种不礼貌的用语对我们所有人都是一种冒犯，因此我决定说出来，而且马上就说。

我听见詹纳罗在收拾桌子，便走了进去。我费劲地调动起我的意大利语，确切地说应该是那不勒斯语（意大利南部方言可真糟糕），对他说道："詹纳罗！我听到你称呼尤斯塔斯先生时用了'你'。"

"是的。"

"你这么做不对。你必须用'他'或'您'——要用敬称。你要记住，尤斯塔斯先生有时候是挺傻挺笨的——比方说今天下午——但是你必须永远尊重他，因为他是一位英国的年轻绅士，而你是个意大利的穷渔夫。"

我知道这话听起来很势利，但是用意大利语可以说出你用英语做梦也不会说的话。况且对那个阶层的人说话根本用不着客气。你必须直言不讳，否则他们就会恶意曲解你的话，还以此为乐。

性子耿直的英国渔夫要是听到这样的话，早就一拳揍在我眼睛上了，但这帮低贱的意大利穷鬼毫无自尊。詹纳罗只是叹了口气，说道："是这么回事。"

"就是这么回事。"我说道，转身要走。可气的是，我听到他又接着说："可有的时候这一点并不重要。"

"你什么意思？"我喊道。

他走到我跟前，用几个手指做出吓人的手势。

①　一种有助于缓解消化不良的饮料，也可以用于夏天消暑。

"泰特勒先生，我想说的是这个：如果尤斯塔斯让我叫他'您'，我就叫他'您'，不然的话，我就不叫。"

说完他端起一托盘用完的餐具跑出了屋子，我听见又有两只酒杯掉在院子的地面上摔碎了。

我怒火中烧，大步流星地去找尤斯塔斯说话，可他已经上床睡觉了；我还想跟房东太太谈谈，她却正忙着。我们又胡乱猜疑了一会儿，当着珍妮特和两位美国女士的面，只能含糊其词地简单说几句，然后也就都上床休息去了，这一天可真是纷乱不堪，太不寻常啦。

三

可是和那天夜里的事相比，白天的事又不算什么了。

估计睡了大约四个小时吧，我突然醒了，觉得花园里好像有响声。刹那之间，我还没睁开眼睛，令人心惊胆颤的恐惧就攫住了我——不是为正在发生的事而恐惧，就像我们在树林里经历的那样，而是为可能发生的事而害怕。

我们的房间在二楼，窗口正对着花园——或者称露台：那是一块楔形的地，长满了玫瑰与藤蔓，中间有几条交错的柏油小路。房子围着花园较窄的一边，两条长边是围墙；围墙虽然仅仅比露台高出三英尺，却比外面山下的橄榄园足足高出二十多英尺，因为山势很陡峭。

我浑身发抖，悄悄地挪到窗前。只见一个白花花的东西在柏油小路上啪嗒啪嗒地徘徊。我惊恐万分，眼睛都看不清楚了；在朦胧的星光下，那个东西不停地变幻着稀奇古怪的形状，一会儿是条大狗，一会儿是个白色的巨型蝙蝠，一会儿又是一团飞驰的云。这东西要么像球一样跳来跳去，要么像鸟儿一样飞飞停停，要么像幽灵一样缓缓飘移。没有别的声音，只有啪哒啪哒的响声，怎么听那也是人的脚步声。终于，我混沌的脑海中出现了一个清晰的解释，我意识到尤斯塔斯已经起床，我们又要经历什么怪事了。

我赶紧穿好衣服，下楼来到餐厅，从那儿出去就是露台。门闩已经打开了。我的恐惧差不多已经完全消失，但是足足有五分钟时间，我都在竭力摆脱一种奇怪的怯懦感，这种感觉让我不要去干涉那个可怜的怪孩子，而是任由他继续诡异地跑来跑去，只是在窗口观察他，不要让他受到伤害就好。

然而做善事的冲动还是占了上风，我拉开门喊道："尤斯塔斯！你到底在干什么呀？赶快进来！"

他停下古怪的举动说："我讨厌我的卧室。我在那儿待不下去，地方太小啦。"

"好啦，好啦！装腔作势我看够啦。你以前可从来没说过这话啊。"

"还有呢，我那儿什么也看不见——看不见花，看不见树叶，看不见天空：只能看见一面石头墙。"尤斯塔斯房间窗外能看到的景色确实有限，但正如我所说，他以前从来没抱怨过这个。

"尤斯塔斯，你说话像个小孩子。进来！请你马上照办。"

他没有动。

"那好，我会把你揪进来。"我又说道，还朝他走了几步。不过我很快意识到，在纵横交错的柏油小路上追这小子根本没用，于是就进屋去请桑德巴赫先生和莱兰帮忙。

我和他们两个回到花园的时候，尤斯塔斯的情形更糟了。我们跟他说话，他不理不睬，反而开始唱歌，还自言自语地唠叨起来，样子非常吓人。

"这得找医生来看了。"桑德巴赫先生说着，面色阴沉地用手指敲了敲自己的额头。

尤斯塔斯不再跑了，他唱了起来，起先声音很低，后来就是大声唱了，唱钢琴五指练习曲、音阶、赞美诗的曲子、瓦格纳歌剧的片断，想到什么唱什么。他的歌声——荒腔走板的歌声——越来越响，最后以一声大叫告终，那叫声像枪响一样在山间回荡，把旅馆里还在酣睡的人全都吵醒了。我可怜的妻子和两个女儿出现在各自房间的窗前，我还听见那两位美国女士在拼命地摇铃。

"尤斯塔斯，"我们都在喊，"别叫了！别叫了，亲爱的孩子，快进来吧。"

他摇摇头，又开始了——这次是开口说话。我从来没听过如此不同寻常的话。换了任何时候，这些话都会显得荒唐可笑，因为这么个小孩子，根本不懂美感，话都说不好，还想谈论世间最伟大的诗人都几乎无力表达的主题。尤斯塔斯·罗宾逊，十四岁，穿着睡衣站在那里，向大自然的种种伟大力量和各种表现致以敬意，表达赞美和祝福。

他首先说到头顶的夜空和星辰，说到他脚下成群的萤火虫，说到萤火虫下面看不见的大海，说到巨大的礁石，那上面覆盖着海葵和贝类，都在那看不见的海中沉睡着。他说到河流和瀑布，说到一串串正在成熟的葡萄，说到维苏威火山冒着烟的火山口以及藏在暗处造成这些烟雾的熔岩流，说到在闷热的土地裂缝中蜷缩着成堆的蜥蜴，说到白玫瑰花瓣一阵阵飘落到他头上，和他的头发搅在一起。然后他又说到改变了万物的雨和风，给万物带来生命的空气，还有隐藏了万物的树林。

当然，这一切完全是荒诞不经、自以为是的炫耀，但是听到莱兰大声评论说这是"一幅极其拙劣的讽刺画，画的可是生命中最崇高、最美丽的事物啊"，我还是恨不得踹他一脚。

"还有……"尤斯塔斯还在继续说着，说的像是拙劣的顺口溜，他只会用这种方式表达，"还有人，不过我对他们不很理解。"他在矮墙边跪下，头枕在自己的两只胳膊上。

"现在正好。"莱兰低声说。我讨厌偷袭，可还是跟他们一起扑了上去，想从背后抓住他。他转眼之间就躲开了，不过又立即转过身来看着我们。借着星光，我看见他在哭。莱兰又朝他跑过去，我们竭力想在几条柏油小路上堵住他，却毫无成效。

我们喘着粗气，悻悻然转身往回走，任由他自己在露台远处的角落里发疯。这时我女儿罗丝忽发奇想。

"爸爸，"她在窗口叫道，"你要是能把詹纳罗找来，他说不定可以帮你把他抓住。"

我根本不想请詹纳罗帮什么忙。不过此时房东太太已经来到现场，我就请她去把睡在柴棚里的詹纳罗喊来，看看他有什么办法。

房东太太很快回来了，不一会儿詹纳罗也跟了过来，身上套着件燕尾服，里面既没有西服马甲，也没有衬衫或者西服背心，下面是一条用裤子改的破东西，裤腿剪短到膝盖上面，好方便蹚水。房东太太已经学会了英国人的作风，她斥责詹纳罗这身打扮很不合适，简直是不成体统。

"我穿了外衣，也穿了裤子，你还想怎么样？"

"没关系，斯卡费蒂太太，"我插了一句，"这里没有女士，一点也不碍事。"然后我转过身对詹纳罗说："尤斯塔斯先生的两位姑姑希望你把他带回屋里来。"

他没有答话。

"你听见我的话了吗？他身体不好，我命令你把他带回屋里来。"

"去啊！去啊！"斯卡费蒂太太一边说，一边抓住他的胳膊使劲摇晃。

"尤斯塔齐奥 ① 在那里挺好的。"

"快去！快去！"斯卡费蒂太太尖叫着，迸出了一串意大利语，幸而我大部分都听不懂。我紧张地抬头瞟了一眼两个女儿的窗口，可她们听懂的还没我多，谢天谢地，詹纳罗的回话我们一个字都没听懂。

詹纳罗和房东太太连吼带叫，吵了足足十分钟，最后詹纳罗跑回他的柴棚，斯卡费蒂太太忍不住哭了起来，这是情理之中的事，因为她非常看重她的英国客人。

"他说，"她抽泣着，"尤斯塔斯先生待在那里挺好的，他不愿意把他弄进来。我没办法了。"

但是我有办法，因为我凭借自己愚蠢的英国方式，对意大利人的性格还算有几分了解。我跟在詹纳罗先生后面走到他的休憩处，看见他正扭着身子往一只脏麻袋上面躺下去。

我开口说："我想让你把尤斯塔斯先生带到我这儿来。"

---

① 意大利语的"尤斯塔斯"。

他生气地甩给我一句我听不懂的话。

"你把他带过来，我就给你这个。"我从口袋里掏出一张崭新的十里拉钞票。

这次他没有回答。

"这张钞票值十里拉银币。"我接着说，因为我知道意大利穷小子想象不出一笔大的数目。

"我认得这个。"

"也就是说，相当于两百个索尔多铜币。"

"我不想要。尤斯塔齐奥是我的朋友。"

我把钞票装进口袋。

"而且，你根本就不会给我。"

"我是英国人。英国人一向说话算话。"

"这倒是真的。"一个最不诚实的民族竟然如此相信我们，真令人诧异。说实话，他们对我们的信任往往比我们相互之间的信任还要充分。詹纳罗在麻袋上跪坐起来。夜色太黑，我看不清他的脸，但是我能感觉到他呼出的一阵阵带着蒜味的温暖气息，而且我知道南欧人无休止的贪婪已经把他控制住了。

"我不能把尤斯塔齐奥带到屋子里去，他会死在那儿的。"

"你不必那么干，"我耐心地回答说，"你只要把他带到我这儿来就行了；我会站在室外，在花园里。"这么一说，这个可怜的年轻人就同意了，好像这样做就完全不同了似的。

"不过你得先把那十里拉给我。"

"不行。"因为我了解我不得不与之打交道的这种人。一次失信，等于永远失信。

我们回到露台。詹纳罗一言不发，啪哒啪哒地往露台尽头发出啪哒啪哒声音的地方走去。桑德巴赫先生、莱兰和我走到离屋子稍远些的地方，站在攀援而上的白玫瑰花阴影里，不仔细看是看不见我们的。

我们听到了叫"尤斯塔齐奥"的声音，然后听见那个可怜的孩子发出古怪的欢叫。啪哒啪哒的声音停住了，我们听见两个人在交谈。他们说话的声音越来越近，不一会儿我就透过藤蔓认出了那个年轻人怪异的身影和那个穿着白色睡袍的瘦小男孩。詹纳罗一只胳膊搂着尤斯塔斯的脖子，尤斯塔斯在不停地用流利而随意的意大利语说话。

"我差不多全明白了，"我听见他说，"树木、山脉、星辰、河流，我全都能看见。可是真怪啊！我对人却是一点都看不明白。你懂我的意思吗？"

"我懂了 ①。"詹纳罗面色阴沉地说着，松开了搂着尤斯塔斯的胳膊。不过这时我把口袋里的新钞票捏得哗啦一响，詹纳罗听见了。他猛地伸出手，毫无防备之心的尤斯塔斯却一把抓住了他的手。

"真奇怪！"尤斯塔斯继续说——他们现在离我们已经很近了，"简直就像……就像……"

我猛地冲出去，抓住尤斯塔斯的一只胳膊，莱兰抓住他另一只胳膊，桑德巴赫先生牢牢抓住他的双脚。尤斯塔斯发出撕心裂肺的尖叫，我们连拖带拽把他往屋里抬，那年过早凋谢的白玫瑰花一团一团地撒在他身上。

我们一进到房子里面，他就不叫了，但是泪水无声地流淌下来，挂满了他仰起的脸颊。

"别去我的房间，"他哀求道，"那个房间太小啦。"

他极度哀伤的神色让我生出了奇怪的怜悯之情，可我又能怎么办呢？况且旅馆里只有他那一间卧室的窗户装着护栏。

"没关系，亲爱的孩子，"好心的桑德巴赫先生说，"我会陪着你，一直到早晨。"

听到这话，他又开始猛烈挣扎。"哦，求你了，别陪我。怎么都行，就是别陪我。只要你们让我一个人待着，我保证乖乖躺着，尽量不哭。"

于是我们把他放到床上，拉过被单给他盖好，然后就走了，他还

---

① 原文为意大利文。

在一边大声抽泣一边念叨："我刚才差不多什么都看见了，现在什么都看不见了。"

我们把情况一五一十地告诉了罗宾逊姐妹，然后回到餐厅，发现斯卡费蒂太太和詹纳罗在那里窃窃私语。桑德巴赫先生拿来纸笔，开始给那不勒斯的英国医生写信。我当即掏出那张钞票，扔在桌上给詹纳罗。

"这是你的报酬。"我板着脸说道，心里想的是那"三十枚银币"的故事 ①。

"谢谢你，先生！"詹纳罗说着抓起了钞票。

他正要走，莱兰突然问他，尤斯塔斯刚才说"对人却是一点都看不明白"是什么意思。莱兰总是对该关注的事兴味索然，对不该上心的事却关心备至。

"我说不上来。尤斯塔齐奥先生……"（我很高兴地注意到他终于表现出了一点尊重）"他头脑很敏锐。他明白很多事情。"

"可我听见你说你明白。"莱兰不放过他。

"我是明白，可我说不清楚。我是个意大利的穷渔夫嘛。不过你们听着：我来试试看解释一下。"我惊恐地注意到詹纳罗的态度在改变，就想阻止他。可他坐到桌子边上就说开了，说的话完全语无伦次。

"真叫人难过，"他最后说道，"刚才的事太让人难过了。可我有什么办法？我穷啊。又不是我让他这样的。"

我鄙夷地转过脸去。莱兰还在追问。他想知道尤斯塔斯那句话说的到底是谁。

"很简单嘛，"詹纳罗面色严肃地回答说，"他说的是你，是我，是这座房子里所有的人，还有房子外面的许多人。如果他想要的是开心，我们就是在扫他的兴。如果他想一个人待会儿，我们就是在打扰他。他巴不得有个朋友，可十五年里一个朋友都没找到。然后他找到

---

① 典出《圣经·新约·马太福音》，指犹大出卖耶稣得了三十枚银币。

了我，而我——我也在那片树林里待过，明白怎么回事——第一夜我就把他出卖给了你们，把他带进来送死。可我又能怎么办呢？"

"小点声，小点声。"我说。

"唉，他肯定会死的。他会一整夜都躺在那个小房间里，到了早晨他就死了。我敢肯定。"

"行了，够了，"桑德巴赫先生说，"我会坐在旁边守着他的。"

"菲洛梅娜·朱斯蒂陪着卡泰丽娜坐了一夜，可卡泰丽娜早上还是死了。他们就是不肯放她出来，不管我怎么哀求、祈祷、诅咒、拍门、爬墙。他们是一帮什么都不懂的笨蛋，还以为我是想把她带走。到了早上她就死了。"

"他说的这都是怎么回事？"我问斯卡费蒂太太。

"什么故事都会到处流传，"她回答道，"而他是最不该再说起这些故事的人。"

"我现在还活着呢，"詹纳罗接着说，"因为我既没有父母，也没有亲戚，更没有朋友，所以第一夜来临的时候，我可以跑过树林，爬上礁石，跳进水里，直到我实现自己的愿望！"

我们听见尤斯塔斯的房间里传来一阵哭声——那声音隐隐约约却持续不断，就像是你悄然伫立时听到的远处树林中的风声。

詹纳罗说："那就是卡泰丽娜最后发出的声音。当时我就趴在她的窗户上，那声音就从我身边飘过。"

他抬起手，手里紧攥着我给他的十里拉钞票，他面色庄重地诅咒着桑德巴赫先生、莱兰和我，还有命运女神，因为尤斯塔斯在楼上的房间里命悬一线。这就是南欧人的思维方式。我确信，要不是莱兰那个无法言喻的白痴一胳膊肘碰翻了灯，詹纳罗还会一动不动地坐着。那盏灯设计十分精巧，不小心碰翻了能自动熄灭，那是斯卡费蒂太太应我的特别要求买回来的，用来代替她先前用的那种很危险的灯。结果，灯灭了；就这么个从光明到黑暗的实体变化，对詹纳罗无知的动物本性产生了极大的作用，比逻辑与理性最显而易见的指令作用还要大。

　　我与其说是看到，不如说是感觉到詹纳罗离开了餐厅，便冲着桑德巴赫先生喊道："尤斯塔斯房间的钥匙在你口袋里吗？"可是桑德巴赫先生和莱兰都摔倒在地，都误以为对方是詹纳罗，随后大家摸索着找火柴，又浪费了一些宝贵的时间。桑德巴赫先生说他把钥匙留在门上了，这样罗宾逊姐妹去看尤斯塔斯的时候就方便一些，他话音未落，我们就听到楼梯上有声音，原来是詹纳罗正抱着尤斯塔斯走下楼来。

　　我们跑出去堵住了过道。他们气馁了，退回到上一层平台上。

　　"这下他们跑不了啦，"斯卡费蒂太太喊道，"没别的路能出去。"

　　我们小心翼翼地走上楼梯，突然我妻子的房间里传出一声惊叫，接着是重物砸在柏油小路上的一声闷响。他们从我妻子房间的窗户跳了出去。

　　我跑到露台上，刚好看见尤斯塔斯跳过了花园的矮墙。这一次我确信他肯定要摔死了。可是他落在了一棵橄榄树上，活像一只巨大的白色蛾子，然后他从树上滑到了地上。尤斯塔斯的赤脚刚踩到地面的土块上，他就发出一声怪叫，我从没想到人竟然能发出这样的声音，然后他就消失在了山下的树林之中。

　　"他明白了，他得救了，"詹纳罗喊道，他还坐在柏油小路上，"现在他不会死了，能活下去了！"

　　"那你就不该拿着那张十里拉的钞票了，你得交出来。"我反唇相讥。一听到他这句演戏似的话，我就再也控制不住自己了。

　　"这十里拉是我的。"他轻蔑地说，声音小得几乎听不见。他一只手紧贴在胸前，护着那份不义之财；就在这时，他的身子朝前一晃，脸朝下倒在了小路上。他的四肢没有受伤，要是英国人的话，刚才那么一跳根本不至于摔死，因为落差并不大。但这些可悲的意大利人一点耐受力都没有。他受了内伤，死了。

　　黎明还早着呢，可是晨风已经吹起。我们把詹纳罗抬进屋的时候，又有许多玫瑰花瓣落到我们身上。斯卡费蒂太太一看到尸体就尖叫起来。在山下的远处，在通往海边的山谷里，依然回荡着那个出逃的孩子发出的叫声和笑声。

树篱的另一边

我的计步器 ① 告诉我，我已经走了二十五英里；尽管停下来很不像话，可我实在太累了，便坐到一块里程碑石上歇息。人们纷纷超过我，一边走一边奚落我，我却无动于衷，一点儿也不生气，就连大教育家伊莱莎·丁布尔比小姐从我身边疾速走过，劝我不要放弃，我也只是笑了笑，举了一下帽子。

起初我以为，我会跟我弟弟一样，一两年前我不得不把他留在拐弯处的路边。他边走边唱歌，浪费了不少气息，又浪费了很多精力去帮助别人。而我的行路策略更加明智，现在只有大路沉闷单调的样子让我感到压抑——脚下是尘土，两旁是焦黄枯萎的树篱，从我记事时起就是如此。

而且我还扔掉了好几样东西呢——其实我身后的路上到处都是我们大家丢弃的东西，上头落满了白色的尘土，看上去跟石头也相差无几了。我的肌肉疲乏至极，连剩下的东西都背不动了。我从里程碑石上滑下来倒在路上，俯卧在地，脸冲着高大的枯树篱，一心只想着放弃。

一阵微风吹来，让我恢复了一点活力。风似乎来自树篱；我睁开眼睛，见枯枝败叶交错之间透出一丝亮光。这片树篱应该没有一般的那么厚实。我又虚弱又难受，可还是很想钻进去，瞧瞧树篱另一边是什么样子。四下里无人，否则我也不敢作此尝试，因为我们这些赶路的人交谈起来，都不承认这树篱居然还有另一边。

我抵挡不住诱惑，自忖片刻即回。荆棘划伤了我的脸，我不得不举起胳膊护住脸，仅凭双脚硬往前挪。我刚挤进去一半就想退回来，因为背着的东西全给蹭掉了，衣服也扯破了。可是我紧紧地卡在树篱

---

① 现存最早的机械式计步器是 1667 年制造的。

中间，根本退不回来，只能不管不顾地扭着身子往前拱，每时每刻都觉得自己会耗尽气力，丧生于灌木丛中。

突然，冰冷的水从四面八方漫过我的头顶，我好像在没完没了地下沉。原来我挤出了树篱，跌进了一个深深的池塘。我好不容易浮出水面，便大声呼救。我听见对岸有人哈哈大笑，说道："又来一个！"然后我被人拽出池塘，平放在干燥的地上，呼哧呼哧地喘着粗气。

眼睛里的水擦干以后，我仍然觉得眼花缭乱，因为我从来没有过这种体验，置身于一个如此辽阔的空间，也没见过这样的青草和阳光。湛蓝的天空不再是窄窄的一线；蓝天之下，地势逐渐升高，形成了壮丽的群山——裸露的岩石扶壁干干净净，沟壑间生长着山毛榉树，山脚下是一块块草地和清澈的池塘。不过这些山都不高，周遭的风景让人感觉这里是有人住的，故此可以称之为公园或者花园，只要你不觉得这两个词意味着微不足道而且狭窄局促就好。

我一喘过气来，就转头问救我的人："这地方是通哪儿的？"

"哪儿也不通，谢天谢地！"他回答说，笑了起来。这人五六十岁——我们赶路的人最不信任的正是这个年纪的人——不过他的神情无忧无虑，他的声音像个十八岁的小伙子。

"可总得通个地方啊！"我喊道。我对他的回答万分惊讶，竟然忘了感谢他的救命之恩。

"他想知道这个地方是通哪儿的！"他冲着山坡上的几个男人喊道，那几个人报以笑声，还挥舞着帽子。

这时我注意到，我刚才跌入的池塘其实是一条界河，左边拐了个弯，右边也拐了个弯，树篱沿着界河绵延不断。在这一侧，树篱是绿色的——清澈的水中可以看见树木的根，鱼儿在根须之间游来游去——树篱上还缠绕着野生蔷薇和葡萄叶铁线莲。但树篱是一道屏障，没过多久，草地、天空、树林和那些开心的男女就不再让我感到快乐了，我意识到这地方不过是一座监狱，尽管它那么美丽、那么空旷。

我们离开界河，沿着一条几乎与它平行的小径穿过草地。我发现行走很困难，因为我总想与同伴拉开距离，可如果这个地方哪儿都不通，我这么干就没有任何好处。我自从离开弟弟之后，还没有跟谁齐头并进地走过路呢。

我猛然停下脚步，沮丧地说："这太可怕了。不能前进，不能进步。你看，我们这些赶路的人……"我的话把他给逗乐了。

"是啊。我知道。"他说。

"我是想说，我们在不断地前进。"

"我知道。"

"我们总是在学习，扩充，发展。太惊人了，我短短的一生里，已经看到了许多发展：德兰士瓦战争①、财政问题②、基督教科学派③、镭的发现④。比方说这个……"

我掏出我的计步器，可上面显示的还是二十五英里，一点儿都没增加。

"唉，计步器停了！我原想给你看看的。刚才我和你一起走的这段路它应该都有记录。可怎么只显示我自己走的二十五英里呢。"

"很多东西到这儿就不灵了，"他说，"有一天一个人带来一支李-梅特福特步枪⑤，结果根本打不了。"

"科学规律的运用具有普适性。肯定是界河的水把机械部分泡坏了。通常情况下所有的东西都是管用的。科学，还有进取精神——正是这两种力量成就了今天的我们。"

路边的人愉快地朝我们打招呼，我不得不打住话头，向他们致意。他们有的在唱歌，有的在聊天，有的在打理花园、晒干草或从事着其他初级劳动。他们看上去都很快乐，要是我能忘记这个地方哪儿

---

① 应泛指在英国南非殖民地发生的两次英布战争，德兰士瓦战争只是其中的一次。1881 年至 1902 年，南非德兰士瓦共和国和奥伦治自由邦的布尔人为反对英国吞并进行了两次战争，最后英国兼并了这两个布尔人共和国，但允许其自治。
② 似指 1903—1906 年英国的关税改革与自由贸易之争。
③ 指 19 世纪后半期出现的基督教教派别。该教派认为病与罪一样，都出自人的必死意识，故必须靠上帝的永恒意识才能治愈。
④ 指法国科学家皮埃尔·居里和夫人玛丽·居里于 1898 年发现放射性元素镭。
⑤ 19 世纪 80 年代英国军队装备的一种弹匣式步枪。

都不通这件事，我也会很快乐。

一个年轻人全速冲过我们走的小路，吓了我一跳，他以优雅的姿态跳过一道小栅栏，飞跑过一片耕耘过的田地，然后一头扎进一个湖里，朝对岸游去。这可真是精力旺盛，我惊呼道："越野赛！别的选手呢？"

"没有别的人。"我的同伴回答说。后来我们经过一片茂盛的草地，草丛里传出一个姑娘悦耳的歌声，她在唱给自己听。这时我的同伴又说："没有别的人。"我对这些白白浪费的成果大感不解，小声自言自语道："这都是什么意思啊？"

他说："没什么意思，就是做那件事罢了。"他把这句话又以很慢的速度说了一遍，好像我是个小孩似的。

"我明白，"我平静地说，"不过我并不赞同。每一项成就如果不能成为发展链条上的一环，都是毫无价值的。嗯，我不能再麻烦你好心陪着了。我得想法子回到大路上去，找人把计步器修好。"

"你一定得先看看大门，"他回答说，"我们有大门，不过从来都不用。"

我客气地同意了，不一会儿我们又走到了界河边，那个地方架着一座桥。桥的另一端有一扇大门，如象牙般白皙，嵌在用作边界的树篱上一个缺口之中。大门朝外开着，我愕然惊呼，因为门外有一条大路——很像我先前离开的那条路——路面上满是尘土，两旁目力所及之处尽是焦黄枯萎的树篱。

"那就是我走的路！"我喊道。

他关上大门说："但不是你走的那一段。不知多少年前，人类第一次极为渴望走路的时候，就是从这扇门走出去的。"

我对此予以否认，说我之前走过的那段路离这里不会超过两英里。可是他这个年纪的人固执得很，他再三说道："路还是同一条路。这里是起点，这条路看起来好像径直离我们而去，其实经常绕来绕去，所以始终没有远离我们的边界，有的时候还会靠到边界上来。"他在界河边弯下腰，在河岸潮湿的泥地上画出一个怪异的图案，就像是个迷宫。我们穿过草地往回走的时候，我想说服他，让他明白他搞错了。

"路有的时候确实是绕来绕去的，不过那是对我们的一种磨炼。谁能质疑路的总体趋势是向前的呢？通往什么目标我们并不知道——也许通往某座山，可以让我们在山顶上触摸天空，也许会翻过绝壁通往大海。但路总归是通向前方的——谁能质疑这一点呢？正是这种想法让我们各显其能，努力做到最好，也正是这种想法给予了我们一种你们所缺乏的动力。你看刚才超过我们的那个人——他确实跑得很快，跳得很高，游得很好；但我们有人比他跑得更快，有人比他跳得更高，有人比他游得更好。专业化已经产生了足以让你吃惊的成果。同样，那个姑娘……"

说到这儿我不由得打住话头，惊呼道："我的天啊！我可以发誓，那个人是伊莱莎·丁布尔比小姐，两只脚泡在喷泉里的那个！"

他认为确是如此。

"不可能啊！我离开她的时候她在路上，她今晚在坦布里奇韦尔斯①有个讲座。哎呀，她坐的火车从坎农街②发车的时间是——对了，我的手表也停了，跟其他东西一样。她是最不该出现在这里的人了。"

"人们相遇的时候总是很诧异。各种各样的人穿过树篱来到这里，而且什么时候都会来——赛跑领先的时候，落到后面的时候，让人丢下等死的时候。我经常站在边界旁，听着路上的各种声音——你知道那都是些什么声音——心想着会不会有人转到这边来。我非常乐于把人从界河里救上来，就像我救你那样。因为我们的国度虽然是为全人类建的，可人口增长还是很慢。"

"人类有别的目标。"我温和地说。因为我觉得他是出于好意，然后我又说："我一定要和他们在一起。"我向他道了晚安，那时太阳已

---

① 坦布里奇韦尔斯（Tunbridge Wells）是英国英格兰西肯特郡的一座城镇，地处伦敦东南，为温泉疗养地和旅游胜地。（本书脚注中提到的地名，除说明国名的以外，都指英国国内地名。）
② 坎农街（Cannon Street）是伦敦南部的一条街道，附近的坎农街车站是伦敦重要的铁路枢纽之一。

经西沉，我很想在夜幕降临前回到大路上去。令我惊恐的是，他一把拉住了我，喊道："你还不能走！"我竭力要挣脱他，因为我们志趣不同，而且他的彬彬有礼越来越让我恼火。可是不管我怎么挣扎，这个讨厌的老家伙就是不松手；我不擅长和别人拉拉扯扯，只得跟着他走。

我自己绝不可能找到先前进来的地方，这是真的，所以我希望看过他惦记的其他景象之后，他能把我带回去。不过我已经打定主意不在这个国度过夜，因为我不信任这里，也不信任这里的人，尽管他们是那么友善。我虽然饥肠辘辘，也还是不愿意和他们一起吃牛奶水果晚餐；他们送给我鲜花，一没人注意我就把花扔掉。他们已经躺下睡觉了，像牛一样——有人躺在外面光秃秃的山坡上，有人三五成群躺在山毛榉树下。在橘黄色的落日余晖之中，我跟着我那个讨厌的向导匆匆前行，疲惫不堪，饿得要昏过去了，嘴里还不管不顾地念叨着："给我生活，连同那其中的斗争和胜利，连同那其中的失败和仇恨，还有那其中深刻的道德意义和那不为人知的目标！"

终于我们来到一个地方，环形的界河上这里也架着一座桥，也有一扇大门切断了边界树篱的轮廓线。这扇大门和我先前见到的那扇门不同，是半透明的，像牛角一样，而且是向内敞开。但是从这扇门望出去，在越来越黯淡的天光下，我又一次看见了一条大路，和我先前离开的那条路一样——单调沉闷，满是尘土，两旁目力所及之处尽是焦黄枯萎的树篱。

看到这番景象，我感到了莫名的不安，似乎失去了所有的自控能力。一个男人从我们身旁经过，他是回山里过夜的，肩上扛着一把大镰刀，手里拿着一罐什么酒。我忘记了人类的宿命。我忘记了眼前的大路，向那个人扑过去，抢过他手里的罐子就喝起来。

罐子里的东西还没有啤酒劲儿大，可当时我精疲力竭，一下子就喝醉了。仿佛在梦中，我看见那个老人关上门，听见他说："这就是你那条路的尽头，人类不管还剩下多少，全都会走过这扇门到我们这里来。"

　　我的感官渐渐沉入黑暗，在那之前却似乎是在扩展。我感知到了夜莺奇妙的歌声，我感知到了干草的气味，虽然我看不见那干草，我还感知到了点点星光刺破越来越暗的天空。那个被我抢了啤酒的人把我轻轻放下，让我睡上一觉好解酒，这当儿我却认出来了，他是我的弟弟啊。

天国的公共马车

一

有个男孩住在瑟比顿①镇白金汉公园路二十八号的阿加索克斯旅店。差不多就在旅店的正对面，立着一块旧路标，这东西时常让他感到困惑不解。他问妈妈，妈妈回答说那是多年前几个淘气的小伙子搞的恶作剧，有点不太像话，警察应该把它拆掉。这块路标有两个地方很奇怪：一是它指向一条空巷子；二是路标上褪了色的字写着："去往天堂"。

他问："那几个小伙子都是些什么人呀？"

"我想是你爸爸告诉我的，说其中有个小伙子写诗，让大学给开除了，后来又碰到些别的倒霉事。不过那都是很久以前的事了。你得去问你爸爸。他说的肯定跟我说的一样，立这个路标就是恶作剧。"

"这么说，这个路标根本就没什么意思喽？"

妈妈打发孩子上楼去换一身最漂亮的衣服，因为邦斯一家要来喝茶，他得给客人送上放糕点的架子。

男孩费力地套上有点紧身的裤子，突然灵光一闪，觉得自己大可问问邦斯先生路标的事。爸爸很和善，却总爱笑话他，每次他或别的孩子问了个问题，或者刚一开口，爸爸就会放声大笑。而邦斯先生不仅和善，还很认真。他有一座漂亮的房子，常把书借给别人；他是教堂的理事，还是郡议会的候选人。他慷慨地捐助免费图书馆，主持文学学会，还邀请议员到家中小住——简而言之，他可能是天下最聪明的人了。

可就连邦斯先生也只能说那路标是个恶作剧——是个名叫雪莱的人干的。

①　瑟比顿（Surbiton）是伦敦南边的一个小镇。

"对啊!"男孩的妈妈大声说,"我不是跟你说了嘛,儿子。就是叫这个名字。"

"你从来就没听说过雪莱①吗?"邦斯先生问道。

"没有。"男孩说着低下了头。

"可你们家里难道没有雪莱的书吗?"

"怎么没有,有啊!"女主人恼怒万分地叫了起来,"亲爱的邦斯先生,我们可没那么庸俗。至少有两本。一本是结婚的时候人家送的,另一本是小字体的,在备用客房里。"

"我们家应该有七本雪莱的书。"邦斯先生说,脸上慢慢浮现出笑容。然后他掸掉落在肚子上的蛋糕渣,和女儿一道起身告辞。

妈妈使了个眼色,男孩很听话地把客人一直送到了花园门口。他们走了以后,他没有立刻回屋,而是朝白金汉公园路的两头张望了一会儿。

他父母住在这条路右边的尽头。过了三十九号,房屋的质量就陡然下降,六十四号连供用人出入的小门都没有。不过这会儿整条路看上去十分漂亮,因为夕阳已经灿然落下,一种藏红花色的余晖淹没了房租的贵贱差异。小鸟叽叽喳喳地欢叫,挣钱养家的人们乘坐的火车像奏乐似的呼啸着驶过狭窄的路堑——这条神奇的路堑集瑟比顿镇所有的美景于一身,披着枞树、银桦树和报春花织就的华美衣衫,不输于阿尔卑斯山脉中任何一条山谷。正是这个路堑最先激起了男孩心里的种种渴望——渴望能有点不一样的东西,但究竟是什么他还不知道,每当阳光像这个傍晚一样把什么东西照亮,这些渴望就在他心中翻江倒海,来回奔腾,没完没了,最后让他感觉浑身都不自在,说不定还想哭一场。今天晚上他的傻气更甚,因为他悄悄溜过马路朝路标走去,还跑进了那条空巷子。

巷子夹在两堵高墙之间,那是"艾凡赫"和"贝拉维斯塔"两座宅子花园的围墙。巷子里从头到尾都能闻到一股淡淡的味,连同尽头

---

① 珀西·比希·雪莱(Percy Bysshe Shelly,1792—1822),英国浪漫派诗人。

的拐角在内，巷子全长不过二十码。所以无怪乎男孩很快就停下了脚步。"我真想踢那个雪莱一脚。"他大声说道，同时漫不经心地瞥了一眼贴在墙上的一张纸。这张纸很奇怪，他正准备往回走，又停下来细看。他看到那上头写着：

城区瑟·与街车公司
服务变更通知

鉴于乘客稀少，本公司被迫抱憾暂停每小时一次的班车，仅保持

日出和日落时分公共马车

的正常运行。希望公众支持此项便民服务。作为额外优惠，现本公司将首次发售

往返车票！

（仅限当日有效），乘客可向司机购买。再次提醒乘客：旅途终点概不售票，本公司概不受理与此相关的投诉。对以下原因造成的损失，本公司亦概不负责：乘客自身的疏忽或愚蠢；冰雹、雷电、车票丢失；任何不可抗力。

特此通知。

他从来没见过这张通知，也想不出公共马车会驶向哪里。"瑟"当然是指瑟比顿，"街车公司"也清楚，可那个"城区"指的是什么呢？可能是指库姆和马尔登①这一带，也可能是指伦敦城吧。可这家公司怎么能指望跟西南铁路公司竞争呢？男孩心想，这家公司没一点儿正经做生意的样子，简直不可救药。旅程终点为什么不售票呢？发车的时间好古怪呀！这时他意识到，如果这个通知不是在骗人，那么他跟邦斯一家道别的时候，肯定有一班公共马车刚刚发出。男孩在越

---

① 库姆和马尔登（Coombe and Malden）是伦敦西南部的两个地名。

聚越浓的暮色中眯起眼睛察看地面，发现了一些可能是也可能不是车辙的痕迹。可并没有什么东西从巷子里出来啊。再说他在白金汉公园路上也从来没看见过公共马车。不对，这肯定是个骗人的把戏，就跟那些路标一样——跟童话故事一样，跟夜里突然把他惊醒的那些梦一样。他叹了口气，走出小巷，却一头撞进了父亲的怀抱。

哎哟，他父亲笑得呀！"可怜的，可怜的小亲亲！"他喊道，"小可怜！小乖乖！小家伙以为他能一路走到埃温克呢！"他母亲出现在阿加索克斯旅店的台阶上，也笑得浑身乱颤。"别说啦，鲍勃！"她笑得喘不上气来，"别没正形啊！哎呀呀，你要把我笑死了！嗨，别逗孩子啦！"

可是整个晚上他们都在不停地开他的玩笑。父亲乞求男孩把他也带上。走得是不是很累？要不要在门口的地垫上擦擦鞋底呀？男孩上床睡觉的时候只觉得昏昏沉沉的，浑身酸痛，只有一件事他暗自庆幸——他只字未提公共马车。公共马车是个骗人的把戏，可是在他的梦中却越来越真切，他看见公共马车驶过瑟比顿镇的街道，那些街道反而好像成了骗人的玩意儿，成了影子。凌晨时分，他惊叫一声醒过来，因为他在梦中瞥见了公共马车的终点。

他擦亮一根火柴，火光不仅照亮了手表，也照到了日历上，于是他知道再过半小时就要日出了。外面漆黑一片，夜里从伦敦飘来大雾，整个瑟比顿镇都裹在雾气之中。可他还是跳下床穿好了衣服，因为他决心彻底弄清楚到底哪个才是真的，是公共马车，还是街道。"不把这事弄清楚，"他心想，"我左右都是个傻瓜。"不一会儿他就哆哆嗦嗦地站在守卫着小巷入口的煤气路灯下了。

走进这条小巷也是需要点勇气的。不仅是因为巷子里黑得可怕，还因为他现在意识到，这儿不可能是公共马车的始发站。要不是听见雾中有个警察越走越近，估计他永远都鼓不起勇气来。他马上大着胆子走进小巷，却什么也没发现。什么都没有。空无一物，只有一条空荡荡的小巷，还有个傻透了的孩子，面对着肮脏的路面瞠目结舌。这就是个骗人的把戏。"我得告诉爸爸妈妈，"他打定了主意，"我活该。

活该让他们知道。我太傻了，就不该活在世上。"他转身回到了阿加索克斯旅店的门口。

这时他想起来了，他的手表走得快。太阳还没升起来：两分钟后才日出呢。"这可是给足那辆马车机会了。"他暗自解嘲，边想边回到了巷子里。

而那辆公共马车还真就已经停在那儿了。

<h2 style="text-align:center">二</h2>

这是一辆两匹马拉的车，因为旅途劳顿，马儿身上还在冒着热气，两盏硕大的车灯透过浓雾照在小巷的墙上，墙上的蛛网和苔藓仿佛变成了仙境里的薄纱。马车夫蜷缩在斗篷里，他面前是一堵光秃秃的墙，他是怎么把马车赶进巷子里的，这么干脆利落，还一点儿声音都没有，这是男孩始终都没搞清楚的很多问题之一。他也想不出车夫会怎么把车赶出巷子。

"请问，"污浊的棕色雾气中响起了他颤抖的声音，"请问，这是公共马车吗？"

"是公共马车。"车夫答道，但没有转过身来。他们沉默了一会儿。那个警察一边咳嗽，一边走过巷口。男孩在阴影中蜷起身子，他不想让人看见。他还确信这是一辆私自揽客的黑车。他的推论是，除了黑车，没有哪个车会在这么古怪的钟点从这么古怪的地方出发。

"你大概什么时候出发？"他装出一副若无其事的样子问道。

"日出的时候。"

"走多远呢？"

"走全程。"

"我能买一张返程票吗？我还回到这儿来。"

"可以。"

"你知道吗？我只是有点想去走一趟。"车夫没有回答。太阳一定升起来了，因为他拉开了车闸。男孩刚跳上车，马车就出发了。

怎么回事？马车拐弯了吗？根本没地方拐弯啊。是在往前走吗？

前面只有一堵光秃秃的墙。可马车确实在走，从容不迫地穿行在浓雾之中，这时候雾气已经从褐色变成了黄色。男孩想起了暖呼呼的床和热腾腾的早餐，不由得头脑发晕。他想自己要是没来该多好。父母不会让他来的。要不是因为这天气，他早就跳下车回到他们身边去了。车上冷清得可怕，他是唯一的乘客。这辆马车造得很漂亮，可车里头冷冰冰的，还有股霉味。他把外套裹紧了点，手抓着衣服的时候碰到了口袋。口袋里空空如也。他忘记带钱包了。

"停车！"他喊道，"停车！"这孩子素来讲礼貌，他一抬眼看见了车里的标志牌，就直接用姓称呼车夫了。"布朗先生！停车，哎呀，请你停下！"

布朗先生没有停车，而是打开一扇小窗，从窗口看了看男孩。他的脸让人惊奇——神情非常友善，还很谦恭。

"布朗先生，我忘记带钱包了。我一分钱都没有。我没法买车票。你把我的手表拿去，行吗？我现在就是个穷光蛋。"

"这条线路的车票，"车夫说，"无论是单程的还是往返的，都不能用现世造币厂的钱币购买。而且一个精确的计时器，虽然慰藉了查理大帝 ① 守夜的痛苦，也计量过劳拉 ② 沉睡的时间，却还是可以不必做什么改进就拿来换取那块双层蛋糕，去迷倒没有毒牙的天堂看门狗 ③ ！"他一边说，一边把回程必备的车票递给男孩。男孩说了声"谢谢你"，车夫继续说："我很清楚，以头衔自诩是贪慕虚荣的表现。不过若以笑语说出即无须苛责，况世间重名者众，头衔也还有些用处，确可将此杰克与彼杰克区分开来。所以还是记住我吧，我是托马斯·布朗爵士 ④ 。"

"您是爵士？唉呀，真对不起！"他听说过这些绅士车夫，"谢

---

① 查理大帝（Charlemagne, 742？—814），又称查理曼，古欧洲德意志神圣罗马帝国的开国皇帝。

② 劳拉（Laura）与沉睡的关联在西方文学传统中似一直存在，此处有译者认为指意大利著名抒情诗人弗兰齐斯科·彼特拉克（Francesco Petrarca, 1304—1374）毕生倾慕并为之写出多首十四行诗的一位女子。

③ 此处"看门狗"的原文是刻耳柏洛斯（Cerberus），即希腊神话中看守地狱大门的一条有三个头的看门犬。爱神的情人普绪客（或译"塞姬"）曾用含有催眠药的蛋糕引诱刻耳柏洛斯入睡，从而得以进入冥界并安然返回。这里把它放在了天堂门口，而且指其没有毒牙。

④ 托马斯·布朗爵士（Sir Thomas Browne, 1605—1682），英国哲学家、医生、作家。

谢您一番好意把车票送给我。可您要是总这样做，您的马车怎么赚钱呢？"

"这马车不赚钱。原本就不为赚钱所设。我的装备毛病颇多，是用不同木料以奇特方式拼装而成；车内坐垫并非用于让人休息，而是为了满足饱学之需；我的马儿亦非饲于现时常青之草地，而是从拉丁语法的干草中汲取营养。可是让马车去赚钱！——无论如何，这等谬误绝非本意，也从未犯过。"

"再次道歉了。"男孩说着，口气十分绝望。托马斯爵士显得很难过，怕自己伤了男孩的心，哪怕只是短短的一刻。他请男孩爬上来，坐在车夫座上他的身边，他们一起在浓雾中向前行驶，现在雾已经从黄色变成了白色。道路两旁没有房子，所以这里要么是帕特尼荒原，要么是温布尔登公地①。

"您一直都是马车夫吗？"

"我做过医生。"

"可为什么又不做了呢？是做得不好吗？"

"作为人体的修复者我成就甚微，几十位病人都先我而去。然而作为精神的修复者，我的成就超出我的期望，也超出我应得的回报。原因即是，我的口服药水不比别人的效果更好，也不比别人的更为可口，但我把这些药水装在精巧的高脚杯里奉上，心神不宁者便常会忍不住啜上一口，然后就神清气爽。"

"心神不宁者，"男孩喃喃地说，"如果太阳下山的时候前面有树丛，你突然间全身不爽，这是心神不宁吗？"

"你有过这种感觉？"

"是啊，有过。"

沉默了一会儿之后，托马斯爵士跟男孩讲了一点儿，也就是一丁点儿，和旅途终点有关的事。但是他们没谈多久，因为这孩子如果喜欢一个人，宁可默默地陪那人坐着，也不愿总跟他说话。男孩发现托

---

① 帕特尼荒原（Putney Heath）、温布尔登公地（Wimbledon Common）都是伦敦西南面的地名。

马斯·布朗爵士也是这么想的，他将要结识的许多人也是一样。不过他还是听他说了那个年轻人雪莱的一些事，雪莱现在已经是名人了，有了自己的马车，布朗爵士还跟他说了公司里其他一些马车夫的情况。这期间，阳光越来越强，尽管雾还没有散去。这雾现在不像是雾，倒像是轻霭，不时从他们中间飞快地飘过，仿佛是云中的丝丝缕缕。而且他们是一直在往上走，走得令人十分费解，两匹马拉着车拼命跑了两个多小时，就算这儿是里士满山 ①，也早该到山顶了。也许这里是埃普索姆 ②，大不了是北丘陵 ③ 吧，可这儿的风好像比那两个地方的风更冷得刺骨。至于那终点的地名，托马斯·布朗爵士一字不提。

啪啦！

"打雷了，我的天！"男孩说，"还挺近呢。听这回声！就像在山里一样。"

他想起了父母，他们的模样却不太分明。他看见他们坐下来吃香肠，听着风雨声。他看见自己的座位空着。然后他们就问来问去，惶恐不安，做种种猜测，开开玩笑，相互安慰。他们会盼着他回家吃午饭。他不打算赶回去吃午饭，也不想回去喝下午茶，但他得回去吃晚餐，这样他逃学的一天就算结束了。如果他带着钱包，会给他们买些礼物——只是他不知道该买什么。

啪啦！

闪电与雷鸣同时炸开。云层一阵颤抖，仿佛有生命似的，撕裂的雾霭一条条疾速掠过。"你害怕吗？"托马斯·布朗爵士问。

"要怕的是什么东西？还很远吗？"

拉车的马儿一下子停住了脚步，只见一个火球飞起炸裂，爆炸声震耳欲聋却十分清脆，就像铁匠打铁的声音。所有的云都给炸碎了。

"哎，听啊，托马斯·布朗爵士！不对，我的意思是瞧啊，终于要看到风景了。不对，我的意思是听，那像是彩虹的声音！"

---

① 里士满山（Richmond Hill）在英格兰东南部泰晤士河畔。
② 埃普索姆（Epsom）是伦敦西南面的一个城镇。
③ 北丘陵（the Northern Downs）在英格兰南部。

那声音越来越小，最后成了若有若无的游息，其下另有一种低沉的声音，越来越响，越来越宽广——以弧形展开，持续不变。一道彩虹出现，逐渐变宽，从马儿脚下伸进正在消散的薄霭之中。

"真是太美了！颜色多漂亮！这彩虹会落在哪儿呢？简直像人能在上面走的彩虹桥一样。像做梦一样。"

那颜色与声音融为了一体。彩虹跨过一个巨大的山谷，从疾驰的云上凌空而过，穿云破雾；彩虹还在变长，向前延伸，征服黑暗，直到碰上似乎比云要结实的东西才停了下来。

男孩站起身。"那边是什么啊？"他喊道，"彩虹的那一头架在什么东西上了？"

晨曦中，一堵悬崖在山谷的另一面闪着光。悬崖——要么是个城堡？马儿开始走了。马蹄踏上了彩虹。

"哦，看啊！"男孩喊道，"哦，听啊！那些山洞——是大门吧？哦，看看那些悬崖中间的平台上。我看见人了！我看见树了！"

"再往下面看，"托马斯爵士轻声说，"切莫忽略那条更为神圣的阿刻戎河①。"

男孩往下看去，目光穿过彩虹上舐舐着他们车轮的火焰。山谷里的景色也清晰可见了，谷底深处是一条永远在流淌的河。一缕阳光投射进来，照亮了一潭碧水，他们经过水潭上空的时候，他看见三个少女浮出水面，一边唱歌，一边把玩着像指环一样闪闪发光的什么东西。

"水里的人，你们好啊——"他喊道。

她们回答道："桥上的人，你好啊——"这时乐声突起。"桥上的人，祝你好运。真理在深处，真理也在高处。"

"水里的人，你们在干吗呢？"

托马斯·布朗爵士回答说："她们在炫耀拥有可以转让的黄金。"随即公共马车抵达了目的地。

---

① 阿刻戎河（the Acheron）是希腊神话中的冥界之河，又名"愁苦之河"。

三

男孩觉得很丢脸。他被关在阿加索克斯旅店的儿童房里，坐着诵读诗歌，这是对他的惩罚。父亲说了："我的儿子，我什么都可以原谅，就是不能原谅你撒谎。"父亲还用藤条打他，打一下说一句："哪有公共马车，哪有马车夫，哪有桥，哪有山；你逃学，你瞎逛，你撒谎。"父亲有的时候会非常严厉。母亲央求男孩说句"对不起"。可他不能那么说啊。这是他生命中最了不起的一天，哪怕到头来挨了打，还被罚读诗。

日落时分他准时回来了——驾车送他回家的不是托马斯·布朗爵士，而是一个文静而有趣的贵族少女。他们谈起了公共马车，还有带折叠车篷的四轮四座大马车。此刻她轻柔的声音显得多么遥远啊！可是从他在小巷那头与她告别，到现在还不到三个小时。

母亲在门外喊他。"亲爱的，你下来吧，拿上诗集。"

他下了楼，看见邦斯先生和他父亲在吸烟室里。晚宴已经结束了。

"伟大的旅行家来了！"父亲冷冷地说，"就是这位年轻的先生，坐着公共马车走过彩虹桥，还有年轻姑娘给他唱歌。"他大声笑了起来，对自己的俏皮话很是得意。

"不管怎么说吧，"邦斯先生笑着说，"瓦格纳的歌剧 ① 里倒是有点东西和这个挺相似。真奇怪啊，怎么会在无知无识的头脑中发现'艺术真理'的闪光。我对这事很有兴趣。我来替这位小罪人求个情吧。谁没有过异想天开的时候呢，是不是？"

"听听，邦斯先生心眼多好啊。"男孩的母亲说，而他父亲则说道："好吧。让他背诗吧，然后这事就算了。他星期二就要到我姐姐家去了，她能治好他这个爱钻小巷子的毛病。"（大笑。）"背诗吧。"

---

① 或指德国作曲家理查德·瓦格纳（Richard Wagner，1813—1883）的歌剧代表作《尼伯龙根的指环》。

男孩开始背诵。"'困于浑然的无知而孤立。'①"

他父亲又大笑起来——简直是在吼叫:"这写的就是你嘛,我的儿子!'困于浑然无知而孤立!'我都不知道,这帮诗人说话还挺有道理的嘛。恰是你的写照啊。这样吧,邦斯,你喜欢诗歌。你来看着他把诗背完,好吗?我去拿威士忌。"

"好啊,把济慈的诗集给我,"邦斯先生说,"让他给我背济慈的诗。"

于是,这个聪明人和这个无知的男孩在吸烟室一起待了几分钟。

"'困于浑然的无知而孤立,/只梦见你和基克拉迪斯群岛②,/就像岸上人或许有意/探探——'"

"背得不错,去探什么?"

"'探探深海海豚的珊瑚红礁'。"男孩说着,忍不住掉下了眼泪。

"好啦,好啦!你哭什么啊?"

"因为——因为以前这些话只是押韵而已,现在我回来了,觉得这说的就是我啊。"

邦斯先生放下济慈的诗集。这事比他想象的更有趣了。"你!"他惊叫道,"这首十四行诗,说的是你?"

"是的——您往后看:'哎,黑暗的边缘总有光线,悬崖之上有未践的草地'。就是这样,先生。这全是真的。"

"我从来没有怀疑过。"邦斯先生闭着眼睛说。

"您……这么说您相信我?您相信有公共马车、马车夫、暴风雨,还有我免费的回程票和……"

"啧啧啧!别编啦,我的孩子。我的意思是说,我从未怀疑过诗歌在本质上是真实的。将来你读得多了,自然会明白我的意思。"

"可邦斯先生,真的是这样的呀。黑暗的边缘确实有光线。我看

---

① 此处及下文对话中的诗句都是英国诗人约翰·济慈(John Keats, 1795—1821)十四行诗《致荷马》的开篇诗句,这里用的是余光中先生的译文。荷马(Homer,约前9世纪—前8世纪)是古希腊盲诗人,有《荷马史诗》等名著传世。

② 基克拉迪斯群岛(the Cyclades)是爱琴海南部的一个群岛,属于希腊。男孩把《致荷马》第三句的"听说"(of thee I hear)背成了"梦见"(of thee I dream)。

到光出现的。光，还有风。"

"胡说八道。"邦斯先生说。

"我要是留下就好了！她们诱惑我来着。她们让我放弃回程车票——因为车票丢了就回不来了。她们在河里招呼我，我还挺动心的，因为我在那些悬崖中间快活极了。可是我想起了爸爸妈妈，想起我得把他们接来。可他们不愿意来，尽管那条路的起点就在我家对面。这些事天上那些人都警告过我，还真是这样，邦斯先生也跟别人一样不相信我。我也真的挨了打。我再也见不到那座大山了。"

"你刚才说我什么？"邦斯先生突然在椅子里坐直了身子问道。

"我跟他们说到了您，告诉他们您有多聪明，您有多少书，他们说：'邦斯先生肯定不相信你的话。'"

"蠢话，胡说，我年轻的朋友。你越来越没礼貌了。我……呃……我会处理这件事的。一个字都别跟你父亲说。我会治好你的毛病。明天傍晚我会亲自来访，带你出去散步，日落时我们就到对面的小巷里去找你的公共马车，你这傻小子。"

他的脸色严肃起来，因为男孩并没有紧张不安，反倒在房间里跳来跳去，用唱歌的调子叫道："太高兴了，太高兴了！我告诉过她们您会相信我的。我们要一起坐车跨过彩虹桥。我告诉过她们您会来的。"

不管怎么说，这孩子的故事里真会有什么东西吗？瓦格纳？济慈？雪莱？托马斯·布朗爵士？这事确实太有意思了。

次日傍晚，大雨如注，但邦斯先生还是如约造访了阿加索克斯旅店。

男孩准备好了，他激动万分，又蹦又跳，让身为文学学会主席的邦斯先生有点恼火。他们俩拐了一个弯，走上白金汉公园路，然后——趁着没人注意——溜进了那条小巷。果不其然（太阳正在落下），他们迎面碰上了那辆公共马车。

"天啊！"邦斯先生惊呼，"我的天啊！"

这回的公共马车并不是男孩第一次乘坐的那辆，也不是送他回来的那辆。

拉车的是黑、灰、白三匹马，灰马最漂亮。马车夫听到有人惊呼"天啊"便转过身来，他面色萎黄，两颊吓人，眼窝深陷。邦斯先生一见到车夫就大叫一声，仿佛认识那人似的，浑身开始剧烈地颤抖。

男孩跳进马车。

"这可能吗？"邦斯先生大声说，"不可能的事情有可能发生吗？"

"先生，进来吧，先生。这马车多漂亮啊。哦，这里有他的名字——'但'什么。"

邦斯先生也跳了进来。随即一阵疾风吹过，马车的门砰地关上了，马车窗户的卷帘弹簧力量太弱，这一下也全都震落了下来。

"'但'……指给我看。我的天啊！车子动了。"

"好哇！"男孩说。

邦斯先生紧张起来。他可没料到会被人劫持。他找不到门把手，卷帘也推不上去。马车里很黑，等他划亮了火柴，外面也已经夜幕降临了。车走得很快。

"一次奇怪而难忘的历险。"他一边说一边观察马车的内部，车里空间很大，很宽敞，结构极其匀称规整，各个部件配合得严丝合缝。车门上（把手在外面）写着："入此门者当舍弃一切勇气 [①]"——至少上头是这么写的，可邦斯先生说那是"进"什么的，而且"勇气"错了，应该是"希望"。他那口气就好像是在教堂里说话似的。这边说着，那边男孩就问形容枯槁的马车夫要两张回程票。车夫一声不吭把票递了过来。邦斯先生一只手捂住脸，又颤抖起来。等他们面前的小窗关上，他低声说："你知道那是谁吗？这是不可能的事啊。"

男孩说："嗯，我不是很喜欢他，我喜欢托马斯·布朗爵士。不过这个人要是本事更大，我也不会觉得奇怪的。"

"本事更大？"邦斯先生气呼呼地跺着脚，"你碰巧有了本世纪最

[①] 原文为意大利语：Lasciate ogni baldanza voi che entrate，出自意大利诗人但丁的长诗《神曲·地狱篇》，是刻在地狱大门上的一句话，本应是"进入此门者当舍弃一切希望"（Lasciate ogni speranza, voi che entrate），这里做了改动。

伟大的发现，可你竟然只会说这个人本事更大？你记得我图书室里的那些羊皮纸书吗，印着红百合花的那些？这个人——你坐好别动，我要告诉你惊人的消息！——这个人就是那些书的作者。"

男孩坐着，一点儿也没动。他很有礼貌地沉默了一会儿，然后问道："不知我们能不能见到甘普太太。"

"什么太太？"

"甘普太太和哈里斯太太。我喜欢哈里斯太太。上次我是突然碰到她们的。甘普太太的那些圆纸板盒在过彩虹桥的时候晃得太厉害了。盒底全掉了。她床架子上掉下来两个苹果，都滚到河里去了。"

"我那些羊皮纸书的作者就坐在外面，"邦斯先生怒吼着，"你却跟我谈狄更斯①，谈甘普太太？"

"我跟甘普太太挺熟的，"男孩抱歉地说，"见到她我当然很开心啦。我听出了她的声音。她正跟哈里斯太太说普里格太太的事。"

"上次你整天都跟这位令人愉快的女士在一起吗？"

"呃，不是的。我赛跑来着。我碰到一个人，他把我带到远处的一条跑道上。就在那儿跑，海里还有海豚呢。"

"是这样啊。你记得那个人的名字吗？"

"阿喀琉斯②。不对，阿喀琉斯是后来才到的。是汤姆·琼斯③。"

邦斯先生深深地叹了口气。"唉，小伙子，你可是搅了个一团糟啊。想想看，有学养的人碰到你这种机遇会怎么样？有学养的人了解所有这些人物，知道该对谁说什么话。他不会在甘普太太或者汤姆·琼斯之流身上浪费时间。荷马的作品、莎士比亚④的作品，还有我们这位车夫的作品，足以让他心满意足。他不会去赛跑。他会提些聪明的问题。"

---

① 查尔斯·狄更斯（Charles Dickens, 1812—1870），英国作家。甘普太太、哈里斯太太和下文中的普里格太太都是狄更斯小说《马丁·朱泽尔维特》（*Martin Chuzzlewit*）中的人物。
② 阿喀琉斯（Achilles）是古希腊神话中的英雄。
③ 英国小说家亨利·菲尔丁（Henry Fielding, 1707—1754）的小说《弃儿汤姆·琼斯的历史》中的主人公。
④ 威廉·莎士比亚（William Shakespeare, 1564—1616），英国文艺复兴时期剧作家、诗人。

"可是邦斯先生，"男孩恭恭敬敬地说，"您会成为有学养的人。我告诉他们了。"

"没错，没错，我求求你，到那儿以后别让我丢脸。别说长道短的，别去赛跑，紧紧跟着我，不要跟那些不朽的人物说话，除非他们先跟你说话。行了，把那两张回程票给我吧。你会弄丢的。"

男孩交出了车票，但是心里有点难过。毕竟到这儿来的路是他发现的啊。先是不相信他，然后又把他教训了一顿，真让人受不了。就在这时，雨停了，月光透过卷帘的缝隙悄悄地照进车内。

"可是这会儿怎么会有彩虹呢？"男孩喊道。

"你让我心神不宁，"邦斯先生厉声说，"我要对美进行冥想。多么希望跟我同行的是个懂得敬畏和同情的人啊。"

孩子咬了咬嘴唇。他下了一百次决心，要好好表现。这次游览他要全程效仿邦斯先生。他不会再大笑、奔跑、唱歌，不会再做粗俗的事，上次他那些新朋友一定很讨厌他那样做吧。他要很注意发音准确，把他们的名字说对，他还要记住谁认识谁。阿喀琉斯不认识汤姆·琼斯——至少邦斯先生是这么说的。马尔菲公爵夫人[1] 比甘普太太年纪大——至少邦斯先生是这么说的。他要表现得羞怯忸怩、少言寡语、一本正经。他绝不会说他喜欢谁。可是窗户的卷帘让他不小心用头碰了一下，卷了上去，所有这些要好好表现的决心都随风飘散了，因为马车此时驶上了一座沐浴着月光的山顶，那条山谷就在眼前，对面耸立着那些古老的悬崖绝壁，都在梦中沉睡着，悬崖的底部浸在那条永远流淌的河水之中。男孩激动地喊道："就是这片山！听听水里的新曲子！看看峡谷里的篝火！"邦斯先生匆匆瞥了一眼，驳斥道："水？篝火？荒唐！胡说八道！你闭嘴吧。什么都没有嘛。"

然而一道彩虹就在男孩的眼皮底下出现了，组成彩虹的不是阳光和暴风雨，而是月光和河里溅起的水花。三匹马踏上了彩虹。男孩觉得，这是他见过的最美丽的彩虹，可是他不敢说出来，因为邦斯先生

---

① 英国剧作家约翰·韦伯斯特（John Webster, 1580？—1625？）的作品《马尔菲公爵夫人》中的主人公。

说那里什么都没有。车窗打开了，男孩往外探出身子，唱着从沉睡的水中传上来的曲子。

《莱茵的黄金》①序曲？"邦斯先生冷不丁问道，"谁教给你这些主题乐句的？"他也向车窗外望去。然后他的举止变得极为古怪。他发出一声带着哽咽的叫喊，仰面倒在马车的地板上。他扭动着身子，双脚乱踢。他的脸都绿了。

"是彩虹桥让您头晕吗？"男孩问。

"头晕！"邦斯先生喘着气说，"我想回去。你告诉车夫。"

但车夫摇了摇头。

"马上就要到了，"男孩说，"他们睡觉呢。要我叫人来吗？他们看见您会非常高兴的，我跟他们说过了。"

邦斯先生呻吟着。他们从月光彩虹上驶了过去，车轮过处，彩虹一块一块地散去。夜晚多么安静啊！在大门口站岗的会是谁呢？

"我来了！"男孩大叫，他又忘了自己刚下的一百个决心，"我回来了——我，那个男孩。"

"那个男孩回来了！"一个声音对其他声音喊着，其他声音重复道："那个男孩回来了。"

"我把邦斯先生带来了。"

一片沉寂。

"我应该说，是邦斯先生把我带来了。"

万物静默。

"谁在站岗？"

"阿喀琉斯。"

在紧挨着彩虹桥头的石堤上，他看见一个年轻人，拿着一块神奇的盾牌。

"邦斯先生，那是阿喀琉斯，他带着武器。"

"我想回去。"邦斯先生说。

---

① 瓦格纳歌剧《尼伯龙根的指环》中的第一部。

最后一块彩虹消散了，车轮在有生命的岩石上发出动听的声响，马车门突然打开。男孩跳了下来——他控制不住自己——雀跃着去和勇士见面，勇士突然弯下腰，用盾牌接住了他。

"阿喀琉斯！"男孩喊道，"让我下来吧，我又无知又粗俗，我得等昨天我跟你说过的那位邦斯先生。"

可是阿喀琉斯把他高高举起。他蹲在那块神奇的盾牌之上，蹲在众多英雄和燃烧的城市之上，蹲在黄金雕刻的葡萄园之上，蹲在一切宝贵的激情和一切欢乐之上，蹲在他发现的这座山完整的形象之上，就像这座山一样，周围环绕着一条永远流淌的河。"别这样，不行，"他抗议道，"我不配。邦斯先生才应该到这上面来。"

可是邦斯先生在啜泣，于是阿喀琉斯以嘹亮的声音高喊："在我的盾牌上站直喽！"

"先生，我没打算站起来的！不知道是什么东西让我站起来了。先生，您干吗拖拖拉拉的？这儿只有伟大的阿喀琉斯，您知道他啊。"

邦斯先生尖叫道："我谁都没看见。我什么都没看见。我想回去。"然后他对车夫喊道："救救我！让我待在您的马车里吧。我表达过对您的敬意。我引用过您的话。我用羊皮纸把您的著作装订起来。送我回到我的世界去吧！"

马车夫回答道："我是工具，不是目的。我是食物，不是生命。自己站起来吧，就像那个男孩一样。我救不了你。因为诗歌是一种精神，敬奉诗歌的人必须崇敬精神，崇敬真理。"

邦斯先生控制不住自己，爬出了漂亮的马车。他的脸露出来了，嘴张得老大，样子十分可怕。接着是他的手，一只手抓住踏板，另一只手在空中乱挥。他的肩膀也露出来了，然后是胸口和肚子。他尖叫一声"我看见伦敦了"，然后就摔下去了——他摔倒在月光下坚硬的岩石上，接着就掉进了岩石里头，就好像那岩石是水一样，他穿过岩石，消失了，从此男孩再也没有见到他。

"邦斯先生，您掉到哪儿去了？有一队人过来了，他们奏着乐举着火炬来欢迎您了。来了很多男的和女的，他们的名字您都知道。山醒了，河醒了，跑道那边的大海正在唤醒海豚，都是为了您啊。他们想让您……"

他的前额碰到了新鲜的树叶。有人给他戴上了桂冠。

终 [1]

据《金斯顿报》《瑟比顿报》《雷恩斯公园观察者报》报道：

> 塞普蒂莫斯·邦斯先生的遗体在柏孟塞 [2] 煤气厂附近被人发现，处于严重损毁状态。死者衣袋里有一个装金币的钱包、一个银制雪茄烟盒、一本袖珍发音字典和两张公共马车车票。这位不幸的绅士显然是被人从极高的地方抛下来的。怀疑为谋杀，有待权威机构进行彻底调查。

完

---

① 原文为希腊语词 ΤΕΛΟΣ（TELOS），意为"终极目的"。
② 伦敦南部的一个地区。

另类王国

一

"'Quem——谁；fugis——你在躲避；ah demens——你这傻瓜；habitarunt di quoque——众神也曾居住；silvas——树林。'① 来吧！"

讲经典著作时我总会讲得生动一些，这是我的教学法之一，所以我把 demens 也就是"疯子"翻译成"傻瓜"。不过博蒙特小姐没必要把这个译法记下来；福特懂得多些，也没必要重复一遍："你在躲避谁，你这傻瓜，众神也曾居住在树林里。"②

"对——"我以学者的矜持答道，"对——Silvas——树林，林木覆盖的地方，泛指乡间。对。Demens 也就是'傻瓜'当然是 de-mens 也就是'没——脑子'了。'唉，没脑子的家伙！众神，知道吗？就连众神也曾居住在树林里啊。'③"

"我还以为众神总是住在天上呢。"沃特斯太太说。这好像是她第二十三次打断我们的课了。

"不一定。"博蒙特小姐接口说。她讲的时候，用"没脑子的家伙"替换了"傻瓜"。

"我一直以为他们住在天上。"

"哦，不是的，沃特斯太太，"姑娘又说了一遍，"不一定住在天上。"她翻开本子，找到做笔记的地方读起来："众神。所在地。主神——奥林匹斯山。潘神——大部分地方都有，名副其实④。俄瑞阿得斯——山间。塞壬⑤、特赖登⑥、涅瑞伊得斯——水中（海水）。那

---

① 这是古罗马诗人维吉尔（Virgil，前70年—前19年）《牧歌》中的一句。《牧歌》共十首，此句出自其二。
② 这是把全句串了起来。
③ 这是对同一句的解释。杨宪益的译文是："连神人也住在山林里，你疯了吗，为什么要跑？"
④ 希腊神话中潘神的名字"Pan"有"全体""一切"等含义。
⑤ 塞壬（Siren）是希腊神话中半人半鸟的女海妖，以美妙的歌声诱惑过往的海员，使靠近的船只触礁沉没。
⑥ 特赖登（Triton）是希腊神话中人身鱼尾的海神。

伊阿得斯 ①——水中（淡水）。萨梯 ②、法翁 ③ 等——林间。得律阿得斯 ④——树上。"

"嗯，亲爱的，你学到的可真不少。能告诉我学了这些给你带来什么好处了吗？"

"给我带来的好处嘛……"博蒙特小姐吞吞吐吐地说。她学习古典文学很认真，非常希望能说出古典文学给自己带来了什么好处。

福特替她解了围。"当然有好处了。古典文学里处处有诀窍，能教人怎么躲开一些事。"

我恳请这位年轻的朋友可别躲开维吉尔的课。

"可那些诀窍就是有这用处嘛！"他喊道，"比方说，那个头发长长的野蛮人阿波罗 ⑤ 要给你上音乐课，好啊，你钻到月桂树里头去就行了。再比方说，自然之神来了，你对这位自然之神不是很感兴趣，于是就变成一根芦苇。"

"杰克疯了吗？"沃特斯太太问。

但是博蒙特小姐听懂了他话中的典故 ⑥——我得承认，他用得挺妙。"那么克罗伊斯 ⑦ 呢？"博蒙特小姐问，"要躲开克罗伊斯，得变成什么？"

我急忙纠正她对神话的误解。"博蒙特小姐，是迈达斯 ⑧，不是克罗伊斯。迈达斯会让你变——你不是自己变：是他把你变成金子。"

"谁也躲不开迈达斯。"福特说。

---

① 那伊阿得斯（Naiads）是希腊和罗马神话中住在河流、泉水和湖泊中的水泉女神。和"俄瑞阿得斯""涅瑞伊得斯"等一样，单数应没有词尾音译字"斯"，但通常都以复数统称出现。这一句里除主神和潘神以外，各路神仙都不止一个，有的数量众多。

② 萨梯（Satyr）是希腊神话中的森林之神，具人形而有羊的尾、耳、角等，性嗜嬉戏，好色。

③ 法翁（Faun）是罗马神话中半人半羊的农牧之神，与希腊神话中的萨梯对应。

④ 得律阿得斯（Dryads）是希腊和罗马神话中的树神。

⑤ 阿波罗（Apollo）是希腊和罗马神话中的太阳神，也是音乐、诗歌、医药之神。

⑥ 福特提到的典故是，河神女儿达芙妮为逃避太阳神阿波罗的追赶变成了一棵月桂树，山林女神西琳克丝为了保护自己不受自然之神潘神的玷污而变为芦苇。

⑦ 克罗伊斯（Croesus，？—前546）是古代吕底亚国（今土耳其西部）末代国王，以富有闻名。

⑧ 迈达斯（Midas）是希腊神话中的佛律基亚国王，贪恋财富，有点物成金的法术。

"肯定有人能——"博蒙特小姐说。她学拉丁语还不到两个星期，都恨不得去纠正钦定讲座教授的错误了。

福特开始逗她。"啊，谁也躲不开迈达斯！他只要一来，碰你一下，你就会给他百分之几千的回报，就一眨眼的工夫。他要是碰了你，你就变成金子了——黄金打造的姑娘。"

"我不许他碰！"她喊道，又恢复了嬉笑打闹的老样子。

"噢，可他会碰你呀。"

"他碰不到我！"

"他会碰到的。"

"他碰不到！"

"他准能碰到。"

博蒙特小姐举起她那本维吉尔诗集，就往福特的脑袋上敲。

"伊芙琳！伊芙琳！"沃特斯太太说，"你这就有点忘乎所以了。你把我的问题也忘了。学拉丁语给你带来什么好处了？"

"福特先生——学拉丁语给你带来什么好处了？"

"英斯基普先生——学拉丁语给我们带来什么好处了？"

于是我也给拽进了古典文学之争。学拉丁语的理由很充分，想起来却不容易，再说下午阳光炙热，我需要喝茶。可我是指导老师，必须为自己的职业辩护。于是我取下眼镜，往镜片上呵了口气，说道："亲爱的福特，这个问题提得好！"

"杰克学拉丁语倒是可以理解，"沃特斯太太说，"他得通过入学考试。可伊芙琳学那有什么用呢？根本就没用嘛。"

"不是这样，沃特斯太太，"我坚持我的看法，用眼镜点了点她，"我认为不对。博蒙特小姐——从某种意义上说——对我们这个文明还不太熟悉。她正在入门，拉丁语也是她入门考试的一个科目。不了解一点渊源，就无法掌握现代生活。"

"可她为什么要掌握现代生活呢？"这个令人厌烦的女人追问道。

"唉，你可真行！"我反唇相讥，"啪"的一声合上眼镜。

"英斯基普先生，我行什么啊。发发善心告诉我吧，这些东西都有什么用处。噢，我也学过这一套的：朱庇特①、维纳斯②、朱诺③，这群天神我全知道。那些故事里有很多内容一点儿都不体面。"

"古典文学教育，"我冷冷地说，"并不全都只限于古典神话，尽管即便是神话也自有其价值。就当是梦吧，随你便，不过梦也有价值。"

"我也做梦啊，"沃特斯太太说，"可我没那么傻，不至于醒了以后还老提那些梦。"

谢天谢地有人打断了我们的对话。一个浑厚有力的声音在我们身后响起："珍惜你们的梦吧！"我们的主人哈考特·沃特斯来了，他是沃特斯太太的儿子、博蒙特小姐的未婚夫、福特的监护人、我的雇主：提到他我必须称他"沃特斯先生"。

"我们都珍惜自己的梦吧！"他又说了一遍，"这一整天我都在争吵啊、砍价啊、谈判啊。走出屋子来到这片草坪，看见你们都在学拉丁语，这么快乐，这么安宁，这么恬淡闲适，像阿卡狄亚人④一样……"

话音未落，他就坐到博蒙特小姐旁边的椅子上，抓住了她的手。说话间，博蒙特小姐唱了起来："啊，你这傻瓜，众神居住在树林里！"

"你们在学什么呢？"沃特斯先生微微蹙起眉头。

博蒙特小姐用另一只手指着我。

"维吉尔……"我结结巴巴地说，"口头翻译……"

"啊，我明白了；口头翻译诗歌，"然后他脸上又有了笑意，"假如众神居住在树林里，或许这就是树林如此昂贵的原因了。我刚把那片名叫'另类王国'的树林买下来！"

在座的人大声欢呼。说真的，那片树林里的山毛榉树跟赫特福德

---

① 朱庇特（Jupiter）是罗马神话中的众神之王。

② 维纳斯（Venus）是罗马神话中美的女神。

③ 朱诺（Juno）是罗马神话中的天后。

④ 阿卡狄亚（Arcadia）是古希腊的一个山区（今伯罗奔尼撒半岛中部），其居民以田园牧歌式的淳朴生活著称。

郡①的一样好看。另外，那片树林和通往树林的草地始终就像个丑陋的凹口，破坏了这片领地圆形的轮廓线。所以听说沃特斯先生买下了"另类王国"，我们都很高兴。只有福特不说话，摸着脑袋上维吉尔诗集敲过的地方暗自笑着。

"从我出的价来看，我得说每棵树上都住过一个神。不过，这一次价格不成问题，"他看了一眼博蒙特小姐，"你特别喜欢山毛榉树，对吧，伊芙琳？"

"我总是不记得哪种树才是山毛榉。是这样的吗？"

她刷地高高举起双臂，合拢双手，整个人看起来就像一根细长的柱子。然后她轻轻地摇摆身体，薄薄的绿裙子随之荡漾起来，犹如无数片绿叶。

"我的宝贝！"她的恋人大声感慨。

福特说："不对，这是欧洲桦。"

"嗯，你说得对。那就是这样。"她猛地抖动起裙子，刹那间裙边层层叠叠地铺撒开来，就像山毛榉的一层层树叶。

我们看了看宅子，没一个仆人往这边瞧。于是我们放声大笑，说她应该上台表演。

"啊，我喜欢的就是这种树！"她喊道，又扮了一次山毛榉树。

"我就知道，"沃特斯先生说，"我就知道。'另类王国'树林是你的了。"

"我的？"博蒙特小姐从未收到过这样的礼物，一时反应不过来。

"这笔买卖拟合同的时候要用你的名字。你在地契上签字。请接受这片树林吧，还有我的爱意。这就是第二个订婚戒指。"

"可这……这当真是我的吗？我可以，嗯，随意处置吗？"

"可以呀。"沃特斯先生微笑着说。

博蒙特小姐扑上去亲吻了他。她还吻了沃特斯太太。要不是我和福特举起了胳膊肘，她还打算亲吻我们呢。拥有地产的快乐冲昏了她

① 赫特福德郡（Hertfordshire）在英格兰东南部。

的头脑。

"那片树林归我啦！我可以在那儿散步，在那儿做活，在那儿住。我自己的一片树林！永远属于我啊。"

"不管有什么变化，九十九年之内都属于你。"

"九十九年？"不得不说，博蒙特小姐的声音里流露出了一丝失望。

"我的宝贝！你觉得九十九年后你还在吗？"

"大概是不在了，"她回答道，脸色微微发红，"我不知道。"

"对大多数人来说，九十九年应该就够长的了。这栋房子和你们脚下的草坪，我是按九十九年的租期盘下来的。可我还是说这是我的财产，而且我觉得这么说很合理。对不对？"

"哦，对啊。"

"九十九年实际上就是永远了。是不是？"

"嗯，应该是。"

福特有一本能让人发火的笔记本。封面上贴着"私密"的标签，内页的抬头上写着"实际上是书"。我看见他在那个本子上记了一条："永恒：实际上是九十九年。"

这时沃特斯先生自言自语般地说道："天啊，天啊！地价涨得太快啦，简直令人震惊！"

我看出他需要一位鲍斯韦尔 [1]，便说："真的很快是吗？"

"我亲爱的英斯基普！猜猜看，十年前花多少钱就能买下那片林子！可我拒绝了。猜猜为什么。"

我们猜不出来。

"因为那次交易不地道。"说出最后这个高尚的字眼，他脸上泛起了红晕，显得十分好看。"不地道。法律上地道。但是道德上不地道。当时的打算是强迫这块地的主人放手。我拒绝了。其他人，按他们的

---

[1] 詹姆斯·鲍斯韦尔（James Boswell，1740—1795），苏格兰作家，现代传记文学的开创者，英国作家约翰逊的密友，其作品《约翰逊传》以翔实著称，"鲍斯韦尔"一词也成为了"忠实的传记作家"的代称。

眼光也算是体面人呢，都认为我太拘谨了。我说：'没错。也许我是拘谨了。我的名字就是普普通通的哈考特·沃特斯，出了伦敦城，出了我老家，这名字没人知道。不过在知道我名字的地方，我自认这名字还是有点分量的。我不能把我的名字签在这上面。就是这么回事。说我拘谨，愿意说就说吧。不过我不会签字的。我就这毛病。我们就管这叫毛病吧。"他的脸又一红。福特觉得他的监护人一定是全身都红了——如果你能扒掉他的衣服，让他用高尚的语言说话，他会看上去就像一只煮熟的龙虾。福特的笔记本里有一幅画，画的就是这种状态下的沃特斯先生。

"这么说，当年的主人已经不再拥有这片林子了？"博蒙特小姐问道，她一直在饶有兴致地听哈考特说话。

"哦，是啊！"沃特斯先生说。

"当然是啦！"沃特斯太太心不在焉地说，她正在草地上找自己的毛衣针，"他当然不再拥有了。这块地现在归他的遗孀。"

"茶来了！"她儿子轻快地跳起来叫道，"我看见茶了，我想喝茶。来吧，妈妈。来啊，伊芙琳。跟你们说，不开玩笑，今天可是人生之战中艰苦的一天。人生实际上就是一场战斗。不管从哪个方面看，人生都是一场战斗。只有几个幸运的家伙例外，他们会读书，可以在书里逃避现实。可是我……"

沃特斯先生说话的声音渐渐远去，他陪着两位女士走过平坦的草地，踏上了通往露台的石阶。一位男仆在露台上摆开了茶桌和小椅子，还放了个银制的茶壶架。又有几位女士从宅子里走出来。我们只能听见她们兴奋的喊叫声，沃特斯先生也向她们通报了买下"另类王国"的消息。

我喜欢福特。这个小伙子是个学者的材料，也有绅士的潜质，不过不知为什么，他不喜欢"绅士"这个词。此刻看到他以年轻人略带玩世不恭的神情噘起了嘴，我觉得挺有趣。福特不明白男仆和那个结实的银茶壶架有什么意义，这些都让他生气。因为他是有梦想的，他的梦想不完全属于精神层面，沃特斯先生才是做那种梦的人，福特的梦想看得见摸得着，真实可行，生机勃勃，不是要把他带到天堂去，而是要带他去另一个尘世。那个尘世里没有男仆，估计茶壶架也不是银制的，我知道那里的一切都会呈现出本来面目，不会实际上是别的东西。可这意味着什么呢？假如真意味着什么的话，又有什么用处呢？我说不好。虽然刚才我说了"梦也有价值"，那不过是为了堵住沃特斯太太的嘴罢了。

"来吧，小伙子！我们总得先把事情做完才能去喝茶吧。"

福特把椅子转了个方向，背对着露台，这样他坐在椅子上就可以看到草地，看到流过草地的小河，还有小河对岸耸起的"另类王国"里那些山毛榉树。接着，他以极其凝重而令人赞赏的语气，开始诠释维吉尔的《牧歌》。

二

"另类王国"树林跟别的山毛榉树林没什么不同，我也就不再费神去描述它了。树林前面的小河也跟其他许多小河一样，桥架得不是地方，想从桥上过河得绕道走大约一英里，要不就得蹚着水过去。博蒙特小姐建议我们蹚水。

沃特斯先生咋咋呼呼地接受了她的建议。我们后来才渐渐察觉，他并不打算真那么做。

"好玩！太好玩了！我们要蹚水到你的王国去。只是——只是没有那些茶具就好了。"

"你可以把茶具背过去呀。"

"哎，对啊！我是可以背啊。要么让仆人去背。"

"哈考特，不要仆人。这是我的野餐，我的树林。一切都由我来安排。我还没跟你说呢，吃的东西我全都准备好了。我和福特先生到村子里去了。"

"村子？"

"是啊，我们买了饼干、橘子，还有半磅茶。吃的喝的就这些啦。福特把东西背来了。他会背过河去。我只想跟你借些茶具，不用拿最好的那些。我会精心保管的。就这么办。"

"亲爱的小宝贝……"

"伊芙琳，"沃特斯太太问她，"你和杰克买茶付了多少钱？"

"半磅，十便士。"

听了这话，沃特斯太太沉默不语，神情阴郁。

"还有妈妈呢！"沃特斯先生叫了起来，"哎呀，我怎么忘了！怎么能让妈妈和我们一起蹚水呢？"

"哦，不过，沃特斯太太，我们可以背你过去。"

"谢谢你，好孩子。我相信你们有这个本事。"

"哎呀！哎呀！伊芙琳，妈妈在笑话我们哪。她才不愿意让人背呢，死都不肯。哎呀呀！还有我那两个妹妹，还有奥斯古德太太，她感冒了，麻烦的女人。不行，我们得绕路，从桥上过河。"

"可是，我们几个可以……"福特刚开口，他的监护人便用眼神阻止了他。

于是我们绕道而行，一行八人。博蒙特小姐领头。她风趣极了，最起码当时我是这么想的，事后回味她那些话，却发现一点都不好笑。都是这种："排成单列！就当你们是在教堂，不许说话。福特先生，脚尖向外。哈考特……到了桥边，给水泉女神那伊阿得扔一小撮茶。她头疼。都疼了一千九百年了。"她说的话都傻里傻气的。当时我却挺喜欢，真搞不懂是怎么回事。

快到树林了，博蒙特小姐说："英斯基普先生，唱歌吧，我们跟着你唱：啊，你这傻瓜，众神都居住在树林里。"我清了清嗓子，唱出了这段糟糕透顶的歌词，大家也跟着唱起来，活像是在吟唱连祷文。博蒙特小姐确实有些迷人之处。哈考特把这个既没钱又没人脉、祖先几乎全是无名之辈的女子从爱尔兰挑出来带回家做新娘，我并不觉得惊讶。哈考特这么干够大胆的，不过他知道自己本来就是胆大的人。博蒙特小姐没有给他带来任何东西，可他承受得起，他在精神上和商业上的财富都绰绰有余。"将来，"我听见他对自己的母亲说，"将来伊芙琳会给我千倍的回报。"何况她也确实有其迷人之处呢。我要是有资格去喜欢别人，也会非常喜欢她。

"别唱了！"她喊道。此时我们已经进了树林。"欢迎诸位！"我们鞠躬答谢。一路上都没笑的福特鞠躬最深，头都差点碰到地了。"现在请坐吧。沃特斯太太——你坐那边吧，挨着那棵绿色树干的树，好吗？那棵树能衬托出你漂亮的裙子。"

"好极了，亲爱的，我就坐那里吧。"沃特斯太太说。

"安娜那边。英斯基普先生坐她旁边。然后是露丝和奥斯古特太太。啊，哈考特——请务必往前坐一点儿，这样你就能挡住后面的宅子了。我一点儿都不想看见那座宅子。"

"我不干！"她的恋人笑着说，"我也想靠着树坐。"

"博蒙特小姐，"福特问，"我坐哪里？"他立正站着，像个士兵。

"啊，瞧瞧这些沃特斯家的人，瞧瞧这片水，"她大声说，"中间有个小浅滩，就是福特你啦！"她的文化水平正处于爱用双关语的阶段。①

"要我站着吗，博蒙特小姐？我站着就能帮你挡住那座宅子了吧？"

"坐下，杰克，你这孩子！"福特的监护人大声插了嘴，其实他大可不必那么严厉，"坐下！"

"他愿意的话站着也行，"博蒙特小姐说，"福特先生，把你的软帽往后推推。就跟圣人头顶的光轮一样，这下你把烟囱冒的烟都遮住了。而且这样显得你很帅气。"

"伊芙琳！伊芙琳！你对小伙子们太苛刻了。你会累着他的。他是个书呆子，一点都不壮实。让他坐下吧。"

"你不壮实吗？"她问。

"我很壮啊！"福特大声说。这倒是真的。按理说福特是强壮不起来的，但他的确很结实。他从来不举哑铃，也没参加过学校的十五人

---

① 博蒙特小姐用了两个双关语：一是沃特斯一家的姓（Worters）与"水域"（waters）同音，二是福特这个姓（Ford）与"可涉水过河之处；浅滩"（ford）同音同形。

橄榄球队。可是肌肉就这么长出来了。他觉得是在他诵读品达^①诗歌的时候长出来的。

"那好啊，你要是愿意就站着呗。"

"伊芙琳！伊芙琳！幼稚而自私的姑娘啊！可怜的杰克要是累了，我就来替他。你为什么不想看见那座宅子呢？啊？"

沃特斯太太和几位沃特斯小姐动了动身子，有点不自在。她们看得出来，自家的哈考特不太高兴。她们不打算问他这是怎么了，他的不快应该由伊芙琳去消解。她们瞅了瞅她。

"哎，你为什么不想看见你未来的家呢？其实这宅子就是我设计的，要我说，从这儿看过去挺漂亮的嘛。我喜欢那些山墙。小姐！回答我！"

我能理解博蒙特小姐的感受。那种自家做的山墙丑得要命，哈考特的宅邸看上去活像是得了浮肿病的农舍。可她怎么说呢？

她一言不发。

"嗯？"

哈考特的话就好像根本没说似的。博蒙特小姐照旧活泼轻松，笑意盈盈，漂亮迷人，可就是一言不发。她没意识到问话需要回答。

在我们看来，这局面尴尬得让人无法忍受。我不得不出手救场，巧妙地把话题扯到了风景上。我说，眼前的风景让我想起了维爱^②附近的乡村。其实没那回事——而且也不可能，因为我从来没去过维爱。引经据典已经成了我思维体系的一部分。不管怎么说，我挽救了这个局面。

博蒙特小姐一下子变得严肃了，显得很理性。她问我维爱是哪个年代的城市。我恰如其分地做了回答。

"我真的很喜欢古典文学，"她告诉我们，"那些作品特别自然。就是把事情写下来。"

---

① 品达（Pindar，约前518—前438），古希腊诗人，其诗作多歌颂竞技体育运动。
② 维爱（Veii）是意大利中部古城，地处罗马西北约十英里处，又译维依。

"对……"我说，"不过，古典文学不光有散文，还有诗歌。诗歌可不仅仅是记事。"

"就是把事情写下来。"博蒙特小姐说着微微一笑，仿佛对这个愚蠢的定义很得意。

哈考特平静下来了。"评论得很有道理，"他说，"这正是我对古代世界一向的看法。给不了我们多少教益。只不过是把事情写下来罢了。"

"你想说什么？"伊芙琳问。

"我想说——不过在英斯基普先生面前说这些，未免有些狂妄了。我的看法是这样的。古典文学并非一切。我们从古典文学中受益匪浅，我绝不会贬低其价值，那些作品我上学的时候也都学过。古典文学高雅而优美，但并不是一切。人们写那些东西的时候还没有真正开始感受呢。"他的脸红得厉害，"所以古典艺术是冷峭的，那里面少了——少了一种什么东西。而后来的那些——但丁——拉斐尔的圣母像——门德尔松乐曲里的几个小节……"他满怀崇敬的声音越来越小。我们坐在那儿眼睛看着地面，不忍去看博蒙特小姐。一个相当公开的秘密就是，她也少了一种什么东西。她的灵魂还没有发育起来。

和往常一样轻声细语的沃特斯太太打破了沉默，说她快饿昏了。

年轻的女主人跳了起来。她不让我们插手，这是她的野餐会嘛。她打开篮子，取出袋子里的饼干和桔子，把茶壶里的水烧开，给大家沏上茶，那茶难喝透顶。不过我们边笑边聊，轻松愉快，和野外的气氛很相配，就连沃特斯太太赶苍蝇的时候也是面带微笑。福特一声不吭，骑士般的身影居高临下地立在一边，他小心翼翼地喝着茶，生怕动作大了会影响自己起屏障作用的轮廓。他的监护人是个爱开玩笑的家伙，一会儿拿他打趣，一会儿又挠他的脚踝和小腿肚子。

"嗨，真是太好了！"博蒙特小姐说，"我很开心。"

"这是你的林子哎，伊芙琳！"几位女士说。

"永远都是她的林子！"沃特斯先生大声说，"租期九十九年还不是很令人满意。没有永久的感觉。所以我重新开始了谈判。我已经给她买下了这片树林，永久性的——好啦，亲爱的，好啦，别大惊小怪。"

"可我必须说！"博蒙特小姐喊道，"一切都太完美啦！大家都那么友好，一年前你们当中大部分人我还都不认识呢。哦，太美妙啦……现在还有了一片树林——我自己的树林——永远属于我的树林。大家还跟我一起来这儿喝茶！亲爱的哈考特……亲爱的诸位……就在那座宅子会冒出来破坏风景的地方，我们有福特先生！"

"哈哈哈！"沃特斯先生一边大笑，一边悄悄用手钩住了小伙子的脚踝。不知怎么回事，福特就尖叫一声摔倒在地。外人听来那很像是出于愤怒或者疼痛的一声喊叫。我们心中有数，便哄然大笑起来。

"他倒下了！他倒下了！"他们两个打闹起来，踢得泥土四溅，枯叶乱飞。

"别弄坏了我的林子！"博蒙特小姐喊道。

福特又尖叫一声。沃特斯先生收了手。"胜利喽！"他欢呼着，"伊芙琳！且看家族宅邸！"可是博蒙特小姐已经像一只蝴蝶似的翩然离开我们，信步走进了她的树林。

我们收拾好茶具，分成了几拨。福特和几位女士一起走了。沃特斯先生赏光站到了我身边。

"对了，"他老生常谈一般说道，"古典文学课上得怎么样？"

"还不错。"

"博蒙特小姐表现如何，有才能吗？"

"应该说还是有的。最起码她有热情。"

"你不觉得那是小孩子的热情吗？我跟你直说了吧，英斯基普先生。从很多方面看，博蒙特小姐实际上就是个孩子。她什么都得学，这一点她自己也承认。她的新生活是如此不同——如此的陌生。我们的习俗……我们的思想……所有这些，都得有人领她入门。"

我明白他想说什么，可我并不傻，便回答道："要领她入门，古典文学不是最好的方法吗？"

"没错，没错。"沃特斯先生说。远处传来博蒙特小姐的声音，她在数山毛榉树。"唯一的问题是——这个拉丁语和希腊语——她要这干什么？对她能有什么用处？她能——怎么说呢，好像她永远也不需要去给别人上课吧。"

"这倒是真的。"我的脸色此刻变得让人看起来或许有些捉摸不定了。

"不管怎样，毕竟她所知甚少啊——你说得对，她热情还是有的。可难道不该把她的热情引导到——比如说，英国文学上？给她上丁尼生 ① 的课，她几乎一无所知。昨天晚上在温室里，我给她读了亚瑟王和桂妮维亚十分精彩的那一段。希腊语和拉丁语都挺好，不过有时候我觉得，应该从基础的东西开始。"

"你觉得，"我说，"古典文学对博蒙特小姐来说有点像是件奢侈品？"

"是奢侈品。正是这个意思，英斯基普先生。一件奢侈品。一阵心血来潮。对杰克·福特来说倒是很好。这就牵扯到了另一个问题。她肯定拖了福特的后腿吧？她掌握的知识肯定还在初级水平。"

"嗯，她的知识是在初级水平。我得承认，把他们俩放在一起教是挺难的。杰克看的书多，杂七杂八的，而博蒙特小姐呢，虽然很用功也有热情——"

"我也一直有这种感觉。这么上课对杰克很不公平吧？"

"怎么说呢，我必须承认——"

"的确如此。我当初就不该提这个建议。不能再让他们一起上课了。当然了，英斯基普先生，少一个学生对你不会有什么影响。"

"课马上就停掉，沃特斯先生。"

说到这儿，博蒙特小姐朝我们走来。"哈考特，一共有七十八棵树，我刚刚数了一遍。"

---

① 阿尔弗雷德·丁尼生（Alfred Tennyson, 1809—1892），英国维多利亚时代著名诗人，曾以古不列颠传说中的亚瑟王及其王后桂妮维亚为主题创作诗歌。

哈考特低头笑吟吟地看着她。我得记着说明一下，沃特斯先生个头很高，相貌堂堂，有坚挺的下巴，一双如水的褐色眼睛，高高的额头，没有一丝灰白头发。像哈考特·沃特斯先生的一张照片那样引人注目的东西是极少的。

"七十八棵树？"

"七十八棵。"

"你高兴吗？"

"哎呀，哈考特！"

我开始收拾茶具。他们看见了，也听见了。他们当时也没走远一点，这只能怪他们自己。

"我打算造桥，"沃特斯先生说，"用带树皮的粗木头在下面造一座桥，然后也许可以铺一条柏油小路，从宅子那里穿过草地，这样不管是什么天气，我们走过来都不会把鞋打湿。经常有小男孩往林子里跑，你看看树上刻的这些人名首字母。我想修一道简单的篱笆，除了家里人谁都不准进来……"

"哈考特！"

"一道简单的篱笆，"他接着说，"就像把我的花园和田地围起来的那种篱笆。然后在林子的另一头，就是离宅子比较远的那边，我要建个大门，配上钥匙，我想就配两把，一把归我，一把归你，没有多余的。我要把柏油小路修到……"

"可是，哈考特……"

"可是，伊芙琳！"

"我……我……我……"

"你……你……你……"

"我……我不想要柏油小路。"

"不要柏油的？也许有道理。要么就煤渣的。对。用鹅卵石也行。"

"可是，哈考特——我根本都不想修路。我——我——没钱修路。"

他发出一阵得意的大笑。"我的宝贝！这点事也用得着你操心！小路也是我送的礼物啊。"

"这片树林是你的礼物，"博蒙特小姐说，"你知道吗？我不喜欢小路。我宁愿每次都像今天这样走过来。我也不想要桥。不要桥——也不要篱笆。我不在乎那些小男孩和他们刻的名字。小男孩和小女孩们经常到这儿来，把他们的名字刻在树干上。这叫做'第四次宣告'①。我不想让他们以后不这么做了。"

"哎呀！"沃特斯先生指着一个大大的心形图案，那颗心上还穿了一支箭，"哎哟！哎哟！"我怀疑他是在耗时间。

"他们刻上名字就走了，第一个孩子出生后再回来，把名字刻得更深一些。每生一个孩子就这么做一次。这样就能看出来：字迹穿过树皮深深刻入木头里的，是生了一大堆孩子的爸爸妈妈，而字迹在树皮上很浅、很快就长好了的，是最终没能结成伴侣的男孩和女孩。"

"你可真了不起！我在这地方住了一辈子，从来没听说过这种事。真是赫特福特郡异想天开的民间传说！我一定得告诉副主教，他会很乐意……"

"还有呢哈考特，我不想让这种做法以后就没了。"

"我亲爱的姑娘，村里人会在其他地方找到树的！'另类王国'里的树没什么特别的啊。"

"可是……"

"'另类王国'是给我们用的。只给你和我。只有我们俩的名字能刻在这里。"他的声音越来越小，近乎耳语了。

"我不想用篱笆把林子围起来。"博蒙特小姐的脸转了过来，我看出她脸上满是困惑和恐惧，"我讨厌篱笆，讨厌桥，讨厌所有的小路。这是我的林子。求你了：你把林子送给我了呀。"

"是啊，没错！"他答道，安抚着她。可我看得出来，他生气了。

---

① 依据英格兰婚姻法，新人申请结婚时，注册官必须在新人居住地发布结婚公告，公告期为三个星期，公告期满，没有异议，注册官方可签发结婚许可。"第四次宣告（the Fourth Time of Asking）"是公告期的延续。

"当然啦。不过呢，啊哈！伊芙琳，草地是我的，我有权在那儿修篱笆——在我的领地和你的领地之间！"

"哦，把我圈在篱笆外面吧，随你的便！你想圈多大就圈多大，把我圈在外面。绝对不能圈在里面。哦，哈考特，绝对不行。我一定要在外面，我一定要待在任何人都能接触到我的地方。一年又一年的——看着那些名字的刻痕越来越深——那是唯一值得触摸的东西——最后总会长好——不过有人已经摸过了。"

"对，我们的名字！"他喃喃说道，他抓住了这个他听懂了而且对他有用的词，"我们现在就把名字刻上去吧。你和我——你要是喜欢还可以刻上一颗心，加上一支箭，什么都行。H. W. 是我，E. B. 是你。"①

"H. W.，"她重复道，"和 E. B.。"

沃特斯先生掏出折叠小刀，拉着博蒙特小姐去找没有刻痕的树。"E. B. 还有'永远的祝福'这个意思呢。我的！我的！我远离尘世的避风港！我圣洁的殿堂。啊，精神的升华——这你还不懂，以后会明白的！啊，与世隔绝的天堂。年复一年，孤独相伴，彼此拥有——年复一年，灵魂与灵魂交融，E. B. 也是'永恒的幸福'啊！"

他伸出一只手，刻下两个人姓名的首字母。他刻字的时候，博蒙特小姐似乎如梦方醒。"哈考特！"她喊了起来，"哈考特！那是什么？你食指和拇指上红色的东西是什么啊？"

三

哦，我的天啊！哦，所有的神灵啊！现在全乱套了。沃特斯先生一直在看福特那本能让人发火的笔记本。

"这得怪我，"福特说，"我应该贴上'实属私密'的标签。他哪能知道不应该翻开本子乱看呢？"

我以严厉的口气发表了意见，受雇于人嘛，理应如此："我亲爱

① "H. W." 是 "哈考特·沃特斯"（Harcourt Worters）的首字母；"E. B." 是 "伊芙琳·博蒙特"（Evelyn Beaumont）的首字母。"E. B." 也是 "Eternal Blessing/ Eternal Bliss"（永远的祝福/永恒的幸福）的首字母。

的孩子，别这么说。那个标签掉了。所以沃特斯先生才翻开了笔记本。他绝对没想到那个本子是私密的。明白了吗——标签掉了。"

"是给蹭掉的。"福特愠怒地反驳道，瞟了一眼自己的脚踝。

我假装没听懂。"关键在于，沃特斯先生打算用二十四个小时考虑此事。你要听我的劝，就在这个时限之内去道歉。"

"我要是不道歉呢？"

"当然了，你的事情你自己清楚。可是别忘了，你还年轻，对生活实际上一无所知，自己又几乎没什么钱。在我看来，你的前途实际上是要仰仗沃特斯先生的。你可是嘲笑了他啊。他不喜欢被人嘲笑。依我之见，你该怎么做是明摆着的事。"

"道歉？"

"一点儿不错。"

"要是不道歉呢？"

"走人。"

他在石阶上坐下来，头伏在膝盖上面。我们下边的草坪上，博蒙特小姐拖着球杆走来走去在打槌球。她的恋人在远处的草地上指挥着手下的人确定柏油小路的位置。归根到底，小路还是要修，桥还是要造，环绕"另类王国"的篱笆还是要竖起来。渐渐地，博蒙特小姐也明白了，她当初的反对没有道理。有天晚上在客厅，她主动提出哈考特可以想怎么干就怎么干。"那片树林看上去好像离得近了。"福特说。

"内侧的栅栏拆了，这样林子就显得近了。可我的好孩子，你得想好自己该怎么办。"

"他看了多少？"

"他自然是随便翻开的。就从你给我看的那些内容来说，只要看一眼就够了。"

"他翻开的是诗歌那部分吗？"

"诗歌？"

"他说起那些诗了吗？"

"没有。诗写的是他吗?"

"写的不是他。"

"那他就是看了也不要紧呀。"

"有时候,被人提起就是一种赞美。"福特抬头看着我说。这句话带着一种刺人的芳香——仿佛美酒在口中留下的无穷余味。细品之下,真不像是孩子说的话。我觉得很难过,我的学生可能会自毁前程;我再次劝说他最好去道歉。

"沃特斯先生要求你道歉,对此我不做评论。这里头有些事我觉得还是不提为好。问题是,如果你不道歉,就得走人——那你去哪儿呢?"

"去佩卡姆①的一个姑妈家。"

我指了指眼前美丽宜人的风景,草地上到处是吃草的母牛和拉车的马儿,仆人们彬彬有礼。沃特斯先生站在这片风景的中央,浑身散发着活力和财富的光芒,仿佛是人世间的太阳。"我亲爱的福特——别逞英雄了!去道歉吧。"

遗憾的是,我说话的声音大了一点,博蒙特小姐在下面的草坪上听见了。

"道歉?"她大声问道,"为什么事?"她打球打得无趣,踏上台阶朝我们走来,身后拖着她的长柄木槌。她的步态慵懒,人也终于变得柔和一些了。

"进屋吧!"我低声说,"这事必须了结。"

"绝对不可能!"福特说。

"什么事啊?"博蒙特小姐站在福特身边的台阶上,问道。

他抬头看看她,欲言又止。突然间我明白了。我知道他诗歌的性质和主题是什么了。这下我也不太确定他该不该去道歉了。越早把他从这儿赶出去越好。

他不顾我的劝阻,把笔记本的事告诉了博蒙特小姐。博蒙特小姐

---

① 佩卡姆(Peckham)是伦敦的一个地区,位于泰晤士河南岸。

听后第一句话是："哦，那个本子可得让我看看！"她完全没有"得体"这样的概念。然后她说："可你们俩怎么都一脸发愁的样儿呢？"

"我们在等沃特斯先生作出决定。"我说。

"英斯基普先生！别胡说了！难道你觉得哈考特会生气？"

"他当然生气了，他完全有理由生气。"

"可为什么啊？"

"福特笑他了。"

"那又怎么啦！"她的声音里第一次透出怒气，"你是说，他会惩罚笑他的人？得了吧，不就是为了——大伙儿到这儿来，管他为了什么呢？还不要互相取笑！我就整天笑别人。笑福特先生。笑你们。哈考特也一样啊。唉，你们误会他啦！他不会的——他不可能跟笑他的人生气的。"

"我那种笑不太友好，"福特说，"他不会完全原谅我的。"

"真是个傻小子，"她嗤笑道，"你不了解哈考特。他大度得很。哎呀，你要是真去跟他道歉，他反倒会像我一样发火了。英斯基普先生，是这样吧？"

"我觉得沃特斯先生完全有权利要求道歉。"

"权利？权利是什么？你新词用得太多啦。'权利''道歉''上层社会''地位'——都把我搞糊涂了。不管怎么说吧，我们大家到这儿来究竟是为了什么呢？"

她的话里满是颤动的光影——时而琐碎无聊，时而又质问人性何以至此。我没参加过剑桥大学的道德学学位考试，所以没法回答她。

"有一点我很清楚，那就是哈考特不像你们俩这么蠢。他超脱极了，不会循规蹈矩。他根本不在乎'权利'啊'道歉'啊什么的。他知道所有的笑都是友好的，友好的还有金钱啦灵魂啦这些东西。"

灵魂啦这些东西！不知远处草地上的哈考特听了这话会不会突发中风。

博蒙特小姐接着说："哎呀，你们要是不停地生气、道歉，生活该有多可悲啊！英国有四千万人，全都是小心眼！要真是这样，还不得把人笑死！想想吧！"她还真笑了，"不过你们瞧瞧哈考特。他是个明白人，才不那么小心眼呢。福特先生！他不是那种小心眼的人。哎，你的眼睛怎么啦？"

福特又把头伏在了膝盖上，我们看不见他的眼睛了。博蒙特小姐以冷静的口气告诉我，她觉得他哭了。然后她拿着木槌轻轻敲敲他的头发，说："爱哭宝宝！爱哭宝宝！哭得莫名其妙！"说完，她大笑着跑下台阶。"没事啦！"她从草坪上喊道，"告诉爱哭宝宝别哭了，我去跟哈考特说说！"

我们默默地看着她走了。福特根本没哭，只是瞪大了眼睛，眼中全是怒气。他骂了几句只有自己能听懂的话，然后冷不丁地起身走进屋子。我想他是不忍心看到她幻梦破灭。我没有他这份柔情，反而饶有兴致地看着博蒙特小姐朝她的主人走去。

博蒙特小姐信心十足地穿过草地，工人们举起帽子向她致意，她躬身回礼。她的慵懒劲儿消失了，同时消失的还有她那一点儿似有若无的"风度"。她又变成了哈考特从爱尔兰挑来的那个姑娘，天真未凿，不谙世故——美丽至极，却又可笑之至，而且——假如你爱动怜悯之心的话嘛——她也极其可悲。

我看见他们碰头了，她马上就挽住了他的胳膊。哈考特伸手指点着，向她解释造桥的事。她两次打断了他，他只好从头再解释一遍。然后她总算说上话了，接下来的场面可比一出戏要精彩得多。他俩小小的身影分开了，又聚到一起，再分开；博蒙特小姐比画着手势，哈考特则显得非常傲慢而冷静。博蒙特小姐又是请求，又是争辩，还打算讽刺他——如果讽刺能传递到半英里之外的话。为了强调自己某个幼稚的观点，她往后退了两步。扑通！她就在小河里挣扎起来了。

这就是这出喜剧的结局。哈考特把她救上岸，工人们聚拢过来，激动地吵吵嚷嚷。她膝盖以下都湿了，脚踝上全是泥。她就这副样子让哈考特带着朝我走过来，我渐渐听清了他们俩说的话。"流感……水不深……健康最重要了，衣服算什么——好了，最亲爱的，别担心……是啊，刚才肯定吓坏了……上床去！上床去！我就是要你卧床休息！答应了？好姑娘。那就上台阶去卧床休息。"

他们在草坪上分开了，她顺从地走上台阶，一脸的惊惧和迷茫。

"你这是掉水里了，博蒙特小姐！"

"掉水里了？啊，是啊。可是英斯基普先生——我就不明白了：怎么没办成这件事。"

我表示很惊讶。

"福特先生还是得走——马上就走。我没劝成。"

"难为你了。"

"我说不动哈考特。他生气了。他不肯笑。他不让我做我想做的事。从学拉丁语和希腊语就开始了：我想了解那些神灵和英雄，他不让；后来我不想用篱笆把'另类王国'圈起来，不想修桥和小路……可是你瞧！刚才我又请他不要惩罚福特先生，人家没干什么啊……可福特先生还是得离开这里，不许再回来。"

"博蒙特小姐，粗鲁无礼可不是'没干什么'。"我必须跟哈考特保持一致。

"粗鲁无礼就是没干什么！"她大声说，"根本就不存在那种东西。那是骗人的，就像'要求''地位''权利'一样。伟大的梦想里就包括粗鲁无礼。"

"什么'伟大的梦想'？"我忍住笑问道。

"请转告福特先生——哈考特来了，我得上床休息去了。请替我问候福特先生，让他'猜一猜'。我再也见不到他了，我受不了这个。叫他猜猜。我很抱歉，刚才还叫他爱哭宝宝。他哭得可不像小宝宝。他是像成年人那样哭的，现在我也长大了。"

我认为我理应把刚才的对话告诉我的雇主。

四

小桥造好了，篱笆竖起来了，柏油小路像丝带一样把"另类王国"和宅子的前门连在了一起。林子里的七十八棵树的确显得更近了。福特先生离开之后的那几天夜里起了风，我们能听见山毛榉树枝条飒飒的叹息声，早上能看到被风吹过来的树叶散落在房子前面。博蒙特小姐没有到室外去的打算，这让几位女士如释重负，因为哈考特发过话，她出门必须有人陪，而狂风会把她们的衬裙吹乱。博蒙特小姐一直待在屋里，既不看书也不说笑，穿衣服也不再穿绿色的了，而是穿棕色的。

有一天沃特斯先生顺便过来看看，轻松地吐了一口气说："都弄好了。圈子围起来了。"他没注意到博蒙特小姐也在场。

"真的啊！"她应了一声。

"是你啊，你这只默不作声的小耗子？我的意思不过是，我们的老爷，那帮英国工人，总算放下架子干完了活，把我们和世界隔离开了。我嘛——到头来还是个不听人劝、专横霸道的暴君，没按你说的办。我没在林子的那一头开个门。能原谅我吗？"

"怎么都行，哈考特，只要能让你高兴，我也一定会高兴。"

几位女士相视而笑，沃特斯先生说："这就对了。等风小了，我们大家都到你的树林那儿去，正式宣布你的所有权，上次去不能算数。"

"对，上次去不能算数。"博蒙特小姐应和着。

"伊芙琳说这风永远都小不了，"沃特斯太太说，"我真不明白她怎么知道的。"

"只要我待在屋子里，风就永远不会小。"

"是吗？"沃特斯先生快活地说，"那么你现在出来吧，跟我一起让风变小。"

他们在露台上转了几个来回。风平息了一阵子，可到了吃午饭的时候，反而比以前刮得还猛。我们正吃着饭，狂风怒吼着，顺着烟道呼啸而下，朝我们扑来，"另类王国"里的树像海浪一样起伏翻腾。树叶和细枝乱飞，一根树杈，又粗又大的树杈，让风给吹到平坦的柏油小路上，竟然连翻带滚地过了桥，过了草地，过了我们这块草坪。（我冒昧地用了"我们"一词，因为我现在以哈考特秘书的身份继续任职。）要不是石阶挡住了路，树杈就会让风给刮到露台上，说不定会撞碎餐厅的窗玻璃。博蒙特小姐一跃而起，手里捏着餐巾就跑了出去，摸了摸那根树杈。

"哎，伊芙琳——"几位女士叫了起来。

"让她去吧，"沃特斯先生宽容地说，"这可真是件不同寻常的小事，不同寻常啊。我们可别忘了把这事告诉副主教。"

"哈考特，"博蒙特小姐喊道，脸上现出了久违的血色，"午饭后我们去小树林好不好，你和我？"

沃特斯先生想了想。

"当然可以，你要是觉得不好就不好。"

"英斯基普，你觉得呢？"

我看出了他的想法，便大声说："好啊，那我们就去吧！"虽说我和大家一样讨厌狂风。

"好极了。妈妈、安娜、露丝、奥斯古德太太——我们都去。"

于是我们就去了，闷闷不乐的这么一行人。不过众神难得对我们发了一次慈悲，因为我们刚刚出发，暴风雨就停了，接下来的天气宁静得出奇。博蒙特小姐居然具备天气预报家的潜质。她的情绪眼看着就好了起来。她沿着柏油小路，脚步轻快地走在我们前面，时不时扭过头对自己的恋人说上几句话，或文雅或妩媚。她能这么做，我很佩服。我佩服那些知道怎么做才对自己有利的人。

"伊芙琳，到这儿来！"

"你过来！"

"给我个吻。"

"你过来取啊。"

他追过去，她跑开了，大家都发出了悦耳的笑声。

"啊，我太高兴了！"博蒙特小姐喊道，"我觉得这世上我想要的一切我都有了。噢天哪，这几天憋在屋里真是太难熬了！不过呢，现在我可太高兴了！"她换掉了棕色衣裙，穿上了那件飘逸的绿色旧裙子，在空旷的草地上摆动着裙子跳起舞来，身上洒落了倏然而至的道道阳光。此情此景赏心悦目，沃特斯先生没去纠正她的行为，也许见到她又变得兴致勃勃，他觉得挺高兴，虽说她这么跳舞未免有失风度。博蒙特小姐几乎没怎么移动脚步，只是摇摆着身体，裙子在身边仪态万方地飘散开来，看得我们满心欢喜。"另类王国"树林里的一只小鸟纵情高歌，博蒙特小姐和着鸟儿的歌声翩翩起舞，河水敛起波浪，静观她的舞蹈（或许可以这么想象），风儿在岩洞里看得如痴如醉，大块的云朵也在天空中痴痴地俯视。她舞动着，渐渐远离我们的社会和生活，回到千万年前，彼时房屋和篱笆都不见踪影，阳光下的大地一片荒蛮。她的衣裙像繁茂的枝叶包裹着她，她健壮的四肢犹如树枝，她的颈项仿佛是树顶光洁的枝干，迎接着晨光，或在雨中熠熠生辉。树叶颤动，遮蔽了枝干，就像她飞舞的长发遮蔽了她的颈项。树叶又颤动起来，这棵树成了我们的树，她的声音又回到了我们中间，因为这时她拨开凌乱的头发，冲着我们喊道："噢咿！"又喊着："噢，哈考特！我从来没这么幸福过。我拥有这世上的一切啊。"

可是沃特斯先生在爱情的狂喜中迷失了自己，忘记了拉斐尔某些作品中的圣母形象，我猜他也忘记了自己的灵魂。他冲上去想拥抱她，喊道："伊芙琳！永恒的幸福！永远都属于我！属于我！"而她却跑开了。这时响起了歌声，她唱道："啊，福特！啊，福特，沃特斯家的人包围着我，我要从你这里去我的王国。哦，福特，我身为女子时，你为我情伤，我永远不会遗忘，永远不忘，只要我还有枝叶，能替你遮住太阳。"① 她一边唱，一边过了小河。

我不知道沃特斯先生为什么要如此激动地追着她跑。这只是闹着玩，博蒙特小姐在他的地盘上，周围还有篱笆环绕，她不可能从他手里逃掉。可他从桥上飞奔过去，拼命地追着她跑上山坡，仿佛他们的爱情已经岌岌可危。博蒙特小姐跑得很快，然而结果是意料之中的，所以我们只是猜测沃特斯先生究竟会在林子里面还是林子外面逮住她。他和她的距离一点一点地缩短；两个人进了树影；他几乎已经抓住她了，却还是抓了个空；她消失在树林里，他也跟了进去。

---

① 这几句里的"福特"和"沃特斯"亦双关于"浅滩"和"河水"。

"哈考特兴致很高啊。"奥斯古德太太、安娜和露丝都说。

"伊芙琳!"我们听见他在林子里喊。

我们沿着柏油小路往前走。

"伊芙琳!伊芙琳!"

"还没捉住她,看得出来。"

"伊芙琳,你在哪儿啊?"

"博蒙特小姐肯定藏得很巧妙。"

"哎我说,"哈考特出来了,大声问道,"你们看见伊芙琳了吗?"

"哦,没有啊,她肯定在里面。"

"我也这么觉得。"

"伊芙琳肯定是躲在哪棵树的树干后面,你去这边,我去那边。我们很快就能找到她。"

我们搜寻起来,起初还兴高采烈,总觉得博蒙特小姐就在附近,她纤细的肢体就在这棵树后面,头发和衣裙在树叶间颤动。她就在我们身边,在我们上面;紫褐色的泥土里还留着她的脚印——她的胸口,她的脖子——她无处不在,却又无迹可寻。快乐变成了焦虑,焦虑变成了气恼和恐惧。博蒙特小姐显然是失踪了。"伊芙琳!伊芙琳!"我们不停地喊着,"哎呀,真的,这个玩笑太过火了。"

随即起风了,静止之后的风愈发猛烈,一阵可怕的狂风把我们赶进了屋里。我们说:"不管怎样,现在她总得回来了吧。"但是她没回来,雨嘶叫着下了起来,干燥的草地上腾起了熏香般的水雾,雨点拍打着颤动的树叶,发出鼓掌似的响声。这时闪电划破天空。几位女士尖叫着,我们看见"另类王国"像人似的热烈鼓掌,听见它像人似的在雷声中纵情大笑。连副主教都没见过这么猛烈的暴风雨。哈考特的小树苗全遭殃了,山墙上吹掉的瓦片落得到处都是。不一会儿,脸色苍白憔悴的哈考特走到我面前,问道:"英斯基普,我能信任你吗?"

"当然能,没问题。"

"我早就起疑心了;她跟福特私奔了。"

"可怎么会……"我倒吸了一口凉气。

"马车已经备好了——我们路上谈。"然后他在雨声中喊道:"篱笆上没有开门,这我知道,可要是有梯子呢?我还在那儿瞎撞呢,她已经翻过了篱笆,而福特……"

"可是你离她很近。根本来不及啊。"

"没有来不及的事,"他忿恨地说,"那可是个狡诈的女人。我认识她的时候,她几乎就是个野人,我培养了她、教育了她。不过现在我要毁掉他们俩。我能做到,我要毁掉他们,连身体带灵魂。"

福特现在已经这样了,谁也没法再毁掉他。这件事根本办不到。可是我发抖了,为博蒙特小姐。

我们没赶上火车。有几对年轻人坐着火车走了,而且是好几对,在伦敦,我们又听说了几对年轻男女的事,仿佛全世界都在取笑形单影只的哈考特。我们拼命找,后来找到了城郊一个肮脏不堪的地方,福特如今就住在这里。我们从脏兮兮的女仆和吓得要命的姑妈身边飞快走过,冲上楼去抓他,最好是抓个现行。福特坐在桌旁,正读着索福克勒斯的《俄狄浦斯在科罗诺斯》。

"你这样子骗不了我!"哈考特叫道,"你把博蒙特小姐给拐来了,我知道。"

"我没那个福气。"福特说。

哈考特气得张口结舌。"英斯基普——你听见了吗?'没那个福气!'把证据说给他听。我说不出口。"

于是我引述了博蒙特小姐唱的歌。"'啊,福特!啊,福特,沃特斯家的人包围着我,我要从你这里去我的王国!哦,福特,我身为女子时,你为我情伤,我永远不会遗忘,永远不忘,只要我还有枝叶,能替你遮住太阳。'她唱过这个歌之后没多久,我们就找不到她了。"

"还有——还有一次她传递的信息跟这个也差不多。英斯基普,你作证。她要福特'猜'个什么来着。"

"我猜到了。"福特说。

"这么说你实际上是……"

　　"哦，不是的，沃特斯先生，你误解了我的意思。我不是实际上猜到了。我就是猜到了。我要愿意的话可以告诉你，但是告诉你也没用，因为她并不是实际上算是从你身边逃掉了。她就是彻底从你身边逃掉了，永远，永远，只要这世上还有枝叶替人遮住太阳。"

助理牧师的朋友

古罗马农牧神法翁是怎么来到威尔特郡 ① 的，没人说得清楚。也许他是随着罗马军团的士兵而来，跟他的朋友们一起驻扎在营地里，给他们讲卢克莱提利斯山 ②、加尔纳斯半岛 ③ 或埃特纳火山 ④ 的故事。士兵们应召回国的时候太高兴了，忘了带他一起登船，他只得泪洒他乡。不过最后他发现，我们的山峦也能理解他的悲伤，也会和他一起开怀。要么就是，或许他出现在这儿是因为他一向就栖息在此。法翁这种神并没有什么特别古典的来历，只不过是因为希腊人和意大利人素来眼尖罢了。《暴风雨》⑤ 和《万物颂》⑥ 里都有他，乡间凡有山毛榉树丛、草坡和清清河水处，都理所当然可能出现他的身影。

我是怎么看见法翁的，这就更难解释了。能在那儿看见他需要具备某种特质，这种特质如果称为"率真"未免过于冷酷，称为"动物精神"又太粗俗，况且也只有他才知道，我怎么就拥有了这种特质。任何人都没权利说自己是个傻瓜，可我就能说，当时我表现出了十足的傻瓜相。我滑稽可笑，却没有幽默感；我严肃古板，却没有信念。每个礼拜日，我要么以内幕人士的口气对我的乡下教民讲述另一个世界，要么向他们解释贝拉基主义者 ⑦ 的错误所在，要么就告诫他们切勿接二连三地做出放荡堕落之事。每个礼拜二，我都举办我称之为"跟孩子们实话实说"的讲座，讲座中直接回避了所有尴尬的话题。每个礼拜四，我都要跟"母亲协会"讲妻子或者寡妇的责任，为她们

---

① 威尔特郡（Wiltshire）在英格兰西南部。
② 卢克莱提利斯山（Lucretilis）位于意大利萨比纳地区。
③ 加尔纳斯半岛（Garganus）位于意大利北部海岸。
④ 埃特纳火山（Etna）位于意大利西西里岛，是欧洲最高的活火山。
⑤ 《暴风雨》（The Tempest）是莎士比亚的剧作。
⑥ 《万物颂》（the Benedicte）是罗马教会用的赞美歌。
⑦ 贝拉基主义是 5 世纪不列颠修士贝拉基（Pelagius）提出的学说，主要观点是：人本无罪，上帝赋予人选择善恶的能力即自由意志，这是人性的尊严与价值所在。

提供实用的小点子，好管理一个十口之家。

我骗过了自己，有一阵子肯定也骗过了埃米莉。我从没见过哪个姑娘如此认真地听我布道，或让我的笑话给逗得开怀大笑。难怪我跟她订了婚。她足可以成为一个出色的妻子，随时纠正丈夫的荒唐行为，但绝对不许别人说他的一句不是；她可以一边在客厅谈论人的潜意识自我，一边支起耳朵听着育儿室里的孩子是不是哭了，洗涤间里是不是打碎了碟子。一个出色的妻子——超出我的想象。可是她没有嫁给我。

那天下午我们要是待在屋里，什么事都不会发生。全怪埃米莉的母亲，她非要我们大家到户外去喝茶不可。在村子对面，小河的另一边，有个白垩小丘，上面长着一片山毛榉树丛，还有几处古罗马人防御工事的遗迹。（我在讲座上很生动地描述过这些防御工事，后来的考证说明那是撒克逊人修建的。）我朝那儿走着，吃力地提着茶具篮子，抱着一块挺重的毯子，那是埃米莉的母亲用的，埃米莉和一个小个子朋友走在前头。这位小个子朋友——这件事里从头到尾他所起的作用远不如他自己想的那么重要——是个讨人喜欢的小伙子，脑袋瓜很聪明，还装满了诗歌，特别是那些他称为大地诗篇的诗歌。他渴望攫取大地的秘密，我见过他满怀深情地把脸埋在草丛里，哪怕是在他以为身边没有别人的时候。当年的埃米莉有许多朦朦胧胧的渴望，虽说我本该希望她所有的渴望都围绕着我，但如果因此而使她无法从邻里乡亲那儿得到其他自我教育的机会，似乎也不合情理。

那时候我有个习惯，只要登上某个高处，就会以开玩笑的口气大叫："谁愿伴我左右，守桥与共？"[1] 同时奋力挥舞双臂，或把我的宽边软毡帽扔向想象中的敌人。埃米莉和那位朋友对我的耍贫嘴态度如常，我也听不出他们的笑声里有什么虚情假意。可我还是觉得，在场的人当中肯定有人并不认为我的言行举止很有趣，任何一位在公众面

---

[1] 语出英国政治家、历史学家托马斯·巴宾顿·麦考利（Thomas Babington Macaulay，1800—1859）所著史诗《古罗马之歌》中的《霍拉提乌斯》篇，讲述公元前6世纪末罗马英雄霍拉提乌斯（或译"贺雷修斯"）与两位武士保卫罗马城外的一座桥，以一挡百与敌奋战，使罗马人有时间毁桥阻敌。

前讲过话的人都会理解我为什么感觉越来越不自在。

埃米莉的母亲多少让我振奋了一点儿，她气喘吁吁地喊道："好心的哈里，把东西都拿上来了！没有你我们可怎么办啊，哪怕是现在！啊，多美的景色！你能看见那座可爱的教堂吗？不行，雾太大啦。现在我得坐在小毯子上了。"她神秘地一笑，"九月的丘陵嘛，知道吧。"

我们夸了夸眼前的风景，多半敷衍了事，只有喜欢土地的人才会觉得这里的景色赏心悦目，对他们而言，或许这是英格兰最美的地方。因为这里正是那只巨型白垩岩蜘蛛身体部分所在的位置，这只蜘蛛横跨不列颠岛，蜘蛛腿就是南丘陵、北丘陵和奇尔特恩丘陵①，蜘蛛的脚趾尖伸到了克罗默②和多佛③。这是个很干净的生灵，能不长树就不长树，仅有的一些树也是一丛一丛，整整齐齐，最喜欢的事就是让湍急的水流给它挠痒痒。蜘蛛身上布满防御工事，像长着疙瘩似的，因为自天地之初起，人们就一直在争夺将它踩在脚下的特权，我们最古老的圣堂就建在这只蜘蛛的脊背上。

尽管如此，我还是很喜欢我的故乡在那个岁月里的那种安逸美丽，随处可见乡绅的宅邸和林荫翁郁的凉亭，人们相遇时举手触帽以示敬意。即便是在那个时候，我也还是难以忍受眼前过于空旷辽阔，走上好几英里地标都不会有什么变化，也碰不到一个文雅的人。感觉时机一到，我马上转过身去说："我现在可以准备让人兴奋的饮料④了吗？"

埃米莉的母亲回答道："你可真是好人，愿意帮我。我一向说，在户外喝茶虽然费事但是值得。其实我巴不得我们过简单些的生活呢。"我们赞同她的说法。我把吃的东西摆了出来。"水壶立不住吗？

---

① 南丘陵（the south downs）、北丘陵和奇尔特恩丘陵（the Chilterns）都是白垩岩丘陵，分布于英格兰中南部和东部沿海，绵延上千公里。
② 克罗默（Cromer）是英格兰诺福克郡的一个小镇。
③ 多佛（Dover）是英格兰东部的一个港口。
④ 语出英国作家威廉·考柏（William Cowper，1731—1800）对茶的描述："让人兴奋但使人醉的饮料"，后成为英国人用以指称茶的常用语。

噢，一定得让它立住了。"我遵嘱照办。这时我听见了一声叫喊，声音虽轻但很清晰，好像有什么东西痛苦难当。

埃米莉说："这山顶上多安静啊！"

我手里一根点燃的火柴掉到了草地上，我又听到了轻微的叫声。

"什么声音？"我问。

"我只说了一句这里好安静。"埃米莉说。

"的确安静。"那位小个子朋友附和道。

还安静！这地方到处都是声音。那根火柴就是掉在了客厅里，也不会比现在这个局面更糟糕了，最大的声音还就是出自埃米莉身边。我有种感觉，很像是去参加某个盛大的聚会，等着侍者在回声响亮的大厅里通报我的姓名，我能听见大厅里的宾客在说话，一时还看不见他们的脸。对生性拘谨的人来说，这种时刻令人紧张不安，如果所有说话者的声音都不熟悉，而自己与主人又素未谋面，就更是如此。

"我亲爱的哈里！"老太太说，"别管那火柴了，会慢慢熄掉的，伤不着人。沏茶——！我总是说……你以后会发现埃米莉也跟我一样……就跟着了魔似的，快到五点的时候，不管午饭吃得多好，都开始有点儿想……"

此刻法翁的形象就是那种在新雅典风格的浮雕上蹦跳戏嬉的神灵，假如你没注意到他的耳朵，或没看见他的尾巴，你会误以为他是个人，会让他给吓坏了。

"游泳！"我发疯一样地大喊起来，"我们村里的小伙子居然做这种事，不过我很赞成……要管严点……这得怪我。走开，坏小子，走开！"

"他接下来还会想些什么呀！"埃米莉说道，这时她身旁的那个家伙站了起来，向我招手。我迈着小碎步挺费力地走上前去，做着手势，惊恐万分地叫喊着，挥着帽子想把那个幽灵赶走。头天埃米莉的几个侄女给我看她们养的豚鼠，我也是这么走过去的。现在这几位的笑声也不次于当时。一直到那家伙用奇怪的手指抓住我，我还以为他只是我教区里的一个居民，还在不停地喊："放开我，捣蛋鬼，放开！"埃米莉的母亲自以为看出了这其中的可笑之处，回答说："这个嘛，我得承认这帮孩子是够捣蛋的，你在毯子上他们也能找到你。我刚才说了，九月的丘陵嘛。"

这时我突然看见了法翁的尾巴，不由得尖叫一声，逃进了后面的山毛榉树林。

"哈里可能天生就是个演员。"看到我落荒而逃，埃米莉的母亲说道。

我意识到，我人生中的一个巨大危机即将来临，如果无法化解，我就可能永远丧失自尊。树林里各种各样的声音已经让我够烦的了——有我脚下小山的声音，我头顶上树的声音，还少不了树皮里各种昆虫的叫声。我甚至能听见河水在一点点地蚕食草地，而草地在发出梦呓般的抗议。一片喧嚣之中——其实这喧嚣声还没有蜜蜂嗡嗡飞舞的声音大——响起法翁的声音，他说："亲爱的牧师，镇静，镇静，你怕什么呀？"

"我没有害怕，"我回答说——真的，我不害怕，"我只是难过，你在两位女士面前让我丢了脸。"

"别人都看不见我，"他懒洋洋地笑道，"两位女士穿着长筒靴，那个男的留着长发。这种人什么也看不见。多年来我只跟小孩子说话，而他们一长大就看不见我了。可是你没办法看不见我，你到死都会是我的朋友。现在我要让你高兴：仰面躺下，跑着玩，爬树，随你便。要么我去给你弄点黑莓，风信子，或几个老婆……"

我用可怕的声音对他说："汝速去吾身后！"他到我身后去了。"最后跟你说一遍，"我接着说道，"我的幸福就是给别人以幸福，你想引诱我，完全是白费工夫。"

"我不明白你的意思，"他悲伤地说，"什么叫引诱？"

"林地里的生灵啊，你真可怜！"我一边说一边转过身，"你哪能明白呢？责备你对我来说毫无意义。你根本无法理解自我牺牲者的生活，这是你那小小的天性使然。唉，要是我能影响你就好了！"

"你已经影响他了。"山丘说。

"要是我能感动你就好了！"

"你已经感动他了。"山丘说。

"可是我永远不会离开你。"法翁突然说道,"我会替你打扫祭坛,我会陪你参加妇女聚会。我会在集市上让你发财。"

我摇摇头。"这些事我根本不在乎。刚才我还真打算拒绝你所有的好意。我那么想不对。你要帮助我……你要帮我让其他人幸福。"

"亲爱的牧师,你的生活多么奇怪啊!我从没见过那些人……他们根本看不见我……我干吗要让他们幸福呢?"

"好孩子……也许你慢慢就会明白了。此即时也。汝可开始。就在这座山上,坐着个年轻姑娘,我很敬重她。从她开始吧。啊哈!你拉长了脸。我就知道会这样。你什么都做不了。这事就到此为止吧!"

他回答说:"要是你命令我,我可以让她幸福。这事办成了,也许你就更相信我了。"

埃米莉的母亲已经起身回家了,埃米莉和小个子朋友还坐在茶具旁边。她身穿白色提花裙,头戴浅褐色的草帽;那位朋友穿着质地粗糙但剪裁精致的夏装。法翁那异教神灵巨大的身影傲慢无礼地耸立在他们上方。

小个子朋友正在说:"身在人群中反而孤独得可怕,你就从来没有过这种感觉吗?"

"这些感觉,"埃米莉答道,"我都有过,还有很多别的……"

这时,法翁把双手放到了他们身上。他们原本只想斯斯文文地打情骂俏,还竭力抵抗了法翁一阵子,然而在法翁的推动下,他们渐渐投入对方的怀抱,热烈地拥抱起来。

"卑劣之徒!"我高喊着冲出树林,"你背叛了我。"

"我知道,可我不在乎,"小个子朋友喊道,"站一边去。你目睹了一件自己无法理解的事。我们终于在伟大的孤独中找到了自我。"

我冲着法翁尖叫:"拿开你那双中了邪的手!"

法翁照办了,小个子朋友以更为平静的口气继续说道:"责备毫无意义。身负圣职的生灵,你真可怜,你怎么能理解永恒的男子和永恒的女子之间爱情的神秘呢?你怎么能理解灵魂的自我实现呢?"

"没错,"埃米莉气呼呼地说,"哈里,你永远不会让我幸福的。

我可以把你当成朋友，可我怎么能把自己托付给一个乱开玩笑的蠢男人呢？喝茶的时候你活像个小丑，那时你的机会就没了。我要的就是必须认真待我：我站起来的时候，一定要看到无限的可能在我四周展开。我这么说你也许不认同，但我就是这样。我终于在伟大的孤独中找到了自我。"

"可怜的姑娘！"我喊道，"伟大的孤独！啊，你们这一对无助的木偶……"

小个子朋友打算带着埃米莉离开，可我听见埃米莉低声对他说："亲爱的，这么一闹，我们哪能再让哈里拎篮子呢？还有妈妈的毯子。你用那只手拿起来好不好？"

就这样，他们离开了，我扑倒在地，一副绝望的样子。

"他哭了吗？"法翁问。

"他没哭，"山丘回答道，"他的眼睛是干的，像鹅卵石。"

折磨我的神让我抬起头看着他。"我看见你的心底洋溢着幸福。"法翁说。

我冷冰冰地回答说："我相信自己有秘密的源泉。"我准备严厉地谴责他，可是纵有千言万语，我却只说出了一个以"该……"开头的词。

他快活地大声喊道："啊，你现在真的属于我们啦。从现在起直到你生命的尽头，生气的时候你会开口骂人，高兴的时候你会开怀大笑。现在笑吧！"

一时万籁俱寂。整个大自然都在等待，其间有个助理牧师在竭力隐藏自己的想法，不想让大自然知道，也不想让自己知道。我想到我的自尊心受到了伤害，想到我的无私遭到了挫折，想到了埃米莉，我要失去她了，可这完全不是她的错。我想到了那位小个子朋友，恰巧这时他滑倒了，因为手里拎着的茶具篮子太重。我顿时释然，于是放声大笑。

那天傍晚，我第一次听见高高低低的白垩丘陵隔着山谷应和对唱，过了一个安逸舒适的白天，此刻宁静无风，这种时候山丘们经常这么做。透过书房的窗口，我可以看见法翁沐浴着夕阳的身影，他坐在山毛榉树林前，就像人坐在自家房前一样。夜幕降临了，我坚信不仅法翁睡着了，就连群山和树林也都睡着了。当然啦，那条小河从不睡觉，就像它从不结冰一样。说真的，属于黑夜的时间其实属于河水，整个白天，大地沉重的脉动多少掩住了河流的声音。正是因为如此，我们才能在夜晚听到而且也感觉到更远处的河水奔流，日落之后游泳也才成为一件绝佳美事。

后来我度过了许多幸福的岁月，而那第一个傍晚的快乐始终清晰地铭刻在我的记忆之中。我登上教堂的讲坛——如今这是我的谋生之道——低头看着讲坛下那些境况最好的人，他们坐在一排排长椅上，慷慨大度，心满意足；我看着那些境况最糟糕的人，他们在过道上挤成一团；我看着唱诗班里那些留着络腮胡的男高音歌手，还有那些自诩高雅的助理牧师和摆弄着提包的教会委员，还有那些傲慢无礼的教堂司事把迟到的人赶出门外。这样的时候，我都会想起那个傍晚的快乐。

我坐在教区舒适的单身牧师住所里，周围全是身边好心的姑娘们给我做的绒毡拖鞋，善良的小伙子们给我雕刻的橡木托架，送给我的茶壶成排成列，颁给我的杰出人物奖状成行成片，还有很多别的礼物，送礼给我的人真心认为我给了他们帮助，实际上是他们帮助我走出了泥潭。这样的时候，我也会想起那个傍晚的快乐。

虽然我努力把这种快乐传递给别人——正如我努力传播一切应该是很美好的事物一样——虽然我有时候真的做到了，可我还是没法说清楚这快乐是怎么降临到我身上的。因为只要我透露出一个字，我眼下愉快而利益丰足的生活就会结束，我的教众会弃我而去，我也将离开教区，到了那一步，我非但不再是教区的有用之人，反而会无意中成为国家的负担。因此，我不得不放弃与本文主题相得益彰、与我的职业身份协调一致的抒情风格和修辞手段，转而用乏善可陈的平铺直叙来讲述这件奇事，还言不由衷地哄你们说这是一部短篇小说，适合在坐火车的时候看。

离开科罗诺斯的路

一

说不清是为什么，卢卡斯先生匆匆赶到了一行人的最前头。也许是到了他这把年纪，独立行事变得弥足珍贵，因为这种能力失去得太快了。他受够了别人的关注和照拂，喜欢甩开年轻的同伴独自骑行，跳下坐骑也不要人搀扶。或许他还喜欢品味一种更为微妙的乐趣，就是有意早到而坐等午餐，其他人到来的时候告诉他们晚点没关系。

于是，卢卡斯先生像个小孩儿似的急不可耐，用脚后跟猛踢那牲口的肚子，还让赶骡子的人拿粗棍子抽，用尖棍子戳，骡子载着他连蹦带跳冲下山坡，穿过一丛丛开着花的灌木，穿过一片片银莲和水仙，直到他听见了潺潺的流水声，眼前出现了一片悬铃木树林，那就是他们打算野餐的地方。

即便在英国，这片悬铃木也会很引人注目，树形巨大，枝干交错，遍体覆盖着微微颤动的绿叶，华美壮观。在希腊这个地方，悬铃木是稀罕物，四月骄阳炙烤下的地貌粗犷而眩目，这片树林是唯一的阴凉舒爽之处。树林中隐匿着一家小小的客栈，或者说是乡村酒馆。摇摇欲坠的土房子配着宽大的木制阳台，一个老妇人坐在阳台上纺线，身旁有一头褐色的小猪在啃橘子皮。两个孩子蹲在阳台下面湿漉漉的土地上，掰着手指头在玩某种原始的游戏。当妈的也干净不到哪儿去，正在屋里忙着用大米做饭。福曼太太见此情景恐怕会说，这一切都极具希腊特色啊。卢卡斯先生一向挑剔，他庆幸大家自带了吃食，应该是在户外就餐。

不过来到这里他还是挺高兴的，这会儿赶骡子的人已经扶着他下了地，再说福曼太太也不在跟前，不会抢在他前头发表意见，更妙的是，起码再过半个小时他才会见到艾塞尔。艾塞尔是他最小的女儿，还没出嫁。艾塞尔无私，重情，人们都觉得她会终生侍奉父亲，成为他晚年的慰藉。福曼太太总是把艾塞尔称作安提戈涅，卢卡斯先生则努力适应着俄狄浦斯的角色①，大家似乎也都认为他只能当俄狄浦斯。

他与俄狄浦斯有一点是共同的：都逐渐老去。就连他自己，也发现了这是明摆着的事。他对别人的事情已经没了兴趣，人家跟他说话，他也很少认真听。他自己倒是很爱说话，却经常忘记要说什么，就算是把话说出来了，也总觉得似乎不值得费那个劲。他的用语和手势既老套又呆板，他讲的轶事趣闻曾经那么吸引人，现在却让人觉得一点意思都没有，和他说的话一样，他的沉默也毫无意义。尽管如此，他还是过得健康积极，工作稳定，能挣钱，儿女都接受了教育。没什么好抱怨的，也没什么人好抱怨：他只是逐渐老去而已。

此时此刻，他身在希腊，实现了自己平生的一个梦想。四十年前他深受古希腊文化的感染，总觉得如果能去希腊看看，就算是不枉此生了。可是雅典尘土飞扬，德尔斐②太潮湿，温泉关③太平坦；他听着同伴们欣喜若狂的种种赞叹，心下只觉得惊愕，又很不以为然。希腊像英国一样，就是个逐渐老去的人，这个人凝望的是泰晤士河还是欧罗塔斯河④其实没什么区别。希腊是他反抗那套经验逻辑的最后希望，而希腊正在衰落。

然而希腊还是给了他某种帮助，只不过他还不知道。希腊让他不满足，而不满足中是蕴含着生命悸动的。他很清楚，自己并不是霉运连连的倒霉蛋。肯定是出了什么大纰漏，他面对的并不是平庸的偶然相遇之敌。这一个月来，他心里有一种古怪的念头挥之不去，那就是渴望着要做拼死搏斗。

"希腊是年轻人的国度，"他站在悬铃木下对自己说，"但是我要进去，我要做这里的主人。树叶要重新绿起来，河水要甘甜，天空要

---

① 希腊神话中，俄狄浦斯因不知情而弑父娶母，得知真相后自己刺瞎双目，流亡到希腊雅典附近科罗诺斯村的森林里，在此终老，安提戈涅是其长女，一直忠实地陪伴着他。

② 德尔斐（Delphi）为古希腊城市，因有阿波罗神庙而闻名。

③ 温泉关（Thermopylae）是希腊东部爱琴海沿岸地名，背山靠海，地势极为险要，历史上著名的"温泉关之战"即发生在这里。

④ 欧罗塔斯河（the Eurotas）是希腊伯罗奔尼撒半岛东南部的一条河。

湛蓝。四十年前就是这样，我要赢回旧貌。我真的不喜欢渐渐变老，我再也不装模作样了。"

他往前走了两步，冰凉的汩汩流水立即漫过他的脚踝。

"这水是从哪儿来的？"他问自己，"我连这都不知道。"他记得整个山坡都很干燥，可这里的路上竟突然到处都是流淌的溪水了。

他诧异地呆立在那里，说："水从树里来——是从空心的树里流出来的吗？我从没见过这样的事，想都想不到。"

因为那棵向小客栈倾斜过去的巨型悬铃木就是空心的，这棵树的大部分都在过去用来烧了木炭，从还活着的树干里涌出一股清泉，恣意流淌，给树皮覆盖上了一层蕨草和苔藓，泉水漫过骡道向远处流去，形成了一片片丰茂的草地。纯朴的乡下人尽其所能表达对美和神秘的崇拜，在那棵树的外皮上凿出一个神龛，放进一盏灯和一张小小的圣母像，让圣母继承了水泉女神那伊阿得和森林女神得律阿得共同的居所。

"从来没见过这么美妙的事，"卢卡斯先生说，"我都想进到树干里头去，看看泉水是从哪出来的。"

卢卡斯先生迟疑了片刻，不知该不该冒犯这个神龛。然后他笑了，想起自己刚才的想法——"这个地方要属于我，我要进去，做这里的主人。"他一下子跳到了树干里的一块石头上，颇有些咄咄逼人的架势。

泉水从悬铃木根部空洞和隐蔽的裂缝里不停地涌上来，悄无声息地汇成一汪漂亮的琥珀色水潭，然后溢出树皮的边缘，落到外面的地上。卢卡斯先生尝了尝那水，水是清甜的。他抬头顺着像烟囱一样黑乎乎的树干空洞往上看，看到了天，天是蓝的，看到了几枝树叶，树叶是绿的。他又想起了他那些想法中的其他一些内容，这回他没有笑。

在他之前不少人来过这里——他的确有一种奇特的感觉，仿佛身边有人。树皮上固定着向主宰之神祈愿的种种小祭品——小小的锡制胳膊、腿和眼睛，还有奇形怪状的大脑和心脏的模型——都是象征的物件，祈求重新获得某种力量、智慧或者爱情。这里根本不存在什么大自然的孤寂，因为人类的悲伤和欢乐甚至都已经刻进了树的胸膛。卢卡斯先生张开双臂，靠在松软焦黑的树干上稳住身子，然后一点点地向后仰，直到全身贴在背后的树干上放松下来。他闭上双眼，产生了一种奇怪的感觉，仿佛人在移动，却又很平静——那感觉正像游泳的人，和惊涛骇浪搏斗良久之后，却发现潮水最后总会推着自己抵达目的地。

他就这样一动不动地靠在树干上，意识中只有脚下的泉水，恍然觉得世间万物都汇成了一条溪流，而他则在溪水中漂流。

终于他一下子惊醒了——也许那是某种东西降临所带来的震惊，因为他睁开双眼的时候，只觉得有一种无法想象又无法形容的东西从世间万物之上掠过，让一切都变得既清晰又美好。

那个老妇人弯腰劳作的姿势，那头小猪迅捷的动作，还有老妇人手中越来越小的羊毛线团，都有了意义。一个小伙子骑在骡子背上，唱着歌涉过溪流，他的身姿很优美，打招呼的态度也很真诚。阳光洒在悬铃木四处蔓延的根部，斑驳光影形成的图案绝非偶然；一簇簇水仙花悠然摇曳，汩汩水流声犹如音乐，这些都有了意图。在短暂的一瞬间，卢卡斯先生不仅发现了希腊，还发现了英国和全世界，发现了生命。他很想在树洞里再挂上一个祈愿的祭品，一个全身的小人模型，他觉得这个愿望没有丝毫荒唐可笑之处。

"哎呀，爸爸在这里呢，扮起梅林①来啦。"

不知不觉之间，大家都到了——艾塞尔、福曼太太、格雷厄姆先生，还有那个会说英语的导游兼翻译。卢卡斯先生从树洞里窥视着他们，满腹狐疑。他们突然变得陌生了，一举一动都显得既紧张又粗俗。

"请允许我帮您一把。"格雷厄姆先生说，这个年轻人对长辈一向彬彬有礼。

---

① 梅林（Merlin）是英国中世纪传说中亚瑟王的巫师，因将妖术秘密透露给一个女人，被其囚于树内。

卢卡斯先生觉得很恼火。"谢谢你，我自己完全可以。"他回答道。跨出树洞的时候他脚下一滑，踩进了泉水里。

"哎呀，爸爸，我的老爸呀！"艾塞尔喊道，"你这是干吗呢？谢天谢地，我给你带了换洗衣服，就在骡背上。"

她悉心照顾父亲，递给他干净的袜子和干的靴子，扶着他在午餐篮子旁边的小毯子上坐好，然后跟其他人一起去小树林转了转。

大家回来的时候兴高采烈，卢卡斯先生也想融入这种气氛之中。可他发现他们让人难以忍受。他们的热情浅薄而平庸，来得快，去得也快。他们丝毫察觉不到四周绽放的和谐之美。他想至少表达一下自己的感受，结果说出了这么一番话：

"总的来说，我对这个地方的景致还是挺满意的。我的印象很好。这些树不错，对希腊来说更是难得；清澈的泉水流淌，也很有些诗意在里面。这里的人似乎也挺友好，挺礼貌。毫无疑问，这地方很有吸引力。"

福曼太太提出了批评，说他的赞扬不够热情。

"哎哟，这可是千里挑一的好地方！"她大声说，"我就很想住到这儿来，在这儿终老！要不是得回雅典去，我还真就留下来了！这地方让我想起索福克勒斯笔下的科罗诺斯。①"

"嗯，我可得留下，"艾塞尔说，"我可一定得留下来。"

"是啊，留下来吧！你和你父亲！安提戈涅和俄狄浦斯。你们俩当然得留在科罗诺斯！"

卢卡斯先生激动得差点儿喘不上气来。刚才他站在树洞里，还以为自己的幸福与所在的地方没关系。可是这几分钟的交谈已经让他看清了真相。他不再坚信自己周游世界的想法是对的了，因为一旦离开这片悬铃木的树荫，一旦离开这至纯之水的欢歌，昔日的念头、昔日的疲惫就可能乘虚而入，重新纠缠上他。和这些心地善良、眼神和顺

---

① 索福克勒斯（Sophocles，约前496—前406），古希腊三大悲剧诗人之一。科罗诺斯（Colonus）是古希腊雅典附近的一个村庄，是索福克勒斯的出生地，也是他笔下人物俄狄浦斯去世的地方。

的乡下人一起睡在小客栈里，看着蝙蝠在阴影的笼罩下飞来飞去，看着月光把金色的图案变成银色——这样的一个夜晚能让他不致故态复萌，还能确保他永远在自己收复的王国里拥有一席之地。不过他嘴里只说出了这么一句话："我还是很愿意在这里住一宿的。"

"你的意思是一个星期吧，爸爸！住时间太短就是对美景的亵渎啊。"

"那就一个星期吧，一个星期。"他嘴上说着，不由得有点恼火，毕竟是让人揪出错来了嘛，不过他的心却高兴得怦怦直跳。午餐自始至终，他都没再跟他们说话，而是一直看着这个他居然会如此熟悉的地方，还有那些很快就会成为他的同伴和朋友的人。小客栈里只住着一位老妇、一个中年女人、一个小伙子和两个孩子，他还没跟其中任何一位说过话，但是他很喜爱这几个人，就像他喜爱在悬铃木庇荫下活动、呼吸、生存的一切。

"启程啦①！"福曼太太尖厉的声音响了起来，"艾塞尔！格雷厄姆先生！天下没有不散的筵席啊。"

"今天晚上，"卢卡斯先生心想，"他们会点亮神龛旁边的那盏小灯。等我们都在阳台上坐定，他们也许会告诉我都放了哪些祭品。"

"对不起，卢卡斯先生，"格雷厄姆说，"他们想把您坐的小毯子收起来。"

卢卡斯先生站起身，暗自思量："艾塞尔得先去睡觉，然后我就想法子跟他们说说我要放的祭品，因为这是我必须做的事。如果只有我一个人跟他们在一起，我觉得他们会理解的。"

艾塞尔轻轻碰了碰他的脸颊。"爸爸！我都叫了你三次了。骡子都牵过来啦。"

"骡子？什么骡子？"

"我们的骡子呀。我们都等着呢。哦，格雷厄姆先生，请扶我父亲坐上去吧。"

----

① 原文为法语。

"我不明白，艾塞尔，你说什么呢!"

"我最亲爱的爸爸，我们得上路啦。你知道的，我们今晚必须赶到奥林匹亚①。"

卢卡斯先生以傲慢而自信的口气回答道："艾塞尔，我总是希望你安排事情的时候头脑清醒一点。你很清楚，我们要在这里待一个星期。这是你自己提议的嘛。"

艾塞尔大吃一惊，都顾不上礼貌了。"这想法简直太可笑了吧。你肯定知道，我刚才是开玩笑的。我的意思是我们要是能住上一个星期就好了，没问题啊。"

"唉! 我们要是能想做什么就做什么该有多好!"福曼太太叹了口气，她已经坐在骡背上了。

艾塞尔平静了一些，接着说道："你应该没有把我的话当真吧。"

"我当然是当真了。我以为我们要留在这里，就相应地调整了我所有的计划。说真的，现在要让我上路，不光很不方便，而且也不可能。"

卢卡斯先生说这番话的时候，一脸坚定不移的神气，福曼太太和格雷厄姆不得不转过脸去，免得他发现他们在笑。

"我很抱歉，刚才说话太随意了，我不该那样。可你知道，我们不能分开走啊，再说，就算只待一个晚上，我们也会误了从佩特雷②开出的船。"

福曼太太悄悄告诉格雷厄姆先生留点神，注意看艾塞尔用什么高招把父亲摆布得服服帖帖。

"我才不管什么佩特雷的船呢。你刚才说了我们要住在这儿，那我们就住下来好了。"

小客栈的住客似乎通过某种神秘的途径，猜测到争执与他们有关。老妇人停下了纺线的手，小伙子和两个孩子站到了卢卡斯先生身

---

① 指古希腊奥林匹亚城（Olympia）的遗址，地处希腊半岛西部，距雅典三百七十公里。
② 佩特雷（Patras）是希腊西部港口城市，临佩特雷湾。

后，仿佛在给他撑腰。

无论是争辩还是请求，卢卡斯先生都不为所动。他没怎么说话，但他绝对是下定了决心的，因为他第一次看透了自己的日常生活。他为什么非得回英国去呢？谁会惦记他？他的朋友要么去世了，要么很冷漠。艾塞尔算是很爱他的，可她还有别的事情要关注呢，那倒也无可厚非。其他几个孩子他很少见到。除此以外他就只有一个亲人了，他妹妹朱莉亚，对这个妹妹他是既害怕又讨厌。抗争一下并不费劲。他今天要是动上一动，离开这个给他带来幸福与安宁的地方，那他就不仅仅是个懦夫，还是个傻瓜。

最后，艾塞尔为了迁就父亲，同时也借机炫耀一番自己的现代希腊语，就和不胜惊讶的导游一起进了小客栈，去看看房间。屋里的女人接待了他们，大声表示欢迎；那个小伙子趁大家不注意，就把卢卡斯先生的骡子往牲口棚里牵。

"放手，你这强盗！"格雷厄姆喊道，他总说外国人只要愿意就能听懂英语。他说得没错，因为那小伙子照办了。大家都站在那里等着艾塞尔出来。

艾塞尔终于露面了，用手紧紧地掖着裙摆；导游跟在后面，抱着一头小猪，那是他刚才便宜买来的。

"我亲爱的爸爸，为了你我什么都愿意做，可是要住在这家小客栈——不行。"

"那里有——跳蚤？"福曼太太问。

艾塞尔表示不是"跳蚤"的问题。

"好啊，这不就解决了嘛，"福曼太太说，"我知道卢卡斯先生有多挑剔。"

"没解决，"卢卡斯先生说，"艾塞尔，你走吧。我不需要你。真不明白我刚才干吗要征求你的意见。我一个人留下来。"

"纯粹胡闹嘛，"艾塞尔发火了，"你这个岁数，怎么能一个人留下来呢？你怎么吃饭？怎么洗澡？你的信件都在佩特雷等着你呢。你会误了船期的。然后你就会错过伦敦的歌剧季，把你这个月的安排全都打乱。还有呢，你一个人旅行不行哎！"

"他们会拿刀子捅您。"格雷厄姆先生帮了句腔。

几个希腊人什么都没说，可是每次卢卡斯先生朝他们那边望的时候，他们都示意他去小客栈。两个孩子说不定都会上来拽他的衣服，阳台上的老妇人停下快要纺完的线，神秘兮兮地注视着他，满眼恳求。卢卡斯先生越是抗争，这个问题就越是变成了天大的事，他觉得自己要留下来，不仅仅是因为他重获青春，看见了美，或者找到了幸福，而是因为就在这里和这些人在一起，他要去完成一件至高无上的大事，这件事会改变整个世界的面貌。此时此刻太重要了，他放弃了无谓的话语和争辩，转而依赖他那些不为人所知却无比强大的同盟者赋予他的力量：沉默的人们、潺潺的流水、絮絮低语的树林。因为这地方的一切都异口同声地召唤着他，他听得真真切切，而他那些喋喋不休的反对者每时每刻都变得越来越无足轻重，越来越荒唐可笑。他们很快就会厌倦，一边唠叨一边走进阳光里，让他留在阴凉的树丛、月光和他所预见到的命运之中。

伴着小猪的尖声嚎叫，福曼太太和导游都已经上路了。要不是艾塞尔把格雷厄姆先生叫过来，争执还会无休无止地继续。

"你能帮帮我吗？"艾塞尔轻声问道，"他简直是太难弄了。"

"我不擅长争论……不过要是能以其他方式帮你的话……"他低下头，得意地瞧了瞧自己健硕的身体。

艾塞尔迟疑了。然后她说："帮帮我吧，用什么法子都行。我们这么做毕竟是为他好啊。"

"那好，让人把他的骡子牵到他身后去。"

于是就在卢卡斯先生自以为已经大获全胜的时候，他突然感觉自己离开了地面，然后给侧身放到骡背的鞍座上，骡子立刻小步快跑起来。他什么都没说，因为他无话可说，感觉到树荫掠过，听到水声消失，他的脸上也没有表露出多少情绪变化。格雷厄姆先生手拿帽子跟在他旁边，一边跑一边道歉。

"我知道我不该插手，我恳请您原谅。不过我真心希望，将来有一天您也会觉得我——该死！"

一块石子击中了他的后心。是那个小男孩扔的，他正沿着骡子走的小道追赶他们。他姐姐跟在后面，也在扔石子。

艾塞尔大声喊导游过来，他和福曼太太走在前头，跟他们拉开了一段距离。导游还没来得及跑回来，另一个对手又出现了。是那个希腊小伙子，他抄近路跑到了他们前面，冲上来就要抓卢卡斯先生骡子的辔头。幸亏格雷厄姆是个出色的拳击手，他转眼间就击溃了小伙子薄弱的防守，打得他手脚摊开仰面倒进水仙花丛，嘴角鲜血直流。这时导游赶到了，两个孩子看见哥哥的惨状，害怕地停住了脚步，于是这支或可视为来救人的队伍就溃不成军地退进了树林。

"一帮小魔头！"格雷厄姆得意地笑着说，"现代希腊人也就这样了。你父亲住下来就意味着钱哪，他们觉得我们是在把他们口袋里的钱往外掏。"

"噢，他们太吓人了——头脑简单的野人！真不知道该怎么谢你才好。你救了我父亲。"

"只希望你别觉得我很粗野。"

"不会的，"艾塞尔轻轻叹了一口气，"我崇尚力量。"

说话间，骡队重新集结起来，卢卡斯先生给舒舒服服地安置在骡背上。照福曼太太的说法，他不动声色地承受了失望的打击。他们怕敌人卷土重来，急匆匆地登上了对面的山坡。直到他们远远离开了那个是非之地，艾塞尔才找到机会跟父亲说话，请父亲原谅她刚才那么对待他。

"亲爱的爸爸，那会儿你简直像是变了个人，可把我吓坏了。现在我觉得你又恢复了老样子。"

卢卡斯先生没有答话，艾塞尔由此得出结论，父亲对她的所作所为并不是特别生气。

山区景致常给人奇妙的错觉，他们一小时之前离开的那个地方，这时又突然出现在脚下的远处。小客栈掩于一团青翠之中，但是空地上还站着三个人，隐约有叫喊的声音透过纯净的空气传了上来，也许是抗议，也许是告别。

卢卡斯先生踌躇不定地停了下来，缰绳从手中滑落。

"走吧，亲爱的爸爸。"艾塞尔柔声说。

他照办了。没过多久，一个山口永远地遮住了那个危险的地方。

二

早餐时间，煤气灯还亮着，因为有雾。卢卡斯先生正在讲他昨天夜里没睡好。艾塞尔双臂放在饭桌上听着。再过几个星期她就要结婚了。

"先是门铃响，然后你从剧院回来了。接着狗开始叫，狗叫完猫又叫。凌晨三点，一个小流氓唱着歌走过去。哦，对了，再后来天花板里的水管又哗啦啦直响。"

"我觉得那只不过是洗澡水流走的声音。"艾塞尔说。她看上去很疲惫。

"怎么说呢，我最讨厌的还就是水流的声音。这屋子里简直没法睡觉。我要退租。过十五分钟我就去通知房东。我要直截了当告诉他：'这房子我退租的原因是：我在这儿根本没法睡觉。'要是他说……说……呃，他有什么可说的？"

"再来点烤面包片吗，爸爸？"

"谢谢，亲爱的。"他接过面包，房间里安静了片刻。

可他很快又开始了。"我不想迁就隔壁人家的毛病，我可没有他们想的那么好说话。我写信跟他们说过的，对吧？"

"是写过。"艾塞尔说，其实她故意没把信送去，"我见过女总管了，她答应另作安排。朱莉亚姑妈讨厌噪声。情况肯定会好转的。"

艾塞尔的姑妈是家族里唯一无牵无挂的人，艾塞尔出嫁后，姑妈会来帮她父亲料理家务。这是个不愉快的话题，卢卡斯先生含混不清地嘟囔了半天，一直到邮件送来才打住。

"哎呀，这么大的包裹！"艾塞尔惊呼，"给我的！是什么呢？贴的是希腊邮票。真叫人激动。"

原来包裹里是水仙花的鳞茎，是福曼太太从雅典寄来的，让他们种在花房里。

"回忆全给勾起来了！爸爸，你还记得那些水仙花吧。而且都是用希腊报纸包着的，不知道我还能不能看懂。你知道，我以前是可以的。"

她唠唠叨叨地说着，想盖过隔壁那一家孩子们的笑声——这是早餐时间引发牢骚最常见的原因。

"听我念啊！'乡村灾难'。唉，不巧碰上一件让人难过的事儿。不过别管它啦。'上星期二，麦西尼亚州的普拉塔尼斯特发生了一起令人震惊的悲剧事件。一棵大树……'我念得还不错吧？'在夜间被风刮倒，'等一下，我的天啊！'砸死了小客栈里的五个人，他们当时是显然坐在阳台上的。客栈老掌柜玛丽亚·罗梅德斯和她四十六岁女儿的尸体还好辨认，而她外孙的尸体……'哎呀，后面的内容太恐怖了；我要是不念这条新闻就好了。还有就是，我觉得好像听说过普拉塔尼斯特这个地名。今年春天我们在那儿停了一下是不是？"

"在那儿吃的午饭，"卢卡斯先生说，他面无表情的脸上掠过一丝担忧，"可能就是导游买小猪的那个地方。"

"没错，"艾塞尔的声音有点紧张，"就是导游买小猪的地方。太可怕了！"

"是很可怕！"她父亲说，他的注意力转移到了隔壁家吵闹的孩子身上。艾塞尔突然站起身，全神贯注起来。

"老天爷啊！"她喊道，"这是旧报纸。这不是最近的事，是四月里的……十八号星期二的夜间，我们……那天下午我们肯定就在那儿。"

"就是在那儿。"卢卡斯先生说。艾塞尔把手放在胸口，几乎说不出话来。

"爸爸，亲爱的爸爸，这话我一定得说：你那会儿还想住在那里呢。那些人，那些可怜的半野蛮人，都想留你，现在他们都死了。报上说，那个地方整个成了废墟，连那条小溪都改了道。爸爸，亲爱的老爸，那天要不是我，要不是亚瑟帮了我，你肯定也死了。"

卢卡斯先生烦躁地挥挥手。"跟女总管谈一点用都没有，我要给房东写信说：'我要退房的原因是：有狗叫，隔壁的孩子让人受不了，而且我受不了流水的噪声。'"

艾塞尔没打断父亲的唠叨。他们无比侥幸地逃过了一劫，这让她目瞪口呆，沉默了很长时间。最后她说："如此神奇的救赎，真的会让人相信天意啊。"

卢卡斯先生还在琢磨该怎么给房东写信，没有答话。

大机器停转

第一部分　飞船

如果可能，就请想象一下，有个小房间，六角形的，像蜂巢一样。屋里既没有窗户也没有灯，却到处都是柔和的光。没有缝隙通风，空气却是清新的。没有乐器，可是一开始冥想，屋里就响起悠扬的旋律。屋子中间有一把扶手椅，旁边是一张书桌——家具就这两样。椅子上坐着个裹着衣服的肉身，那是一个女子，身高约五英尺，面色如蘑菇一般苍白。这间小屋就属于她。

电铃响了。

女子轻触一个开关，音乐停了。

"我得瞧瞧这是谁。"她一边想，一边让椅子动了起来。椅子跟音乐一样由机械装置控制，把她送到了房间的另一端，铃声还在那儿响个不停。

"哪位？"她喊道。她的声音里透着不耐烦，因为音乐响起之后她老是受到干扰。她认识的人有好几千呢，人类交往在某些方面实在进步太快。

不过她一听到话筒里的声音，白皙的脸上便笑出了皱纹，她说："太好了。咱们说说话吧，我先做个隔断。我觉得五分钟之内肯定不会有什么大事，因为我可以足足给你五分钟呢，库诺。然后我得做个讲座，讲澳大利亚时期的音乐。"

她动了一下"隔断"旋钮，这样其他人就不能跟她说话了。随后她又点了一下亮度键，小小的房间顿时陷入黑暗。

"快啊！"她叫道，又焦躁起来，"快点啊，库诺；我这儿都黑了，浪费时间呢。"

可是足足过了十五秒，她双手托着的圆盘才亮起来。一束幽幽的蓝光扫过圆盘，又暗了下去，近于紫色，接着她看见了儿子的影像，儿子住在地球的另一侧，这时也看见她了。

"库诺，你也太慢了。"

他勉强笑了笑。

"我真觉得你就喜欢磨磨蹭蹭的。"

"我呼叫过你呀，妈妈，可你总是忙，要么就隔断了。我有件挺特别的事要说。"

"什么事啊，乖儿子？快说吧。你为什么不用气动系统发信给我呢？"

"因为这种事我想亲口跟你说。我想……"

"想什么？"

"我想让你过来看我。"

瓦什蒂望着蓝色圆盘里儿子的脸。

"可我能看见你呀！"她喊道，"你还想怎么样呢？"

"我不想用这个大机器看见你，"库诺说，"我想跟你说话，不用这个讨厌的大机器。"

"哦，快住嘴吧！"他妈妈略带惊讶地说，"你可不能说大机器的坏话。"

"为什么呀？"

"就是不许说。"

"听你说话的口气，就好像大机器是天神造的一样，"儿子喊起来，"依我看，你不高兴的时候肯定就会向它祈祷。别忘了，那是人造出来的呀。伟大的人，可还是人啊。大机器是了不起，可那不是一切。我在这个圆盘子里看见了一个很像是你的形象，其实并没有看到你呀。我在这个电话里听见了一个很像是你说话的声音，其实并没有听到你说话嘛。所以我才想让你过来。到我这儿来待几天。来看看我，这样我们就能真的见面了，还能谈谈我心里的很多愿望。"

她回答说，她很难腾出时间去看他。

"坐飞船嘛，用不了两天就可以飞到我这里了。"

"我不喜欢飞船。"

"为什么？"

"我不喜欢天黑的时候看见那么难看的土褐色大地，还有海洋，还有星星。在飞船里我没想法。"

"我还就只有在飞船里才有想法。"

"飞在天上能给你什么想法？"

他停了片刻，又说：

"你不知道吗？四颗大星星构成一个长方形的框，中间有三颗星星靠得很近，下面还挂着三颗星星。"

"我不知道。我不喜欢星星。不过这些星星给了你什么想法吗？多有意思啊，跟我说说。"

"我的感觉是，这些星星就像个人的形状。"

"不明白。"

"那四颗大星星是人的肩膀和膝盖。中间的三颗星星像人以前扎的腰带，挂在下面的那三颗星星像一把剑。"

"剑？"

"过去的人们随身带着剑，用来杀死动物或者别的人。"

"我可不觉得这个想法有多出色，不过挺新颖的。你第一次想到这个是什么时候？"

"是在飞船里……"他突然不说话了，她好像感觉到他的神情很悲伤。她不能确定，因为大机器传递不出表情的细微之处，只能给出人的大致影像——这种影像对于所有的实用目的来说已经够用了，瓦什蒂心想。有一种备受质疑的哲学宣称，人脸上无法精确评估的红晕才是人际交往的真正本质，所以大机器理所当然地没有去考虑这个因素，正如人造水果的制造商不理会葡萄皮上无法精确评估的红润色泽一样。我们人类早就接受了东西"够用就行"这个观念。

"其实呢，"库诺又开口了，"我是想再看看那些星星。那些星星让人好奇。我不想从飞船里看，我想在地面上看，就像千万年前我们的祖先那样。我想到地面去。"

她又吃了一惊。

"妈妈，你一定要来，就是跟我说说到地面去有什么害处也行。"

"没有害处，"她回答道，竭力控制着自己的情绪，"但是也没有好处。地面只有灰尘和泥土，什么生命都没了，而且你还得用呼吸器，要不然外面寒冷的空气会冻死你。人在外面的空气里马上就会死掉。"

"我知道，我当然会采取各种防护措施。"

"还有……"

"什么？"

她思忖着，斟酌着字句。她儿子脾气古怪，她想劝他别去冒这个险。

"这么做不符合时代精神。"她语气坚决地说。

"你的意思是，不符合大机器的要求？"

"从某种意义上说是的，不过……"

他的影像在蓝色圆盘上渐渐隐去。

"库诺！"

他把自己隔断了。

瓦什蒂感到了一阵孤独。

然后她开启了照明，看到屋子里顿时光芒四射，各种电子按钮闪闪发亮，她又振作起来。到处都是按钮和开关——点餐的按钮、放音乐的按钮、要衣服的按钮。有热水浴按钮，摁下去以后，地板上会升起一个（仿）大理石浴缸，里面装满做过除臭处理的温暖液体。也有冷水浴按钮。还有调用文献的按钮。当然还有她跟朋友们交流用的按钮。这间屋子里空无一物，却跟她在世界上所关心的一切保持着联系。

接下来，瓦什蒂关掉了隔断状态的开关，刚才那三分钟里积攒下来的事情扑面而来。满屋子都是铃声和通话管道里的声音。新推出的食品是什么样的？她有可能推荐这种食品吗？她最近有什么想法吗？可以和她谈谈自己的想法吗？她愿意安排一下，尽快去公共保育院看看吗？下个月的今天怎么样？

她回答大部分问题的时候，口气都很烦躁——在那个加快了节奏的时代，烦躁是一种日益显著的特点。她说那种新的食品难吃得要命。她说安排好的事情太多，没空去公共保育院。她说自己没什么想法，不过有人刚跟她说了一个——四颗星星加上中间的三颗星星很像一个人形：她觉得这个想法没什么意义。然后她关掉了和通话者的连接，因为时间已到，她该做关于澳大利亚音乐的讲座了。

从前那套公众集会的方法很麻烦，早就放弃了，瓦什蒂和她的听众都待在自己的屋里没动地方。她坐在扶手椅里讲，他们坐在扶手椅里听，听得相当清楚；他们也能看见她，看得相当真切。她先是以幽默的口气讲了前蒙古时代的音乐，然后讲了中国征服蒙古以后歌曲大量出现的情况。尽管"随心唱"①和布里斯班②流派的方法很久远、很原始，她还是觉得（她说）对这些方法做点研究或许能给当代的音乐家带来好处：因为这些方法有新意，最重要的是，有思想。

她讲了十分钟，很受听众欢迎，讲座结束后她又和许多听众一起听了一个关于海洋的讲座；海洋可以给人很多想法；这位讲师最近戴着呼吸器潜入海中考察过。然后她吃了些东西，和很多朋友通了话，洗了个澡，又聊了一会儿，接着就把床调了出来。

床不是她喜欢的那种。尺寸太大，她偏爱小床。提意见也没用，因为全世界的床都是同一规格，要换个尺寸，大机器就得做无数调整。瓦什蒂开启了隔断状态——这很有必要，因为地下没有昼夜之分——然后回想了一下自上次调用床以来都发生了哪些事。新的想法？几乎没有。大事嘛——库诺的邀请算是件大事吗？

她身边的小书桌上有一样垃圾时代留存下来的东西，一本书。那是《大机器之书》，里面是使用说明，用于应对各种可能出现的紧急状况。她冷了，热了，消化不良了，或想不出词了，都去翻这本书，

---

① "随心唱"原文为"I-San-So"，疑似作者虚构的名称。
② 布里斯班（Brisbane）是澳大利亚东海岸港口城市。

书里会告诉她该去摁哪个按钮。书是中央委员会出版的。按照现在越来越流行的习惯做法，书的装帧非常精美。

她坐在床上，毕恭毕敬地双手捧着这本书。她扫视了一下亮晃晃的房间，好像有人在看着她似的。然后她半是惭愧半是欢喜地喃喃说道："噢，大机器！噢，大机器！"随即把书捧到唇边。她亲吻了书三次，低头三次，三次感受到顺从的狂喜。完成这个仪式后，她翻到第一三六七页，上面有飞船从她住的南半球岛飞往她儿子住的北半球岛的离港时间，她和儿子分别住在这两个岛的地下。

她心想："我没那个时间啊。"

她把房间调暗，睡觉；她醒了，把房间调亮；她吃饭，和朋友们交流思想，听音乐，听讲座；她把房间调暗，睡觉。在她的上面、下面和周围，大机器嗡嗡响着，永不停歇；她没有察觉到这噪音，因为她一出生耳朵里就是这种声音。地球嗡嗡作响，带着她疾速穿过寂静，不停地转着，一会儿让她朝向看不见的太阳，一会儿又让她朝向看不见的星星。她醒了，把房间调亮。

"库诺！"

"我不跟你说话，"他说，"除非你来。"

"我们上次说话以后，你是不是去过地面？"

他的影像渐渐消失了。

她又去翻那本书。她开始焦虑不安，身体向后靠在椅背上，心头突突乱跳。想想她既没有牙也没有头发的样子吧。她旋即把椅子移到墙边，摁下一个不熟悉的按钮。那面墙慢慢向两边分开。她从开口处看见一条隧道，那隧道略呈弧形，所以看不到尽头。她要去看儿子的话，这里就是旅途的起点。

她对交通系统当然很熟悉。这东西一点都不神秘。她可以要来一节车，车沿着隧道飞驰，把她送到电梯那儿，电梯和飞船站相连。早在大机器主导一切之前，这个系统已经运行了很多很多年。她当然也研究过上个时代的文明——那个时候弄错了交通系统的功能，只知道用它把人送到物的跟前，不知道用它把物送到人的跟前。从前的日子真是可笑：人们竟然跑到外面去换气，而不是换掉房间里的空气！尽管如此，她还是害怕隧道：她生下最后一个孩子以后就再也没看见过这条隧道了。隧道是弯的——但不像她记忆中那么弯；隧道里很亮——但也不像一个讲座里说的那么亮。直接经验突然让瓦什蒂充满了恐惧。她退缩了，回到房间里，那面墙又合上了。

"库诺，"她说，"我不能去看你。我不舒服。"

一个巨大的机械装置立即从天花板上伸出来，落到她身上，体温计自动塞进她嘴里，听诊器自动放到她胸口上。她躺在那里，无能为力。凉凉的纱布垫落在她的额头上，让她舒服了一点。原来是库诺给她的医生发了电报。

这么说来，人的情感还在大机器里横冲直撞。瓦什蒂喝下医生注入她嘴里的药水，然后那个机械装置缩回到天花板里。她听见了库诺的声音，问她感觉怎么样了。

"好些了。"然后她带着气说，"可你干吗不到我这儿来呢？"

"因为我不能离开这个地方。"

"为什么？"

"因为，随时都可能发生惊人的事情。"

"你去过地面了？"

"还没呢。"

"那会是什么事啊？"

"我不想用大机器告诉你。"

她继续过着自己的生活。

可是她想起了库诺小时候的事：他出生了，给送到公共保育院，她只去那儿看了他一次，他来看了她很多次——后来他就不来了，大机器在地球的另一侧给他分配了一个房间。《大机器之书》上说："父母职责自婴儿降生即告终止。第四二二三二七四八三节。"的确如此，不过库诺的情况有点特别——其实她所有的孩子都有点特别——不管怎么说，既然库诺想让她去，她就必须鼓起勇气踏上旅途。而且，"可能发生惊人的事情"。这话是什么意思？毫无疑问，这是年轻人在信口开河，可她一定要去看看。她又一次摁下那个不熟悉的按钮，墙又一次打开，她看见了那条望不到尽头的弧形隧道。她抱住那本书站了起来，摇摇晃晃走上站台，要了车。她的房间在她身后关上了，她开始了前往北半球的旅行。

这当然是件毫不费力的事。车来了，她看到车里的座椅跟她自己那把扶手椅一模一样。她发出信号的时候，车就停了，然后她跟跄着走进电梯。电梯里还有一个乘客，这是她几个月来第一次面对面看见自己的同类。现在几乎没人旅行了，因为多亏了科学发展，全球各地都已经变得一模一样。上一个文明时代对快捷的交往寄予厚望，可是快捷的交往却因为自己打败了自己而终结了。要是北京 ① 和什鲁斯伯里 ② 一模一样，去北京又有什么意义呢？要是什鲁斯伯里跟北京都一模一样了，还回什鲁斯伯里干吗呢？人们很少挪动身体，所有的不平静都汇聚在灵魂之中。

飞船客运服务是上个时代的遗留，之所以继续维持，是因为维持比终止或者削减更省事，不过这种服务现在已经远远超出了人们的需求。一艘接一艘飞船从拉伊 ③ 或者克赖斯特彻奇 ④（我用的是古代地名）的通道口升空，飞进拥挤的天空，在南方的各个码头降落——飞船里空无一人。整个系统运行得极其协调，完全不受气象条件影响，不论是晴朗还是多云，天空就像个巨大的万花筒，定期呈现出同样的图案。瓦什蒂乘坐的这艘飞船有时日落起飞，有时黎明起飞，不过在飞过兰斯 ⑤ 上空的时候，总会和往返于赫尔辛基 ⑥ 与巴西之间的飞船并肩飞一段，飞越阿尔卑斯山的时候，每隔两次就会碰到巴勒莫 ⑦ 的飞船队从后面横飞过去。白天黑夜、狂风暴雨、海潮地震，对人类而

---

① 这里的"北京"原文是 Pekin。这个地名还可以指美国伊利诺伊州中西部的一个城市，常译为"佩京"。
② 什鲁斯伯里（Shrewsbury）是英格兰西部城市。
③ 拉伊（Rye）是英格兰东南部城市。
④ 克赖斯特彻奇（Christchurch）是新西兰南岛城市。
⑤ 兰斯（Rheims）是法国东北部城市。
⑥ 赫尔辛基（Helsinki）是芬兰首都，这里原文用的是赫尔辛弗斯（Helsingfors），即瑞典语中赫尔辛基的名称。
⑦ 巴勒莫（Palermo）是意大利西西里岛首府。

言都不再是障碍。人类已经驯服了利维坦①。所有那些古老的文学作品，因其对大自然的赞美和对大自然的恐惧，听起来都很虚假，像小孩子咿咿呀呀的胡话。

可是瓦什蒂一看到飞船那巨大的侧翼因为裸露在外部空气中而斑驳不堪，她对直接经验的恐惧就再次袭来。这艘飞船跟电影里看到的可不太一样。比如，飞船有股异味，不太强烈也不算难闻，但的确有股味，闭上眼睛她都能感觉出身边有个她不熟悉的东西。其次，她得从电梯走到飞船跟前，她得承受其他乘客的目光。前面的那个人把《大机器之书》掉在了地上，这虽然不是什么大事，却打破了所有人的平静。在房间里，如果《大机器之书》掉了，地板会自动把书举起来，可是通向飞船的过道没有这样的设计，于是那神圣的书就一动不动地躺在地上。他们停住脚步——谁也没料到会出这样的事——那个人没去捡他的东西，反而摸了摸胳膊上的肌肉，想看看胳膊怎么不管用了。然后有个人竟然直截了当地说"我们要误点了"，于是他们鱼贯登船，瓦什蒂登船的时候还踩到了那本书。

在飞船里，她更加焦虑了。舱内的布局不但过时而且简陋。甚至还有个女乘务员，飞行途中有什么需要还得告诉她。当然了，从前舱到后舱有一条纵向的旋转平台，可她还是得从平台步行到自己的舱室。有些舱室的条件要好一点，最好的那种她没订到。她觉得女乘务员做事不公平，气得一阵阵发抖。玻璃阀门已经关闭，她出不去了。在通道台尽头，她看见自己刚才乘坐的那部电梯悄无声息地上上下下，里面空无一人。一条条走廊铺着亮闪闪的瓷砖，下面是一层又一层房间，一直向地球深处延伸下去，每个房间里都坐着一个人，或在吃饭，或在睡觉，或在产生想法。这个蜂巢的深处有一个房间属于她。瓦什蒂很害怕。

"噢，大机器！噢，大机器！"她喃喃地说着，抚摸着手里的书，安下心来。

---

① 利维坦（Leviathan）是《圣经·旧约·约伯记》中象征邪恶的海怪。

随后，通道台两侧的墙壁似乎融为一体，就像我们做梦时常见到的走廊那样，电梯消失了，掉在地上的那本书向左边滑去，也消失了，光亮的瓷砖疾速掠过，像一股流水，然后是一阵轻微的晃动，飞船从隧道中冲了出来，在热带海洋的波涛之上呼啸飞行。

此时正是夜间。有一会儿，瓦什蒂看见了苏门答腊①的海岸线，岸边的波浪磷光闪闪，伸出的部分镶嵌着许多灯塔，还在射出灯光，只是已经没有人关注了。然后这些光也消失了，只有繁星分散着她的注意力。星星的位置并非静止不动，而是在她头顶的上方摇来晃去，簇拥着冲出一个天窗又撞进另一个天窗，仿佛正在飞驰的不是飞船而是宇宙。晴朗的夜空中经常如此，繁星似乎时而呈现出透视感，时而又排列在一个平面上；时而层层叠叠直上无垠的天穹，时而又遮住了无穷无尽的远方，像天花板一样永远限制着人类的视野。无论是哪种情形，似乎都令人无法忍受。"难道我们得摸黑旅行吗？"旅客们愤然质问，漫不经心的女乘务员这才开启照明，拉下柔性金属做的遮光板。当年建造飞船的时候，直接观察事物的愿望仍然留存于世。所以飞船上才有了数量惊人的天窗和舷窗，让文明而讲究的乘客很不舒服。就连瓦什蒂舱室的遮光板上都有个裂缝，一颗星星透过缝隙向里窥探。她很不踏实地好歹睡了几个小时，就让一种不熟悉的亮光给惊醒了，那是曙光。

飞船向西疾行，地球以更快的速度朝东转，把瓦什蒂和她的旅伴又朝着太阳拉过去。科学可以延长黑夜，但是只能延长一点，那些让地球不再昼夜转动的奢望已成往事，随之而去的还有其他可能更不切实际的愿望。"与太阳保持同步"，甚至比太阳跑得还快，都是上一个文明时代的目标。为了实现那个目标，人们造出了高速飞机，速度快得出奇，由那个时代具有最高智能的人驾驶。他们绕着地球飞，一圈又一圈，向西，向西，一圈又一圈，伴随着人类的掌声。白费功夫。地球向东转的速度还是更快一些，可怕的事故不断发生，当时地位日

---

① 苏门答腊（Sumatra）是印度尼西亚西部大岛。

渐显赫的大机器委员会宣布这项研究违背规则，有悖机械精神，可以用"无家可归"来予以惩罚。

关于"无家可归"，后面再详细介绍。

毫无疑问，大机器委员会是正确的。然而"击败太阳"的尝试，激起了人类对天体最后的共同兴趣，其实也是对所有事物最后的共同兴趣。那是人类最后一次因为考虑到尘世之外的一种力量而紧密团结起来。太阳赢了，其精神统治却也走向终结。黎明、正午、黄昏、黄道带 ① 既影响不了人的生活，也无法触动人的心灵，科学女神退居地下，集中精力去解决她确信可以解决的问题。

因此，当瓦什蒂发现一缕阳光像玫瑰色的手指似的探进了自己的舱室，她很恼火，试着调整遮光板。可是遮光板"哗"地全部卷了上去，她透过天窗看见粉红色的小云朵在蓝色的天幕上飘动；太阳越爬越高，阳光直射而入，洒满整个墙壁，像一片金色的海洋。阳光随着飞船的运行像海浪似的起起伏伏，还一点一点向前推进，如涨潮一般。她要是不小心躲避，阳光就会照到她脸上。她突然感到一阵恐惧，急忙按铃呼叫女乘务员。乘务员也非常害怕，却无能为力，她不会修理遮光板。她只能建议瓦什蒂换一个舱室，瓦什蒂欣然同意。

全世界的人几乎都一模一样，而飞船的乘务员与一般人有些不同，或许是她特殊的工作性质造成的。她得经常与旅客直接对话，因此她的行为举止有点粗鲁，而且出人意料。瓦什蒂惊呼一声转身躲避阳光的时候，女乘务员的举动就相当鲁莽——她居然伸出手扶住了她。

"你怎么敢这样！"瓦什蒂大喊，"你忘了自己的身份！"

女乘务员有点莫名其妙，但还是为没有任她跌倒而道了歉。人们从来不会互相触摸。因为有了大机器，那种习俗已经淘汰了。

瓦什蒂傲慢地问："我们现在到哪儿了？"

---

① 黄道带是由地球上看太阳运行的轨道向两侧延伸八度的区域，涵盖了太阳、月球、太阳系主要行星和多数小行星的运行路径。

"我们在亚洲上空。"女乘务员连忙回答说，尽力表现得有礼貌。

"亚洲？"

"请原谅我这种普通人的说话方式。我习惯用非机器时代的名字来称呼我飞过的地方。"

"唔，我记得亚洲。蒙古人就来自亚洲。"

"我们下面露天的地方有座城市，以前叫西姆拉①。"

"你听说过蒙古人和布里斯班流派吗？"

"没有。"

"布里斯班以前也坐落在露天的地方。"

"右边的那些山——我来指给您看。"女服务员把金属遮光板推了上去。喜马拉雅山的主要山系显露出来。"以前叫作'世界屋脊'，就这些山。"

"多有意思的名字！"

"您肯定记得，在文明来临之前，这些山峰似乎是无法翻越的屏障，仿佛都能碰到星星。据说除了天神，没有人能生活在这些山的顶峰。我们取得了多大的进步啊，多亏了大机器！"

"我们取得了多大的进步啊，多亏了大机器！"瓦什蒂说。

"我们取得了多大的进步啊，多亏了大机器！"一位站在过道上的乘客随声附和说。前一晚把《大机器之书》掉在地上的就是他。

"那些裂缝里白色的东西呢？是什么？"

"我忘了叫什么了。"

"请把窗户遮起来。这些山不能让我产生想法。"

喜马拉雅山的北坡隐藏在深深的阴影里：太阳刚刚照亮印度那一侧的山坡。这里的森林已经在印刷品时代砍伐殆尽，用于制造新闻纸的纸浆。不过积雪在晨曦的照耀下正在苏醒过来，干城章嘉峰②的山腰上仍然是云雾缭绕。可以看见平原上有城市的废墟，水量稀少的河

---

① 西姆拉（Simla）是印度北部城市。

② 干城章嘉峰（Kinchinjunga）是喜马拉雅山脉东部一山峰，是世界第三高峰，位于尼泊尔与中国西藏之间。

流在废墟的墙边缓缓流淌，旁边有时可以看见一些通道口的标识，标明今天的城市位置。许多飞船从这片风景的上空疾驰而过，以不可思议的沉着穿越交错的航线，需要飞越"世界屋脊"的时候便漫不经心地拉升起来，以避开下层大气的干扰。

"我们确实进步了，多亏了大机器!"女乘务员又说了一遍，拉下金属遮光板，把喜马拉雅山脉挡在窗外。

白昼倦怠地慢慢流逝。乘客们坐在各自的舱室里，怀着一种几乎是生理性的厌恶互相躲避，渴望着重新回到地下。乘客中大约有八到十位（大都是男青年）是公共保育院送出来的，他们要去入住位于全球各地的房间，那些房间原来的主人已经离世。把《大机器之书》掉在地上的那位乘客是坐飞船回家的。他给派到苏门答腊岛去繁衍人类了。因为个人意愿而出行的只有瓦什蒂一个人。

正午时分她又瞟了一眼地球。飞船正在飞越另一座山脉，因为云层的遮挡，看不见什么东西。一片片黑色的石头在飞船下方移动，朦朦胧胧地融入一片灰色。这些石头的形状十分奇特，有一块很像一个匍匐着的人。

"这里没有思想。"瓦什蒂低声说，拉下金属遮光板把高加索山脉挡在窗外。

傍晚时她又看了一眼。他们正飞过一片金色的海洋，其间点缀着许多小岛和一个半岛。

她又说了一句"这里没有思想"，然后拉下金属遮光板，把希腊挡在窗外。

第二部分　　维修器

穿过通道台，登上电梯，乘坐轨道列车，上了站台，走进移动门——瓦什蒂经过与出发时相反的步骤，来到了儿子的房间，这房间跟她自己的房间一模一样。她完全可以说这次探望纯属多余。按钮、开关、放着《大机器之书》的书桌、温度、空气、照明——全都是一样的。就算她的亲骨肉库诺终于站在了她的身边，此行又有什么益处呢？她太有修养了，都没跟他握手。

她转开视线，说了下面这番话：

"我来了。这一路上糟糕透顶，还极大地阻碍了我灵魂的进化。得不偿失，库诺，得不偿失啊。我的时间太宝贵了。阳光差一点晒到我，我还遇见了最粗俗的人。我只能待几分钟。想说什么就说吧，然后我就得回去了。"

"我接到了警告，要'无家可归'了。"库诺说。

这会儿她才正眼看着他。

"我接到'无家可归'的警告了，这种事我不能通过大机器告诉你。"

"无家可归"意味着死亡。这种惩罚方式就是让人暴露在空气中，空气会要了他的命。

"上次跟你通话以后，我去过外面。那件惊人的事已经发生了，而且他们发现了我。"

"可你为什么不能到外面去呢？"她激动地说，"探访地面完全合法，完全符合机械精神啊。我刚听了一个有关海洋的讲座，没听到有反对的嘛，只要调来呼吸器，拿到'外出许可证'就行了。这不是关注精神生活的人该做的事，我求你不要这么做，可是并没有反对外出的法律规定啊。"

"我没有'外出许可证'。"

"那你是怎么出去的？"

"我自己找到了一条路。"

她没听懂他这句话的意思，库诺不得不又说了一遍。

"自己找路？"她低声说，"可这么做不对啊。"

"为什么？"

这个反问让她震惊得无以言表。

"你开始崇拜大机器了，"他冷冷地说，"你觉得我自己找到一条路是离经叛道。这正是委员会的想法，所以他们才用'无家可归'来警告我。"

听到这话，她生气了。"我什么都不崇拜！"她喊道，"我最进步了。我没觉得你离经叛道，因为现在根本就没有宗教这回事。过去那些恐惧和迷信全都让大机器给摧毁了。我刚才只是说，你自己找到一条路是——再说，也没有新的路可以出去啊。"

"人们总是这么以为的。"

"要出去只有走通道口，那里一定要有'外出许可证'才行，除此以外不可能出得去。《大机器之书》就是这么说的。"

"哦，那本书错了，因为我是走着出去的。"

因为库诺拥有一定的体力。

到这个时代，肌肉发达成了一种缺陷。每个婴儿出生后都要经过检查，有体力超凡这种倾向的全都要处理掉。人道主义者可能会反对，但是让身强力壮的婴儿活下来并不是真正的仁慈。他只能过大机器允许他过的生活，这种状态下他永远不可能幸福。他会渴望有树可以爬，有河流可以游泳，有草地和山丘可以检验自己的体魄。人类必须适应自己的环境，对不对？在世界的黎明，必须把身体孱弱的新生儿丢弃在塔伊耶托斯山①，而在世界的黄昏，身体强壮的新生儿就得安乐死，这样大机器才有可能进步，这样大机器才有可能进步，这样大机器才有可能永远进步。

"知道吗？我们已经失去了空间感。我们说'空间被消灭了'，可我们消灭的并不是空间，而是对空间的感觉。我们失去了自身的一部分。我决定把它找回来，于是我开始在自己房间外面的轨道站台上来回地走。来来回回地走，走到精疲力竭，这样我重新找到了'远'和'近'的概念。'近'是我用双脚很快能走到的地方，而不是轨道列车或者飞船很快把我送到的地方。'远'是我用双脚不能很快走到的地方；飞船的通道口很'远'，尽管我把轨道列车招来以后三十八秒内就可以到达。人是衡量的尺度。这是我学到的第一课。人的双脚是衡

---

① 塔伊耶托斯山（Mount Taygetus）又译泰格图斯山，是希腊南部伯罗奔尼撒半岛上的一座山。据传说，古斯巴达的新生儿要接受生命考验，只有强壮合格的婴儿才准许父母养育，其余的要弃置于塔伊耶托斯山的弃婴场。

量距离的尺度，人的双手是衡量所有权的尺度，人的身体也是尺度，用来衡量一切可爱的、令人向往的、强壮的东西。然后我又走远了一些。就是在那个时候，我第一次呼叫你，可你不肯来。

"你知道的，这座城市建在地面以下很深的地方，只有通道口是突出来的。我在自己房间外面的站台上来回走了以后，乘电梯到了上面一层的站台，也在那里来回走，然后我就这样一层一层地坐电梯上去，一直到了最顶层的站台，再往上就是地面了。所有的站台都一模一样，我走这些站台唯一的收获就是增强了我的空间感和我的肌肉力量。我觉得做到这些本来就应该满足了，这可不是小事啊，可是我一边走一边思索，突然想到：建造我们这些城市的时候，人还是呼吸着外面的空气，也就是说有留给工人用的通风井。我满脑子想的都是那些通风井。大机器不久前进化出来的那么多食品传输管道、药品传输管道、音乐放送管道，把那些通风井都破坏掉了吗？还有没有遗存的痕迹？有一点确定无疑。要是在哪儿看见这种遗迹，那肯定就是在最顶层的行车隧道里。其他地方所有的空间都是安排好了的。

"我讲得很快，不过别以为我不是胆小鬼，也别觉得你的回答绝不会打击我的情绪。在行车隧道里走路很不妥当，不符合机械精神，也没风度。我倒不怕踩到一根通电的轨道给电死。我怕的东西要玄乎得多，就是做大机器没有料到的事。然后我对自己说'人才是衡量的尺度呢'，就去了，去了好多次以后，我发现了一个洞口。

"隧道里当然都是亮的。所有的东西都发光，都是人造光；黑处是例外。所以我看见瓷砖里有一道黑缝的时候，就知道那是个例外，高兴极了。我把胳膊伸进去，刚开始也只能伸进去一只胳膊，我发了疯似的把那只胳膊抡圆了在里面挥来挥去。后来我掰开了另一块瓷砖，把脑袋伸进去，对着黑暗大喊：'我来了，我还会这么干的。'我的声音在没有尽头的通道里回响。我好像听到了鬼魂的声音，那些死去的工人们每天晚上都会来到星光下，回到他们的妻子身边，还有一代又一代曾经生活在露天里的先人，他们向我喊：'你还会这么干的，你来了。'"

他停了片刻。他说的这些尽管荒诞不经，他最后那句话还是打动了瓦什蒂。因为库诺最近提出申请想当父亲，他的请求被委员会驳回了。他不是大机器想要的那种传宗接代的人。

"然后有趟车开过去了。紧挨着我呼啸而过啊，不过我把脑袋和两只胳膊都伸进了那个洞里。一天干了这么多，够了，所以我爬回站台上，乘电梯下去，把我的床调出来。啊哈，我可是做了一番好梦！然后我又呼叫你，你又没接。"

她摇摇头说：

"行了。别说这些可怕的事了。你让我很难过。你是在摒弃文明啊。"

"可我找回了空间感，这样一来人也就不得安宁了。我下了决心要进到那个洞里去，爬上通风井。于是我就开始锻炼臂力。我一天又一天重复做着可笑的动作，练得肌肉酸痛，最后我能用双手把身体悬空，还能伸直胳膊举着床上的枕头坚持很多分钟。然后我调来一个呼吸器，就开始行动了。

"刚开始很容易。墙里的砂浆不知怎么已经烂了，我很快就把一些瓷砖推了进去，踩着那些瓷砖留下的地方爬进黑暗中，死者的鬼魂安慰着我。我也不知道我这话是什么意思。我只是说出我的感觉。我第一次感觉到，有人对腐败提出了抗议，就像那些死者安慰我一样，我也在安慰尚未出生的人。我感觉到了人的存在，没穿衣服的那种存在。我怎么才能解释清楚这个意思呢？人本来是赤裸的，人好像原本就是赤条条的，所有这些管道、按钮和机械装置，既不是随我们而来进入这个世界的，也不会随我们而去，只要我们还在，这些东西就没有那么至高无上。要是我身体很壮，我就会撕碎身上所有的衣服，到外面的空气中去，摆脱一切防护。可我不能那么干，也许我这一代人都不行。我爬的时候还戴着呼吸器，穿着卫生的衣服，装着营养药片！这总比什么都没有要好。

"那儿有个梯子，是用一种原始金属做的。轨道发出的光照亮了梯子最下面的几根横档，我看到这部梯子立在通风井底部的碎石堆里，是一直往上去的。也许我们的祖先当年干活儿的时候，每天要爬上爬下十几次。我往上爬的过程中，梯子粗糙的边划破了我的手套，我两只手都出血了。轨道的亮光给我帮了一点忙，然后我就陷入了黑暗，更难受的是寂静，像一把剑一样刺着我的耳朵。大机器可是嗡嗡响的！你意识到了吗？那种嗡嗡的声音渗进了我们的血液，甚至可能引导着我们的思想。谁知道呢！我当时就是快要脱离那种影响力了。然后我想：'这种寂静意味着我做的事情不对了。'可是在寂静中我听见了说话声，这些声音让我重新获得了力量。"他哈哈地笑了，"我那会儿可需要这些声音了。紧接着我的头就撞到了一个东西。"

她叹了口气。

"我碰到了一个气动闭锁器，那是用来保护我们不受外面空气伤害的。飞船上也有，你大概注意到了。四周漆黑一片，我双脚站在看不见的梯子横档上，两手都划破了；我说不清自己是怎么熬过这段时间的，不过那些说话声依然安慰着我，我摸索着找插销。我估计闭锁器的直径大概有八英尺。我使劲伸长胳膊去摸。太光滑了。我都快摸到中间部分了。还差一点才到中心，我的胳膊太短。然后那个声音说：'跳吧。值得一试。中间可能有个把手，你可以抓住那个把手，用你自己的方法到我们这里来。如果没有把手，你可能会掉下去，摔得粉身碎骨——那也值得一试：你还是会用自己的方法到我们这里来。'于是我就跳了。那儿还真的有个把手，而且……"

库诺停了一下。他妈妈已经是满眼含泪了。她知道库诺的命数已定。他今天不死，明天也会死。这样的人在世上没有生存余地。她的痛惜中混杂着厌恶。她感到羞愧，竟然生了这么个儿子，而她自己一直是那么受人尊敬，那么富有想法。这真的就是那个小男孩吗？她教会了他使用各种停止键和按钮，给他上《大机器之书》的入门课。现在他嘴边长出了软毛，上唇都有点变形了，说明他正在退化成为某种野蛮人。对返祖现象，大机器绝不会心慈手软。

"那儿真的有个把手，而且我还抓住了。我恍恍惚惚地吊在黑暗的上方，听见这些机器嗡嗡的运行声音，就像是将要逝去的梦境中最后的低语。我关心过的事情，还有通过管道跟我交谈过的人，全都显得无限渺小。这当口那把手转起来了。我身体的重量让某个装置动了起来，我慢慢转动着，然后……

"我没法描述那情形。我仰面躺在阳光下。血从我的鼻子和耳朵里往外涌，我听见了巨大的轰鸣声。原来闭锁器带着我直接给喷上了地面，我们在地下制造的空气中顺着通风口逃逸到上面的空气里，像喷泉似的往外涌。我爬回到人造的空气里，因为上面的空气让人感觉疼痛，准确地说，我是在通风口的边上大口吸着人造的空气。我的呼吸器天知道飞到哪去了，我的衣服也撕破了。我躺在那儿不动，嘴贴近通风口吸着气，直到血止住了才停下来。你根本想象不出那么奇特的情景。这个长满草的山谷——这个山谷我等会儿再说——太阳照进来，不是那种灿烂耀眼的样子，是穿过大理石似的云层照进来的——那种安宁，那种恬淡，那种空间感，还有，吹拂在我脸上的，是我们那喷涌而出的人造空气！我很快就发现了我的呼吸器，就在我头上方高处的气流里上下翻腾，在更高的空中还有许多飞船。不过飞船里根本没人向外张望，就我当时那种状况，他们也不可能发现我。我就在那儿给困住了。太阳照进了通风井里面一点，照亮了梯子最上面那层横档，可我怎么够都够不着。我要么会让逃逸的空气再次给抛起来，要么就会掉进去摔死。我只能躺在草地上，不停地吸气，时不时四处张望一下。

"我知道我是在韦塞克斯①，出发前我特意听了一个这方面的讲座。韦塞克斯就在我们现在说话的这个房间的上面。那曾经是个很重要的王国，历代国王占据着从安德烈斯沃尔德②到康沃尔③整个的南方海岸线，北面由横跨高地的旺斯代克工事④保护着。那个讲师重点讲的

---

① 韦塞克斯（Wessex）是英格兰西南部的一个地区。
② 安德烈斯沃尔德（the Andredswald）是英格兰南部一地区，古代曾为林地。
③ 康沃尔（Cornwall）是现英格兰西南部的一个郡。
④ 旺斯代克工事（the Wansdyke）是英格兰西部一处中世纪早期遗留下来的防御工事，在现威尔特郡。

只是韦塞克斯的崛起，所以我并不知道韦塞克斯作为国际上的一个强国存在了多少年，就算知道对我也没什么用处。说真的，那个时候我什么都做不了，只能哈哈大笑。我躺在那儿，身边是一个气动闭锁器，脑袋上方飘着一个呼吸器，我们三个就这样给困在一个长满青草的小山谷里，周围的边上全是蕨草。"

然后他又严肃起来。

"我很幸运，那是个山谷。因为喷出来的空气开始下沉，充满整个山谷，就像水注满了碗一样。我可以四处爬了。很快我就站了起来。我呼吸的是混合的空气，每次我想试试往山坡上爬的时候，让我感觉疼痛的空气就会变成主要成分。这不算太糟糕。我没弄丢随身带的药片，而且可笑的是，我还一直都很兴奋。至于大机器嘛，我早就忘到九霄云外去了。我现在唯一的目标就是爬到长满蕨草的山坡顶上，看看山后面有什么。

"我跑上了山坡。新的空气对我来说还是太难受了，我只是一瞬间瞥见了什么灰色的东西，然后就从山坡上滚回了原地。阳光变得很暗淡，我记得现在太阳是在天蝎座①——这方面的讲座我也听过。如果太阳在天蝎座，而你在韦塞克斯，那你就必须抓紧时间，否则天就会黑得你什么都来不及做了。（这是我听讲座听来的第一条有用的信息，估计也是最后一条了。）想到这一点我就拼命呼吸新的空气，壮起胆子走出我身处于其中的空气池。人造空气填充山谷的速度实在太慢。有时我觉得喷气口喷得越来越没力气了。我那个在空中起伏的呼吸器好像离地面近了一些，轰鸣声也越来越小了。"

他突然不说了。

"我觉得你对这个不感兴趣。后面的事你就更不会有兴趣了。那里面没有想法。真希望没有麻烦你来这么一趟。我们俩太不一样了，妈妈。"

她让他接着说。

---

① 黄道十二宫中的第八宫。每年 10 月 24 日到 11 月 22 日之间，太阳在天蝎座。

"我还没爬上山坡，就到傍晚了。太阳几乎就要溜出天际，周围看得不很清楚。你刚刚飞越世界屋脊，肯定不想听我讲我看见的那些小山丘，都很低矮，都没什么色彩。可是在我眼里这些山是活着的，覆盖着山岗的草皮就是一层皮肤，皮肤之下有绷紧的肌肉。我感觉到群山曾经用无尽的力量向过去的人们呼唤，人们也热爱这些山。现在山都沉睡了——也许就这样长眠不醒了。山在睡梦中与人交流。无论是谁，唤醒了韦塞克斯的群山，就是幸福的人。因为这些山虽然在沉睡，却永远不会死。"

他越说声音越高，激情澎湃。

"你看不出来吗？你们这些讲师都看不出来吗？只有我们会死，在地底下的这个地方，真正活着的只有大机器啊。我们创造了大机器来执行我们的意志，可我们现在没法让它服从我们的意志了。它剥夺了我们的空间感和触觉，它模糊了所有的人际关系，它把爱情狭隘化为一种泄欲的行为。大机器麻痹了我们的身体，麻木了我们的意志，现在又强迫我们崇拜它。大机器发展了——但并没有按我们的路线走。大机器进步了——但并没有向着我们的目标。我们存在，只不过是因为我们是流动在大机器动脉血管里的血球，如果大机器没有我们也可以照常运转，它就会让我们死掉。唉，我也没有什么补救的办法，至少可以说，我的办法只有一个，就是一遍一遍地告诉人们，我看见了韦塞克斯的山，就像当年阿尔弗雷德①推翻丹麦人的时候看见了那些山一样。

"然后太阳就落山了。我忘了说了，我在的这座山和其他的山之间隔着一道薄雾，是珍珠色的。"

他突然又打住了。

"接着说呀。"他妈妈疲惫地说。

他摇了摇头。

---

① 阿尔弗雷德（Aelfrid，即 Alfred，849—899），古代英格兰韦塞克斯国王，曾战胜入侵的丹麦人，结束其对英格兰的统治。

"接着说吧。你现在说什么都不会让我难过了。我现在很坚强。"

"我本来想把其他的事也告诉你，可我不能说，我知道我不能说，再见吧。"

瓦什蒂站在那儿，犹豫不决。听了库诺这番大不敬的话，她所有的神经都在刺痛。但是她也很好奇。

"这不公平，"她表示不满，"你让我飞过整个世界来听你讲，我就要听你讲。告诉我吧，尽可能简单点，这实在是太浪费时间了，不过还是告诉我你是怎么回到文明世界的。"

"哦——这个啊！"他开始讲了，"你想听关于文明的事。当然可以。我刚才是不是讲到我的呼吸器掉下来了？"

"还没有——不过我现在全都明白了。你戴上了呼吸器，总算是沿着地面走到了一个通道口，有人在那儿向中央委员会告发了你。"

"根本不是那么回事。"

他用手抹了一下自己的前额，仿佛在抹去某种深刻的印象。然后他又接着刚才的话头讲了下去，越讲越激动。

"我的呼吸器大概是在日落前后掉下来的。我刚才说了，喷气口喷的劲头好像减弱了，对吧？"

"对。"

"大概在日落的时候，喷气口没劲了，呼吸器就掉下来了。我刚才说了，我把大机器全都给忘了，满脑子都在想别的事，所以当时也没留神。我自己算是有一池子人造空气，外面的空气让我疼得不行了，我就埋头吸一点人造空气，这些空气也许可以维持几天，只要不突然起风把它吹散就行。等我意识到空气不再从逃逸口往外冒意味着什么，已经太晚了。知道吗，隧道里的那个洞补好了，是维修器干的；那个维修器，在跟踪我。

"还有一个警告，可我忽视了。夜晚的天空比白天更加清朗，月亮跟在太阳后面，相隔大约半个天空，月光不时照进小山谷，明晃晃的。我就待在我那里，也就是两种空气交汇的地方，忽然我好像看见一个黑乎乎的东西穿过山谷底部，消失在通风井里。我头脑一热，跑了下去。我俯身去听，好像听见地下深处隐约传来一种刮擦的声音。

"听到这声音，我警觉起来，可是太晚了。我决定戴上呼吸器走出小山谷。可是我的呼吸器不见了。我知道它掉下来的准确位置，就在闭锁器和洞口之间，我都能摸到它在草地上留下的痕迹。呼吸器不见了，我意识到某种邪恶的力量在起作用，我最好逃到另一种空气中去。就是死，我也得死在跑向那片珍珠色云雾的路上。我根本就没跑起来。从通风井里——太恐怖了。一条蠕虫，一条长长的白色蠕虫从通风井里爬了出来，在月光照亮的草地上滑行。

"我放声大叫。什么不该做的事我都做了。我没有逃跑，反而一脚踩在那个东西上，它马上就缠住了我的脚踝。然后我就跟它搏斗。那条虫子由着我满山谷乱跑，我跑着，它就慢慢爬到了我腿上。'救命啊！'我大喊。（这一段太恐怖了。有些事我绝不会告诉你，这就算一个。）'救命啊！'我大喊。（我们怎么就不能默默忍受呢？）'救命啊！'我大喊。接着我的双脚给缠到一起，我摔倒了，给拖走了，离开了亲爱的蕨草和鲜活的群山，从巨大的金属闭锁器旁边经过（这一段可以讲给你听），我想如果我能抓住那个把手，还可能再次得救。那个把手也让虫子给缠住了，也缠住了呀。唉，整个山谷里全是那种蠕虫。这些虫子在四面八方遍地搜索，把小山谷咬得光秃秃的，还有很多虫子白色的口鼻也从通风井里探了出来，随时准备出击。这些虫子把所有可以挪动的东西全都拖走了——灌木丛、一簇簇蕨草，所有的一切，我和这些东西搅在一起，给拖下了地狱。闭锁器在我身后关闭之前，我最后看见的景象是几颗星星，我觉得有一个像我这样的人就住在天上。因为我确实搏斗了，搏斗到最后一刻，直到我的脑袋磕到梯子才消停下来。我是在这间屋子里醒过来的。虫子都消失了，我被人造空气、人造的光、人造的安宁环绕着，朋友们用通话管道呼叫我，问我最近有没有什么新的想法。"

他的故事讲完了。讨论是不可能的，瓦什蒂转身准备离开。

"这件事的结局就是'无家可归'。"她平静地说。

"我倒希望如此呢。"库诺回嘴道。

"大机器已经非常仁慈了。"

"我更喜欢上帝的仁慈。"

"你用这个迷信的说法，是不是想说你能在外面的空气里生活？"

"是的。"

"在通道口的周围，难道你没看见'大叛乱'以后那些被驱逐的人留下的尸骨吗？"

"看见了。"

"把他们丢在那里不管就是为了给我们以教诲。有几个人爬到别处去了，可也还是死了——谁能怀疑这一点呢？我们这个时代的'无家可归者'也是这样。地球表面已经不能维持生命了。"

"的确如此。"

"蕨类植物和零星的野草也许可以存活，可是所有高等级生命都消亡了。有飞船发现过高等级生命吗？"

"没有。"

"有哪个讲座谈过这件事吗？"

"没有。"

"那你为什么还这么顽固呢？"

"因为我看见他们了。"他突然爆发了。

"看见什么了？"

"因为我在暮色中看见那个女人了——因为我呼救的时候她来帮我了——因为她也被虫子缠住了，但是她比我幸运，一只虫子刺穿了她的喉咙，她死了。"

他疯了。瓦什蒂离开了，在后来发生的麻烦事中，她再也没看见过他的脸。

第三部分　　无家可归者

在库诺这次越轨行为之后的几年间，大机器取得了两个重大进步。表面上看两个进步都是革命性的，实际上人类对这两者都早有思想准备，因此这只不过是把已经处于潜在状态的倾向表现出来了而已。

第一个重大进步是废除呼吸器。

观念先进的思想者，比如瓦什蒂，一直认为探访地球表面的做法很愚蠢。飞船或许是有必要的，但是仅仅为了满足好奇心而出去，坐着陆地汽车爬行一两英里，有什么好处？这种习惯很俗气，也许还有点不妥当：不能让人产生想法，与那些真正重要的习惯也毫不相干。于是呼吸器就给废除了，同时废除的当然还有陆地汽车。人们平静地接受了这个进步，除了几个讲师以外，他们提出的意见是，这样一来，他们就没机会接触自己要讲的题材了。至于那些还是想知道地球是什么样子的人，到头来只要去听听留声机或者去看看影视图像也就行了。就连讲师们也默认了，因为他们发现，要做一个有关海洋的讲座，只要把其他人讲过的同类内容改编一番即可，效果照样引人入胜。"要警惕第一手的思想！"一个最为先进的讲师大声疾呼，"第一手的思想事实上并不存在。那不过是缘于热爱和恐惧而产生的自然感受，在如此粗劣的基础上，怎么可能建立起一种哲学？就让你的思想属于二手的吧，可能的话属于第十手的都行，如此一来，你的思想就可以远离干扰因素——直接观察。关于我讲的这个主题也就是法国大革命，不要去学习任何东西。对法国大革命，米拉波 ① 作过阐述；对米拉波的阐述，卡莱尔 ② 有自己的想法；对卡莱尔的想法，小泉八云 ③ 有自己的想法；对小泉八云的想法，齐伯兴有自己的想法；对齐伯兴的想法，胡咏有自己的想法；对胡咏的想法，古奇有自己的想法；对古奇的想法，尤里森有自己的想法；对尤里森的想法，恩切蒙有自己的想法；对恩切蒙的想法，我有自己的想法，你们学习我的想

---

① 奥诺雷·米拉波（Honoré Mirabeau，1749—1791），法国政治家，曾任法国国民议会议长。

② 托马斯·卡莱尔（Thomas Carlyle，1795—1881），苏格兰历史学家，哲学家。

③ 小泉八云（1850—1904），爱尔兰裔日本作家，现代怪谈文学的鼻祖，原文中这里用的是他的原名拉夫卡迪奥·赫恩（Lafcadio Hearn）。这几句话中提到的人名，除了米拉波、卡莱尔和小泉八云之外，均为作者虚构。

法就行了。以这十位 [①] 伟大的思想家为媒介，巴黎流淌的鲜血和凡尔赛宫被砸烂的窗户会得到清晰的解释，成为一种可以应用于你们的日常生活、对你们大有好处的思想。不过一定要注意，媒介很多，各有特点，因为在历史上，一种权威必然会抵制另一种权威。尤里森必然会抵制胡咏和恩切蒙的怀疑主义，我本人则必然会抵制古奇的鲁莽冒进。你们这些听我讲课的人，比我有更好的条件来评说法国大革命。你们的后人会比你们的条件更好，因为他们会学到你们对于我的想法的想法，从而在这根媒介的链条上又增加了一环。最终，"他提高了声音，"会出现超越事实、超越印象的一代人，这一代人完全没有色彩，这一代人

> 如天使一般
> 不受个性的沾染，[②]

他们看待法国大革命，不会依据真实的事件，也不会依据自己的愿望，而是会想象如果这场革命发生在大机器时代会怎么样。"

这个讲座赢得了热烈的掌声，而这掌声不过是表达了一种早已潜藏在人们心中的感觉而已，这感觉就是：陆地上的事实必须忽视，废除呼吸器是一种积极的成果。甚至有人建议飞船也应该废除。这个提议没有实施，因为飞船不知怎么已经融入了大机器体系。不过年复一年，飞船用得越来越少，有思想的人也很少提及了。

第二个重大进步是重新建立了宗教。

这个进步，在那个备受欢迎的讲座中也提到了。谁都不会听错讲座结尾部分流露出的虔诚语气，这种语气在每一位听众心中都唤起了一种回应。那些很久以来一直在默默顶礼膜拜的人，现在开始说话了。他们讲述着，手抚《大机器之书》不知为什么会让他们感觉安

---

① 有的版本这里是"八位"，应该是准确的。
② 出自英国作家、诗人乔治·梅瑞狄斯（George Meredith，1828—1909）的诗作《云雀高飞》。

宁，重复书中某些数字会让他们快乐，无论这些数字在旁人听来是多么没有意义，触摸按钮会让他们狂喜，无论那个按钮是多么微不足道，按响电铃也会让他们狂喜，即便那个动作是多么没有必要。

他们大声说道："大机器供我们吃，供我们穿，供我们住；通过大机器我们互相说话，看见彼此，在大机器中我们拥有自己的存在。大机器是思想的朋友，是迷信的敌人：大机器无所不能，永恒不灭；福佑大机器。"没过多久，这段训谕就印在了《大机器之书》的扉页上，在后来的版本中这段套话又扩展成了一整套繁复的赞美与祈祷之辞。"宗教"这个字眼人们都刻意回避了，从理论上说大机器依然是人的创造，人的工具。然而实际上，除了个别倒行逆施的家伙以外，所有的人都把大机器当作神来崇拜。这种崇拜也并不一致。某个信徒可能主要是觉得大机器的蓝色光盘很了不起，通过光盘他看见了别的信徒；另一个信徒印象深刻的是维修器，就是罪孽深重的库诺比作虫子的那个东西；还有的信徒喜欢电梯；还有的信徒崇拜的是《大机器之书》。每个信徒都会向自己感兴趣的这个那个祈祷，请它替自己向整体意义上的大机器陈情。宗教迫害嘛——那种现象也存在。迫害并不是突然发生的，原因稍后再说明。迫害处于潜在状态，凡是不接受所谓"非宗派机械主义"这个底线的人，都生活在被判"无家可归"的危险之中，而"无家可归"意味着死亡，这点我们都知道。

如果把这两个重大进步都归功于中央委员会，就未免把文明看得过于狭隘了。不错，是中央委员会宣布了这两个重大进步，但他们并不是进步产生的原因，正如帝国主义时期的国王并不是战争的原因一样。他们不过是屈服于某种不可战胜的压力罢了，谁也不知道这压力来自何方，而这种压力一旦得到了满足，接着就又会出现某种新的压力，同样不可战胜。把这种事态称为"进步"倒是很省事。没有人承认大机器已经失控。年复一年，为大机器配置的效率越来越高，智力却越来越低。一个人越清楚自己对大机器所负的职责，就越不明白他的邻居所负的职责，全世界没有一个人明白这个大怪物作为一个整体是怎么回事。那些睿智的大师已经离世。没错，他们留下了完整的说明书，他们的继任者每人掌握了这些说明书的一个部分。然而人类追求舒适的欲望超越了自己的极限。他们对自然财富的掠夺已经过度。不知不觉间，人类洋洋自得地走向了堕落，进步的意思已经专指大机器的进步了。

至于瓦什蒂，她继续过着平静的生活，直到最后的灾难降临。她把房间调暗，睡觉；她醒了，把房间调亮。她做讲座，听讲座。她和数不清的朋友交流想法，觉得自己的精神越来越崇高纯洁。偶尔有个朋友获准安乐死，他或她离开了自己的房间，去接受任何人都无法想象的"无家可归"。瓦什蒂对此并不是很在意。讲座不成功的时候，她自己有时也会申请安乐死。但是大机器不允许死亡率超过出生率，因此直到现在都没有批准她的请求。

麻烦早就悄无声息地开始出现了，她却始终都没有意识到。

有一天她收到了儿子的信息，大吃一惊。母子俩没有共同语言，从来都不联系，她只是间接听说他还活着，由于他总是调皮捣蛋，已经从北半球调到了南半球——其实他就住在离她不远的一个房间里。

"他想让我去看他吗？"她心想，"再也不去了。绝对不去。我没空。"

不对，这是另一种疯狂。

库诺不肯在蓝色光盘里露面，他在黑暗中严肃地说：

"大机器停转。"

"你说什么？"

"大机器就要停转了。我知道，我知道那些迹象。"

她忍不住哈哈大笑。库诺听见她的笑声很生气，他们不再说话了。

"你能想象出比这更荒谬的事吗？"她对一个朋友大声说，"有个人，就是我儿子，他居然认为大机器就要停转了。这要么是疯话，要么就是大不敬。"

"大机器就要停转了？"她的朋友回答道，"什么意思？这句话我完全不懂。"

"我也不懂。"

"最近音乐老是出毛病，我想他指的不会是这个吧？"

"哦，不会，当然不是。我们聊聊音乐吧。"

"你向上面投诉了吗？"

"投诉了，他们说音乐需要修理，让我去找维修器委员会。我投诉说听到了奇怪的喘息声，这让布里斯班流派的交响乐大为减色。喘息声听起来就像是疼痛时发出的呻吟。维修器委员会说很快就能修好。"

她模模糊糊地感到担忧，继续过着自己的日子。一方面，音乐出的故障让她心烦。另一方面，她忘不了库诺的话。如果他早就知道音乐年久失修——他不可能知道，他讨厌音乐——如果他早就知道音乐出了问题，那么他绝对说得出"大机器停转"这种恶毒的话。当然他说这话完全是瞎猫碰上了死耗子，可这种巧合让她恼火，于是她跟维修器委员会说话的时候口气就有点不善。

他们像以前一样回答说，故障很快就能排除。

"很快？得马上！"她反唇相讥，"我为什么就得为不完美的音乐操心？有问题向来都是马上纠正的。你们要是不马上修好，我就向中央委员会投诉。"

"中央委员会不受理个人投诉。"维修器委员会回答道。

"那我应该通过哪个部门投诉呢？"

"通过我们。"

"那我投诉。"

"你的投诉我们会按照排队顺序转交上去。"

"还有其他人投诉过吗？"

这个问题不符合机械精神，维修器委员会拒绝回答。

"太可恶了！"她向另一个朋友大声说道，"没人比我更倒霉了。我现在对音乐完全没有把握。每次我把音乐调出来，情况都越来越糟。"

"我也有麻烦事，"朋友回答说，"有时候一种细小刺耳的声音会干扰我的想法。"

"什么声音?"

"我不知道这声音是我脑子里的,还是墙里的。"

"不管是哪种情况,都投诉啊。"

"我投诉了,我的投诉会按照排队顺序转交中央委员会。"

时光流逝,他们不再讨厌这些故障了。故障始终都没有排除,不过在后来的那些日子里,人体组织变得极其驯服,随时都能适应大机器一次又一次的任性胡为。布里斯班流派交响乐高潮部分冒出的喘息声不再让瓦什蒂烦躁,她把这声音视为旋律的一部分了。她的朋友也不再讨厌那刺耳的声音,不管那声音是在脑子里还是在墙里。人们不再厌恶发霉的人造水果,不再憎恨开始散发臭味的洗澡水,也不再抱怨诗歌机器吐出的那些有毛病的韵脚。所有这些起初人们都忿忿不平地投诉,然后就默认了,遗忘了。情况越来越糟,却没人质疑。

睡眠器械的故障则另当别论。那套器械停转的后果更为严重。终于有一天,在世界各地——苏门答腊岛、韦塞克斯,还有库尔兰[1] 和巴西的无数个城市——疲惫的主人调用床的时候,床没有出现。这件事看起来也许挺滑稽,但我们可以由此推算出人类崩溃的时间。对这一故障负有责任的委员会接到了大批投诉,该委员会照例让大家去找维修器委员会,而维修器委员会又向他们保证会把投诉转交中央委员会。然而不满的情绪越来越强烈,毕竟人类还没有充分适应不睡觉的情况。

"有人在乱动大机器……"他们开始说道。

"有人想称王,想重新引入个人因素。"

"要用'无家可归'惩罚那个人。"

"要发起营救行动!为大机器报仇!为大机器报仇!"

"开战!杀了那个人!"

不过这时候维修器委员会站了出来,以一番字斟句酌的话安抚了

---

[1] 库尔兰(Courland)是欧洲历史地名,位于今拉脱维亚西部。

惊恐的人们。委员会坦言维修器本身就需要修理了。

这种坦诚的态度产生了很好的效果。

"当然了，"有个著名的讲师说——就是讲法国大革命的那位，他把每一个新出现的衰败现象都粉饰成了鲜花——"当然了，我们现在不会强求投诉一定要有结果。维修器过去对我们非常好，我们都很体谅它的难处，会耐心等它恢复正常。到了适当的时候，它自然会重新承担起自己的职责。在此期间，我们就凑合一下吧，不用床，不用药片，不用其他那些小东西。我相信，这正是大机器的愿望。"

成千上万英里之外，听众为他鼓掌。大机器仍然把他们联系在一起。在海洋下面，在山脚下面，铺设着无数电缆，这些电缆让他们看得见，听得到，这些硕大的眼睛和耳朵是他们得到的遗产，种种器械运行时发出的嗡嗡声像一件表现着驯服的外衣，包裹着他们的思想。只有老人和病人依然没有感恩的心情，因为有传言说安乐死的机器也出了问题，疼痛又出现在人们之中了。

阅读变得困难了。一种有害的细菌进入了大气系统，减弱了亮度。有时候瓦什蒂连房间的另一头都看不清楚。空气也污浊不堪。人们怨声载道，补救措施毫无作用，那位讲师以英勇的口气高喊："要勇敢，要勇敢啊！只要大机器还在运转，这些又有什么关系？对大机器来说，黑暗与光明是一体的。"过了一段时间，情况略有改善，但以往的那种明亮再也没有恢复，人类已经进入黄昏，永远无法回头了。有人歇斯底里地谈论"措施"，谈论"临时专政"；有人要求苏门答腊岛的居民适应中央电站的运行状态，而这个电站坐落在法国。但是大多数地区都为惊恐所笼罩，人们竭尽全力向自己手中的《大机器之书》祈祷，那可是大机器无所不能的证据啊。恐惧时强时弱，不时传来给人带来希望的流言：维修器差不多修好了；大机器的敌人已经垮台；新的"神经中枢"正在完善，会比以前工作得更为出色。然而终于有一天，没有丝毫警示，此前也没有任何疲弱的迹象，全世界整个的联络系统就突然崩溃了，人们所理解的那个世界终结了。

瓦什蒂当时正在做讲座，她前面的话不时被掌声所打断。她讲着讲着，听众却沉默了，到讲座结束，听众也无声无息。她有些不高兴，就呼叫了一位专门研究同情心的朋友。没有声音：那个朋友无疑是在睡觉。她又联系了一个朋友，仍旧如此，再联系一个，也还是这样。最后她想起了库诺那句语焉不详的话："大机器停转。"

这句话仍然没有任何意义。"永恒"的东西如果快要停止了，理所当然很快就会有外力作用使之继续。

比如说，现在还有一点亮光和空气——几个小时之前大气系统的情况有所改善。《大机器之书》还在，有这本书，就有安全。

后来她就崩溃了，因为随着活动停止而来的是一种出乎意料的恐怖：寂静。

她从来没有经历过寂静，寂静的降临差点儿要了她的命——寂静的确一下子就杀死了成千上万的人。从出生时起，她就一直身处于永不停歇的嗡嗡声里。这种声音对耳朵就像人造空气对肺一样，不可或缺，现在一阵阵剧烈的疼痛就不时掠过她的脑袋。她几乎不知道自己做了什么，跟跟跄跄走上前去摁下了那个不熟悉的按钮，就是那个打开她房门的按钮。

现在房间的门靠一个简单的合页转动，和中央电站没有连接了，中央电站远在法国，正在渐渐死去。门开了，这让瓦什蒂心中涌起了不切实际的希望，以为大机器已经修好了。门开了，她看见了那条幽暗的隧道，在远处拐了个弯通向自由。她只看了一眼就退了回来。隧道里全是人——她几乎是那座城市里最后一个惊慌起来的人。

她一向讨厌人群，这些人简直就是她噩梦中的噩梦。人们到处乱爬，人们尖叫，哭泣，大口喘息，你碰我我碰你，消失在黑暗中，时不时有人被推下站台，掉到通电的轨道上。有人在电铃旁边扭打，想按电铃召唤那根本就召不来的轨道列车。有人在喊叫，或要安乐死，或要呼吸器，或在咒骂大机器。还有人站在自己的房间门口，像瓦什蒂一样，又不敢待在屋里，又不敢离开屋子。这一片喧嚣的后面是寂静——寂静是地球的声音，也是一代代逝去者的声音。

不行——寂静比孤独更可怕。瓦什蒂又关上门，坐下来等待末日降临。分崩离析还在继续，伴随着可怕的爆裂声和轰鸣声。控制医药器械的阀门肯定是失灵了，因为医药器械突然断裂，从天花板上掉下来挂在那儿，样子很难看。地板猛然升起又落下，把她从椅子里甩到了地上。一根管子像蛇似的慢慢朝她拱过来。终于，最后的恐怖降临了——光线开始变暗，她知道文明漫长的白昼走到了尽头。

她在屋里急切地转来转去，亲吻着《大机器之书》，按下一个又一个按钮，祈求着从这场灾难中得救，不管用什么办法。门外的喧嚣声越来越大，甚至穿透了墙壁。她房间里明亮的光线越来越暗，金属开关上反射的光也逐渐消失。现在她看不清阅读台了，现在也看不见《大机器之书》了，尽管那书就在她手里。声音遁去之后，光线也遁去了；继而遁去的是空气；原始的空虚被驱逐出去已经很久，现在又回到了洞穴里。瓦什蒂不停地转来转去，就像某种早期宗教的信徒那样，又是尖叫，又是祈祷，还用鲜血直流的双手猛拍那些按钮。

就是用这种办法，她打开了自己的囚室，逃了出来——是精神上的逃离：至少我在结束冥想之前是这么认为的。至于她的身体逃离——我看不出来。她无意中拍到了开门的开关，污浊的空气扑面而来，无数低语汇成的轰鸣在她耳中震响，这些都告诉她，她又面对着那条隧道了，还有那个惊人的站台，她刚才看见人们在站台上扭打。现在他们不打了。只剩下低语的声音，还有些许带着啜泣的呻吟。成百上千的人在黑暗中慢慢死去。

她的眼泪夺眶而出。

眼泪给了她回答。

他们为人类而哭泣，这两个人，不是为了他们自己。结局竟然是这样的，他们无法承受。在寂静主宰一切之前，他们敞开了心扉，他们知道了地球上什么才重要。人是所有血肉之花，是所有可见的生灵之中最为高贵的生灵；人曾经按照自己的形象塑造了神，把自己的力量映射到星座上；美丽的、赤裸的人正在慢慢死去，为自己织就的衣服所窒息。人苦苦劳作了一个世纪又一个世纪，而这就是他的回报。

这衣服起初看上去确实美妙无比，闪烁着文化的缤纷色彩，用自我否定的细线缝制而成。这衣服也的确曾经美妙无比，只要它仅仅是衣服而已，只要人可以把它随意脱下，靠着自己的灵魂这个本质、还有和灵魂同样神圣的肉体这个本质去生活。对肉体犯下的罪孽——他们主要是为此而哭泣；千百年来做的错事，伤害着肌肉、神经和我们感知一切不可或缺的五官——奢谈进化来牵强地解释肉体，直至肉体成为苍白无用之物，思想之源失去色彩，只剩下一个曾经通晓星辰的精灵沦落成泥的最后悸动。

"你在哪儿?"她抽泣着问道。

他的声音从黑暗中传来："在这儿。"

"库诺，还有希望吗?"

"对我们来说，没有了。"

"你在哪儿?"

她从死人的尸体上向他爬去。他的血喷到她手上。

"快点，"他喘着气说，"我要死了——可是我们接触了，我们说话了，没有通过大机器。"

他亲吻了她。

"我们回归了自己。我们死了，但是我们重新获得了生命，就像在威塞克斯，阿尔弗雷德推翻了丹麦人。我们知道外面那些人知道的事，就是那些住在云彩里的人，那云彩是珍珠色的。"

"可是库诺，这是真的吗? 地球表面还有人吗? 这——这条隧道，这有毒的黑暗——真的不是末日吗?"

他回答道：

"我看见了他们，跟他们交谈过，我爱他们。他们躲在云雾里，躲在蕨草丛中，直到我们的文明停转。今天他们是'无家可归者'……明天……"

"哦，明天……某个笨蛋又会启动大机器的，明天。"

"绝对不会，"库诺说，"绝对不会。人类已经接受了教训。"

就在他说话的时候，整个城市像蜂巢似的崩溃了。一艘飞船从通道口飞了进来，冲向一座已成废墟的码头。飞船坠毁下落，一路爆炸开来，钢制的机翼撞碎了一条又一条走廊。刹那之间，他们看见了不同国度的死者，随即加入了死者的行列，他们的最后一瞥，看见的是未受污染的天空碎片。

意 义

一

"我不明白这有什么意义。"米基傻笑着说。

哈罗德不停地划着船。他们刚才在沙丘那里待得太久，此刻潮水正迅速退出河口。夕阳西下，把对岸的田野照得闪闪发亮，他们准备歇脚的那座农舍楼上的窗户红通通的，仿佛屋里满是火焰。

"我们要给冲到海里去了，"米基接着说道，"你要不再使点劲儿，肯定赢不了，你还是个可怜的病人呢。我赌大海赢。"

他们快划到中心航道了，那实际上是退潮海水的主流。只要一划过去，潮水的力量就弱了，他们可以很轻松地把小船划到农场下面靠岸。这是个霞光灿烂的傍晚。整个白天也光芒灿烂。潮水平缓的时候，他们把小船划到沙丘那边，下水游泳，追逐玩闹，吃东西，睡觉，然后又下水游泳，追逐玩闹，吃东西。米基情绪高涨。直到此刻，上帝还不曾找过他的麻烦，他也不可能料到退潮的水真的会耽误他们吃晚饭。等他们划到中心航道，一直慢慢逆流而行的小船居然停在流动的水中一动不动了。米基失去了所有理智的表现，大声喊道：

> 也许深渊会把我们吞没，
> 也许我们会登上仙岛，
> 见到伟大的阿喀琉斯，重叙旧好。①

哈罗德对诗不感兴趣，只是喊叫着。他同样情绪高涨，看上去不像个病人，他也不觉得自己是病人。赛恩斯医生不久前跟他认真谈过，看着他晒伤的身体直摇头。赛恩斯能知道什么呀？她让哈罗德

---

① 出自英国诗人丁尼生的长诗《尤利西斯》。

到海边调养身体，还派米基看着他，怕他累着。起初米基还管头管脚的老招人烦，后来常理就占了上风，年轻人中间一向如此。两个星期之前，米基连船桨都不让这个病人碰。现在他却让哈罗德"再使点劲儿"，哈罗德言听计从，果然使劲划起来。哈罗德调动起了全部的意志和肌肉力量。他开始忘乎所以了。脚踩踏板、双臂逆流划桨让他激动不已，这种激动又和朋友的喊叫声相互交织，产生了一种不可名状的感觉；他正在接近运动员真正追求却从不言明的那种理想的神秘状态：他开始存在了。

米基一边有节奏地喊着："一、二——一、二。"一边使劲地扳着舵，好助他一臂之力。不过米基的想象力很丰富。他看着那几扇红通通的窗户，幻想着农场是一颗星星，小船是伴随左右的卫星。那么潮水就是宇宙中汹涌的以太①流，是星际间永不停歇地翻滚着的波浪。多么令人欢畅啊！他学着年长者那种慵懒的习惯，没有把自己的欢畅直说出来。他太快乐了，都忘了感恩。"你趁着年幼……当记念造你的主。"②这是青春已逝的人才会说的话，而米基口中翻来覆去喊着的只是"一、二"。

哈罗德笑着，什么也没听见。汗水如注，从他的额上流下。他突然发力猛划，潮水也不示弱。

"医生要能看见你这个样子该多好啊。"米基大声说。

哈罗德没回话。他咬紧牙关，有点失控了。他的祖先在向他呼唤，说宁死也不能让大海打败。他划着，喘着粗气，不时发出低沉的怒吼，舵手的话激起了他的怒气。

"这就对了——一、二——再加把劲……唉，我说，这有点太费劲了。要不我们就算了吧，老兄。"

现在海鸥在他们四周飞来飞去。有的在他们头顶盘旋，有的从船尾划开的波浪上掠过。岸上隐约传来一只云雀的歌声，米基看见医生

---

① 以太是物理学史上一种假想的物质，古希腊人以其泛指青天或上层大气。
② 出自《圣经·旧约·传道书》第12章。

的轻便马车行驶在通向农场的路上。他觉得有点于心不安了。

"好了，哈罗德，你真不该……我真不该让你这么干。我……我不明白这有啥意义。"

"你不明白？"哈罗德说道，他的声音清晰得出奇，"那好啊，有一天你会明白的。"说着，他丢下了双桨。小船当即旋转起来，农场、马车和云雀的歌声都消失了，哈罗德重重地倒在桨架上。米基一把抓住他。他心力衰竭了。他的身体一半在船里，一半在船外，死了。真是一桩烂事。

二

烂事一桩。出事的时候迈克尔①二十二岁，他觉得从今往后自己再也快乐不起来了。他被抬出小船时的叫喊声、医生说"我认为你有责任"的声音、哈罗德父母的到来、助理牧师讲述哈罗德与未知世界的关系那种声音——所有这些都对他产生了深刻的影响，他觉得这些影响会永远存在下去。可事情并非如此，因为他活到了七十多岁，即便有着这世上最美好的意愿，也不可能在这么长的时间里把记忆保持得十分清晰。人的头脑无论多么敏感、多么深情，都会为每天新的经验所覆盖。头脑无法自行清除不断增长的积累沉淀，不得不把过去忘掉，或者扭曲。迈克尔的情形就是这样。最后只有那些印象更为独特的事才留存下来。他记得哈罗德最后的姿势（一只手抓住他的手，另一只手深深地扎进海里），因为那个姿势具有某种美学色彩，而不是因为那是他朋友最后的动作。出于同样的原因，他记得哈罗德最后的话："你不明白这有什么意义？那好啊，有一天你会明白的。"这句话很对他的胃口，渐渐变成了他自己的口头禅；三四十年之后，他忘记了这句话的出处。这不能怪他，生活这桩麻烦事就让他忙得不可开交了。

还有个情况得说一下：迈克尔和哈罗德除了都是年轻人以外，并

---

① 即米基。"迈克尔"是教名，"米基"为"迈克尔"的昵称。

无共同之处。没有什么精神纽带可以留存下来。他们俩从来没有讨论过神学或者社会改革，也没有探究过迈克尔脑子里的一大堆问题，因此他们的关系虽然很亲密，却没有什么值得记住的事。越想哈罗德，他的形象就越不清晰。没有了身体，他就像个影子似的极为模糊。把他想象成一个逝去的幽灵也不行，因为死亡之后的那个世界肯定令人生畏。无论是天堂还是地狱，都容不下体育运动和一味的好脾气，要是把哈罗德的这两个特点也拿掉，那他还剩下什么呢？即便那看不见的来世其实只是现世的原型，即便在那个世界里也有太阳和星辰，等我们看到来世的时候，尘世在我们脸上晒出的斑也肯定都消退了，在我们能到来世无边的海上划船之前，尘世给我们的肌肉也肯定都萎缩了。迈克尔悲伤地把自己的朋友托付给了上帝。他自己是无能为力了，因为人只能让那些凭借诗歌或者智慧在身后给人留下深刻印象的人永垂不朽。

对于他自己，他期待命运会另有安排。尽管他非常谦卑，但他知道自己跟哈罗德不一样。这倒不是因为他本人的美德，而是因为他出生在一个更有知识的家庭，继承了种种能力，足以让他更有意义地度过人生，更加像样地应对来世。他喜欢宇宙，喜欢宇宙之中我们称之为文明的那一小团乱麻，也喜欢他那些制造出这团乱麻而又超乎其上的同胞。爱，人类的爱，温暖着他；即便在他思考其他事情的时候，在寒冷的冬日傍晚眺望猎户星座的时候，突然迸发的一阵欢喜，美妙得难以描述的欢喜，都会让他激动不已；他会觉得即便是我们最狂热的冲动也肯定具有某种永恒的价值，将来一定会实现。秉性如此丰满的人，不可能为死亡而忧心忡忡。

下面简单介绍一下他的人生经历。

悲剧发生后不久，轮到他去休养康复了，这期间他遇到了后来成为他终身伴侣的那个女子。迈克尔以前见过她一次，并不喜欢她；她似乎不够仁慈，待人也太严苛。现在他明白了，她的严苛源于他自己所缺乏的一种道德观念。如果说他崇尚的是仁爱，那么珍妮特信奉的则是真理。她对所有的人和所有的事都会加以考验。她受不了多愁善感的人，这些人对世间的纷争都躲得远远的。那个时候珍妮特和另一个人订了婚，所以她跟迈克尔说话比一般状态下要放得开。她对迈克尔说，自己感觉好和感觉别人好还不够，人有责任促使他人变得更好，因此她力劝他从事一项专业工作。她的话让这个年轻人看到了诚实工作的美好。他在心理上和身体上都成了真正的男子汉。经过适当的准备，他进入了政府的文官系统，任职于大英博物馆。

就此开始的是一段地位十分显要而且完全有益于人类的职业生涯。他对人的行为和文化有自己的理想，并不满足于例行公事。他极愿意帮助别人，由于他天生机智老到，人家也愿意让他去做。很快他就成了所在部门一种起协调作用的力量。他可以劝慰上司，鼓励下属，安抚外国学者，让人感觉各方都有各方的长处。珍妮特一直关注着他的上升，又批评他善变。可这次她错了。这个年轻人并不只是投机而已。他总是真诚地提出自己的意见，不然他不可能一直受到同事的尊重。实际上，是他秉性中与生俱来的亲切友善发挥了作用，这种天性在一个女人的影响下朝着富有成效的结局发展了。

相识十年后，他们俩结婚了。那十年里珍妮特经历了许多痛苦，和她订婚的那个人结果根本配不上她。她来到迈克尔身边的时候性格已经定型，而且在他看来和他反差极大；也许他们已经尽可能分享了各自所有的优点。不过事实证明他们的婚姻是持久的，也足够美满。特别是迈克尔，他不断做出让步，因为宽容大度和善解人意渐渐成为了他性情中的主要特点。如果从公事公办的角度来说他的妻子有失公允，或者他那个信奉无神论的小舅子对宗教横加指责，他就对自己说："他们控制不了自己；他们生来如此，这都是缺陷的表现。我还是想想自己的缺点，不断努力培养更为豁达的人生观吧。"一天一天的，他就越来越亲切友善了。

他后来对文学产生了兴趣，多少也和他渴望获得更为豁达的人生观这一点有关系。年过四十，他突然想到要写几篇散文，文章要有点怀旧的味道，内容不求深刻，但要有思想。结果还算成功。他的散文品位高雅，文风清晰简明，饱含温和的基督教伦理，激发了那些略受教育的公众，促使他们去思考，去感受。虽然并非文学巨著，作者也没那个打算，但这些散文为很多人开启了通向文学巨著之门，而且无疑是一种向善的力量。第一卷散文集问世后，他发表了《中年男人的忏悔》。迈克尔在文中用优美的语言向青春致敬，但也指出成熟就是一切。他教导读者说，唯有经验才能让人变得仁慈，只有上了年纪的人才能具有同理心、平衡的能力、多面的观念。如果有人对你说，你最好的作品还没写出来呢，而你的书还很畅销，这总是让人开心的。或许他原本可以成为畅销书作家，但他深受妻子的影响，不会去写任何自己没有真正感同身受的东西。妻子已经给他生了三个孩子——亨利、凯瑟琳和亚当。总的来说，他们的家庭生活很幸福。亨利从不惹是生非。凯瑟琳是她母亲的翻版。亚当生性狂野、粗鲁，让父亲有些担心。做父亲的悉心观察，还是理解不了亚当，父子俩一直没有成为真正的朋友。然而这只不过是苍穹之下地平线上一块小小的云。迈克尔在家里和在工作上一样，比大多数男人都要成功。

就这样，迈克尔不知不觉已年过半百。父亲去世后，他继承了萨里郡①山里的一座宅子，真心喜欢园艺的珍妮特跟他在那儿安了家。不管怎么说，生活已经证明她不是一位知识型女性。她强势的风格让她丈夫或许还有她自己误以为她是知识型的。她在伦敦的社交界应付裕如，但对这一套感到厌倦，因为她缺乏迈克尔的灵活变通，而且比他老得快。乡村生活也不适合她。她变得越来越挑剔，常常为了花的名称和其他女士争论不休。当然啦，岁月也没有饶过迈克尔。现在他多少有点担心自己的健康了。户外运动他一概不再参与，尽管健康状态还不错，他还是已经谢了顶，成了个胖子，胆子也小了。他反对熬夜，反对剧烈运动，反对夜间散步，反对天太热的时候游泳，反对划着敞篷船消磨时光；他不得不经常控制自己，以免惹孩子们生厌。亨利是个富有同情心的漂亮小伙子，常会紧握着他的手说："好的，爸爸。"但是凯瑟琳和亚当有时会皱起眉头。迈克尔越来越牵挂孩子了。

---

① 萨里（Surrey）是英格兰东南部的一个郡，地处伦敦附近。

妻子的身体每况愈下，孩子就是他的未来，回想当年自己的父亲多么让自己失望，他下定决心要跟孩子们多多交流。他相信和蔼可亲的作用，经常在他们和他们的母亲之间居中调停。两个男孩长大了，他随他们自己挑选朋友。凯瑟琳十九岁的时候问他，能不能离开家去当园丁挣点钱，他放手让她去了。在这件事上他得到了回报，因为凯瑟琳把花养死以后又回来了。凯瑟琳是个焦躁不安、闷闷不乐的姑娘，很让她母亲头疼，珍妮特想象不出女孩子们都会变成什么样。后来凯瑟琳结婚了，大有进步，结果在随后的那些年里，凯瑟琳实际上成了父亲的支柱。

因为凯瑟琳结婚之后不久，迈克尔就遇上了大麻烦。珍妮特卧病不起，抱恙良久之后去了未知世界。迈克尔爵士——他已经封爵了——声称自己不应该比妻子活得长。他们俩早已习惯了彼此相伴，谁也离不开谁，他真觉得自己也会随她而去。这件事他可想错了。珍妮特撒手归天那年他六十岁，而他活到了七十多岁。他的性情已经不受环境左右，他依然保持着昔日的兴趣爱好，还有他那不屈不挠的宽厚善良。

第二桩麻烦事接踵而来。人们得知，亚当很爱自己的母亲，以前只是为了她才勉强留在家里。他大闹一场，离家出走了。他从阿根廷来信说，他很抱歉，但他想开始自己的生活。"我不明白这有什么意义，"迈克尔爵士颤声说道，"我什么时候不让他或你们当中的哪一个开始自己的生活了？"亨利和凯瑟琳赞同他的话。可他还是觉得这兄妹俩比他更了解他们的弟弟。"亚当从小到大，我一直给他自由的，"他接着说，"我都给他自由了，他还想要什么？"亨利迟疑片刻，说道："有些人觉得自由不能由别人给予。至少我听到过这个说法。也许亚当就是这么想的。除非他自己获得自由，否则他就不觉得自由。"迈克尔爵士表示了不同意见。"我研究青春期很多年了，"他回答说，"你的结论啊，我的宝贝，太可笑啦。"

亨利和凯瑟琳勇气可嘉，都接受了父亲的说法；他的晚年终究还是颇有尊严的。从大英博物馆退休以后，他又零零星星写了一点东西。一般的大众读者已经把他忘了，不过他的《退休者沉思》因文风典雅，在老年读者和受过教育的读者中流传了一阵子。由此他得到了新的精神慰藉。因为有着一颗"天生的英格兰灵魂"①，他对国教从无敌意，有时批评国教的世俗及其偶尔的非人道，他都是从局外人而非反对者的角度说话。妻子去世、儿子出走之后，他连残存的一点沉思默想的兴致都没有了。几十年的经验给他带来的结果就是接受了几百年的经验，把自己微弱的声音汇入了传统的宏大声音之中。没错；他的晚年平静而有尊严。鲜有人为此而嫉妒他。当然了，他有敌人，他们声称看透了他这个人，还说亚当也看透了他；可是没有一个公正的旁观者赞同这种说法。没有任何不可告人的动机曾经让迈克尔爵士持有偏见。他的人生记录是纯洁的，那不是因为他运气好，而是因为他的内心就纯洁，他善于安慰他人的风度出自他那颗得到过安慰的灵魂。他能够反省失败和错误，他还没有实现年轻时的理想。谁又实现了呢？不过他调整了自己的理想以适应由事实构成的世界，在这方面他比大多数人都要成功。如果说他把爱情调整成了同理心，又把同理心调整成了妥协，那就让和他同时代的哪个人站出来扔第一块石头吧②。

　　有一个事实仍然需要他调整心态以便面对，这就是死亡。到这个时候为止，迈克尔爵士还从来没有体验过死亡，有的时候他会害怕得像野兽一样发疯。可是更多的时候，死亡看起来只是他当下生涯的延续。他想象自己在妻子的协助下，不声不响地在那个永恒的世界里精心安排好某个角落；珍妮特也许有了很大的进步。他想象自己从一个游刃有余的空间进入一个熟悉的事物和永恒的事物融为一体的空间，在那里他会同样游刃有余的——这个进入的过程有尊严而没有痛苦。今生是为来世做准备的。活得最长久的人因此就准备得最为充分。经验是伟大的导师；经验丰富的人有福了，因为他们不必再调整自己的

---

① 原文为拉丁语。
② 典出《圣经·新约·约翰福音》第 8 章第 7 节，意为无罪之人才有资格指责或惩罚他人。

理想。

他去世的情形如下。他也出了个事故。他从城里自己的住处往凯瑟琳家走，抄近路穿过了一个贫民窟。几个妇人正为一条鱼争吵，他恰巧路过，她们便请他评理。老人家一向彬彬有礼，便停下脚步，说他不是很了解情况，无法评判，建议她们把鱼搁在一边，过二十四小时再说。不料这话惹恼了她们，几个女人转头就把火撒到了他头上。她们说他"骗人"，说他"糊弄人"，有个喝醉了的更坏，一边说"看他糊弄得了这个吗"，一边拿着那条鱼抽他的脸。他跌倒了。他自己醒过来的时候已经躺在床上了，头又疼了起来。

他能听见凯瑟琳的声音。她让他心烦。他没睁开眼睛，那只是因为他不想睁开。

"他这样已经快两年了。"亨利的声音说。

他在贫民窟摔倒到现在最多也就十分钟。不过他不想争辩。

"是啊，他快玩完了，"第三个声音说——居然是亚当的声音；亚当是怎么回来的？什么时候回来的？"可是话说回来，三十年了，他一直是这个样子啊。"

"积点口德，老弟。"亨利说。

"怎么啦，就是这样嘛，"亚当说，"我不喜欢玩虚的。妈妈去世后他就什么都不干了，以前也少得可怜。人们把他的书都忘了，因为那些书里没什么原创，就是把他在大英博物馆整理过的东西重新编了一下。就是这种货色。他只会告诉人家穿得暖和点可也别太暖和，别的他还干过什么？"

"亚当，你真不该……"

"就是因为谁都不说真话，老头子这样的人才能出名。这是你们那种稀松文明的一个标志。你们都害怕——害怕独创精神，害怕工作，害怕伤了彼此的感情。只要不让你们觉得害怕，不管是谁，你们都可以让他登上高位，他一死你们就把他给忘了，然后再给另一个有名无实的家伙授爵位。"

一个陌生的声音说："真不像话，亚当先生，太不像话了。这么一位可爱的老人，而且还很有名望呢。"

"你很快就会习惯我这种说话方式的，护士。"

护士笑了。

"亚当，看见你我就安心了，"凯瑟琳停了一下说道，"我想让你和你儿子帮我管管我的儿子。"她的声音越来越低。她都没有跟父亲告别一声就转身离开了。"人得从别人的错误中受益啊……说到底，要有更大的勇气……我一定要跟我儿子多交流……"

"揍他，"亚当说，"这就是秘诀。"他跟在姐姐后面走出房间。

然后亨利愉快的笑声响了起来，这是最后一次。"你让我们一下子年轻了二十岁，"他说，"简直像那个时候……"

门关上了。

迈克尔爵士气得浑身发冷。这就是生活，这就是年轻一代的所思所想。他不在乎亚当，可是想起亨利和凯瑟琳说的话，他决定干脆死掉算了。他愿意的话，大可从病床上爬起来，把这帮家伙统统赶到大街上去。可是他不愿意。他宁愿离开这个卑鄙的、忘恩负义的世界。潜藏在我们所有人心底的那种深重而超凡的愤世嫉俗终于占了上风，彻底改变了他。他看清了爱的荒唐，领悟到这一点让他忍不住大笑起来。刚才说他是个可爱的老人那位护士俯身观察他，这时两个小男孩走进了病房。

"外公怎么样了？"其中一个男孩问道，他是凯瑟琳的儿子。

"不太好。"护士回答说。

屋里一片沉默。然后另一个男孩说："走，咱们溜吧。"

"可他们叫我们别那么做啊。"

"我们干吗要听老人的话呢！我爸要玩完了，你妈妈也是。"

"真不像话；你们俩出去。"护士说。凯瑟琳的儿子带着敬佩的神气轻轻哼了一声，跟着表哥走出房间。他们这位外公兼祖父笑得更欢了。他在床上翻来滚去；刚要看明白这种局面的讽刺意味，他就断了气，进入未知世界继续琢磨去了。

三

米基还躺在床上。他做了几个漫长而悲伤的梦，恍然明白了许许多多的事情。他张开嘴刚想笑，嘴里却全是尘土。他决定睁开眼睛，结果发现自己浑身肿大，陷在沙地里，周围是一片无边无际的平原。如他所料，他没多大机会来调整自己的理想；无限空间直接取代了他的卧室，取代了伦敦。地面上除了几根沙柱以外，一切都静止不动。有时沙柱会倾倒在一起，就像在窃窃私语，然后倒塌下去，发出一声轻微的嘶叫。除此之外，没有任何活动，没有一点声响，他连一丝风也感觉不到。

他在这里躺了多久？也许已经有很多年了，也许他早在死亡之前就躺在这里，那时他的肉身似乎还在人间行走。生命是如此短暂而渺小，谁知道我们是不是完整地来到人世的呢？谁知道灵魂是不是不止有一小部分给唤醒了附于肉身之上呢？蓓蕾和鲜花都是转瞬即灭，只有外壳经久长存，莫非灵魂就是一个外壳？在米基看来，他始终就是躺在沙尘之中的，忍受着痛苦，嘲笑着别人，他觉得一切事物的本质，星辰背后的那股原始力量，其实就是衰老。年岁，没牙的、水肿的年岁；吝于青春，也吝于年岁；生于所有的年代之前，延续至所有的年代之后；宇宙就是衰老的年岁。

这个地方在给人以残酷折磨的同时也在衰败。这里疆域辽阔，却颇不体面，向下通往黑暗，向上伸进云里，可那是怎样的黑暗，又是怎样的云啊！没有悲剧的灿烂光芒使之生辉。米基看着那黑暗和云，明白自己为什么如此不快乐了，因为那些地方都在看着他，嘲笑他，而他却在嘲笑别人。那里面的肮脏比白昼和黑夜的色彩都更为古老，那种讥讽也更为深刻；他就是上天开的玩笑里面的一个部分，就好像青春是他人生的一个部分一样。渐渐地他意识到了，他已经待了好些年的这个地方，是地狱。

他周围还躺着其他人的形体，身躯巨大，长满真菌。似乎整个平原都溃烂了。有的人可以坐起来，有的人只是从沙子里突出来一点，他知道这些人在生活中犯的错误和他一样，尽管他还不知道是什么错误，也许只是某种小小的失误，如果有人提醒一下，本来很容易避免。

交谈是允许的。很快有个声音说："我们的天空不是跟天堂一样吗？不美吗？"

"美极了。"米基回答道，他发现每说一个字都伴着一阵刺痛。后来他才明白，这地方要惩罚的一个罪过就是赞美。他遭受折磨，是因为他给了人世间那些糟糕的事或者平庸的人太多赞美；他曾出于无聊而赞美，或者为了取悦别人而赞美，或者为了鼓励别人而赞美；他为所有不含真情的赞美而遭受折磨。他又说了一句"美极了"，天空颤抖了一下，因为他现在要受到更严酷的惩罚了。他心里还残存着一丝宽慰：他的妻子不可能在这个地方。珍妮特没有犯过这片平原上的人所犯的错误，她不能容忍人们歪曲事实。说到底，结果证明她的人生观是正确的；在剧烈的疼痛之中，这给了他些许安慰。珍妮特会再一次成为他崇拜的对象。随着永恒缓缓前行，自动回转，再缓缓向前，她会向他表明：管理得当，老年可以是美丽的；汲取得当，经验可以将人的灵魂引向快乐。这时他转过头去面对着自己身边的人，那人还在没完没了地大唱赞歌。

"我可以永远躺在这里，"那人说，"想到我活着的时候是多么焦躁不安——也就是说，在人们误称为活着的那个时候，因为那实际上是死亡——现在这才叫活着——一想到我在人世间是多么焦躁不安，我就深为这里如此宽广的美好与仁慈所折服，我可以永远躺在这里。"

"你愿意这样吗？"米基问。

"啊，这可是最大的恩赐——我愿意，你也会愿意的。"

这时一根沙柱从他们中间经过。过了好一会儿他们才能说话，也才能看见东西。然后米基接过话头唱起了赞歌，不时让钻进他灵魂里去的沙粒弄得很恼火。

"我也后悔荒废了很多时光，"他说，"特别是我的青春时光。我后悔我晒太阳的时间太多。后来那些年我真的追悔莫及，所以才让我来到这个没有太阳的地方；的确没有太阳，也没有风，也没有那些曾经在夜晚差点让我发疯的星星。要是让我再看见猎户星座，该有多可怕啊，对吧？猎户身上那把剑①中间的星其实不是一颗星，而是一团星云，那是未来世界的金色种子。我在世的时候多害怕秋天啊，猎户座升起来，我一看见那猎户就想起了冒险，想起了我的青春。太可怕了。现在再也看不见猎户座了，我真是感恩不尽。"

"唉，可现在更糟糕了，"另一个人惊叫道，"抬头看猎户座左边，就能看见双子星座。卡斯托尔和波吕克斯②是兄弟，一个是人，一个是神；卡斯托尔死了。可是波吕克斯也下了地狱，他要去陪卡斯托尔。"

"没错，就是这样。波吕克斯去了地狱。"

"后来众神可怜他们，把兄弟俩升到天上变成了星星，水手崇拜他们，热恋中的年轻人也都崇拜他们。宙斯是他们的父亲，海伦③是他们的姐姐，就是那个让希腊人与特洛伊人交战的海伦。比起猎户座，我更怕他们。"

他们不说话了，默默地仰望着自己头上的那一方天空。苍天表示赞同。他们在人世间的时候是有教养的人，这些人今后遭到的折磨会稍微好受一些。他们的记忆中会突然出现种种美妙的形象来加剧他们的痛苦。"我不说话了，"米基对自己说，"我要在永恒中保持沉默。"然而黑暗撬开了他的双唇，他马上又说起来了。

"再跟我说说这个极乐之地的事吧，"他问道，"这里分级吗？我们的天堂里有等级吗？"

"有两个天堂，"那人回答说，"一个是硬心肠人的天堂，另一个是软心肠人的天堂。我们躺的这个地方是软心肠人的天堂。这么安排

---

① 猎户星座以希腊神话中的巨人猎手俄里翁命名。这里说的剑是这个星座人形腰部下面的一个星群。

② 双子星座之名源于希腊神话。卡斯托尔和波吕克斯（Castor and Pollux）是主神宙斯的双生子，卡斯托尔死后，波吕克斯乞求宙斯让卡斯托尔复活，宁愿为此放弃自己的不朽生命，宙斯大为感动，遂安排兄弟二人轮流在天国和死亡之国生活，每日一交换。

③ 海伦（Helen）是希腊神话中宙斯与勒达所生的女儿，希腊国王迈涅劳斯的妻子，后与特洛伊王子帕里斯私奔，引发了特洛伊战争。

足够用了，因为人老了之后，不是心肠变硬了就是心肠变软了。"

他说话的时候，云消散了。米基抬头看了看平原的坡地，发现远处平原的四周环绕着石山。不用别人说他也知道，珍妮特就躺在这些山里，早已僵硬，他永远也见不到。她没有得到救赎。黑暗也将永远讥笑她。和他躺在一起的有多愁善感的人、抚慰别人的人、和事佬、人道主义者，还有其他所有信奉偏温和观点的人，而与他妻子为伍的则是那些改革家、苦行者和所有利剑般锋芒毕露的灵魂。路途纵然不同，他们却都进了地狱。米基现在明白了生活喧嚣的表象之下隐藏着什么：岁月要么使人融化，要么使人僵硬；爱神和真理之神表面上像天使似的争夺我们的灵魂，其实他们手里都握着让我们衰败的种子。

"这么安排的确是足够了，"他说，"不光够用而且简单。不过你要是再回答我一个问题，我的快乐就圆满了。年轻人在这两个天堂中的哪一个里面呢？"

他旁边的那个人回答道："哪一个里面都没有；根本就没有年轻人。"

那人不再作声，往尘土中躺得更深了一些。米基也照做了。他对那些还没有成熟就逝去的男男女女只有模糊的印象，依稀记得小男孩、未婚少女和小伙子的遗体在父母眼前落葬的情景。他们去了何方，那些为数不多尚未成年的人？他们短暂的生命有什么意义？他们是彻底地消失了，还是又被赋予了一次积累经验的机会，最终也变成了像珍妮特或者像他这样的人？有一点可以确定：无论是在山里还是在平原上，都没有年轻人，或许人们对这些生灵的记忆本身就只是云雾化成的幻觉呢。

如今时机已经成熟，他可以回顾自己在人世间的一生了。他追溯着自己逐渐解体的过程——他的工作很轻松，他的书很温和，他还缓和了自己与他人的关系。他凡事总能看到好的一面，这本身就是衰败的迹象。不管发生了什么事，他都心存感激，宽厚包容，灵活应对。因此，他一直都很成功；亚当说得对，那是他这类人在文明中得意的时刻。他错把自我批评当成自我约束，他掩住了自己和他人身上锐利而勇猛的锋芒。然而上天没有把忏悔的机会施舍给他。错是他犯的，这种命运却是人类共有的，因为人人如此，在老去的过程中不是变得心硬了就是变得心软了。

"这就是我的一生，"米基心想，"我的书被人忘了，我的工作被人取代了。这就是我一生的全部。"他的痛苦加剧了，因为他这一生中同样有过难以言表的快乐，假如他能汲取那快乐的精髓，他在永恒之国的日子或许会甜美一些。想来这还是上天对他的嘲笑，他竟然打算在厌恶和欲望之间立足，永远摇摆不定。因为地狱里没有终极的东西；人们进入地狱的时候并不会放弃一切希望，否则他们就会陷入极致的绝望。写一首诗来描绘地狱就是误解了地狱的本质；把地狱写成冰或者火都是出于人的想象，因为人是一心求美的。米基老了，但还能变得更老，他躺在这个遍地沙子的地方，想起自己有一次想起了一个地方，一个没有沙子的地方……

四周幽灵嘟嘟哝哝的声音把他惊醒了。一种不安的情绪在上升，米基从没见过他们处于这种状态。"是个沙柱。"一个幽灵说，另一个说："不是，是从河里来的。"

米基问道："什么河？"

"罚入地狱的幽灵住在河对面；我们从来不提那条河。"

"河面很宽吗？"

"河水很急，河面很宽。"

"罚入地狱的幽灵会过河吗？"

"有时候允许他们过河，我们不知道为什么。"

他从这些回答中捕捉到了一种新的语气，好像他的伙伴们害怕极了，正想办法把这种恐惧表达出来。他说："既然是允许的，他们就不会伤害我们。"他听到的回答是："他们用光明和歌声伤害我们。"然后是："他们伤害我们，是因为他们有记忆，想让我们也想起来。"

"想起来什么？"

"想起来我们跟他们一样的那个时候。"

他问话的时候，洼地的边缘响起一片低语声。幽灵们在互相轻声哭诉。他听见了这些话："来了！把它赶回河那边去，把它打碎，逼着它变老。"然后黑暗撕裂了，疼痛像一颗星在他的灵魂中炸开。他现在懂了。一种从未经历过的折磨即将来临。

"有选择之前我在，"歌声传过来了，"心硬心软分开前我在。我在的日子里真理就是爱。现在我依然存在。"

整个平原猛烈颤动着。可那个闯入者却是打不碎的。它步步紧逼之下，空气分开，沙柱倒塌，所经之处全是衰老者的哭泣声。

"我曾是所有的人，所有的人却都把我忘记。我替他们改变世界，直到他们喜欢那个世界。他们幼时胆怯，前来找我；我教导他们，他们却蔑视我。童年是对我的梦想，阅历则是缓慢的遗忘：其间神奇的岁月归我掌管，由是我在。"

"干吗要打扰我们？"那些阴影呻吟着，"我们可以忍受折磨，就这么忍着，除非这里有光明和歌声。你回到河对岸去吧。这里是天堂，我们刚才还在说呢，黑暗就是上帝；我们可以赞美这一切啊，可是你来了。记录我们所作所为的本子已经合上，为什么还要翻开？我们一出生就背上了惩罚；别去动那个本子了。哦，至高无上的玩笑大王啊，离开我们吧。我们犯下了罪过，我们知道，这个地方就是死亡和地狱。"

"死亡来了，"那个声音响亮地说，"死亡不是梦想，死亡不是遗忘。死亡是真实的。不过我也是真实的，我要拯救的人也是真实的。我看见了万物的安排，那其中并没有我的位置，头脑和身体都与我为敌。所以我把这安排撕成两半，腾出一个位置，我还以无数的名义把地狱翻了个遍。来吧。"然后那声音又用一种无以言表的甜蜜语气说："到我这里来吧，所有有记忆的人。走出你们的永恒，到我的永恒里来。这很容易，因为我还在你们的眼睛里，等着透过你们的眼睛向外看；我还在你们的心里，等着跳动起来。我和你们在一起的岁月似乎很短，却很神奇，超越了时间。"

那些阴影沉默不语。他们无法回忆。

"谁渴望回忆呢？有渴望就够了。力量和美丽在人间没有久居之地。花会凋谢，阳光下的海会干涸，太阳和星辰会像花儿一样消失。但是对这些事物的渴望，持久永恒，可以长存，而渴望我的人就是我自己。"

于是米基死了第二次。这一次他遭到强光炙烤，被声音刺穿，在剧烈的疼痛中消融了。可是临死的时候他说："我真的有渴望啊。"闯入者随即消失，他独自站在铺满黄沙的平原上。原来这不过是个梦。可他竟然站着。怎么回事？为什么他之前没想到要站起来呢？他在地狱里不开心，只好去别的地方。他往下走去，不再因地狱里云的嘲笑而痛苦。沙柱与他擦身而过，倒下了，阴间的黑暗飘过他的头顶。他继续向下走，一直走到冥河的岸边，在岸边绊了一跤——绊倒他的是一块木头，不是虚幻的东西，而是一块曾经属于一棵树的木头。让他一碰，那块木头动了，河水从木头上汩汩流过。米基上了船。有个人在划船。他能看见桨叶在泡沫中朝他移动，但是划桨的人藏在云里，他看不见。他们接近中心航道的时候，小船慢了下来，因为正值退潮，米基知道，一旦被潮水冲走，他就会永远消失；没有第二次获救的希望。他说不出话来，可是他的心在随着船桨的节奏跳动——一、二。地狱做了最后的努力，万物中所有邪恶的东西、所有让我们困扰的变了形的爱和真理，都涌出了河口，小船停在水中一动不动。在潮水的咆哮中，米基听到了喘息的声音和肌肉绷紧的声音；然后他听见一个声音说："意义……"他的身体突然失重，小船冲过了河流中心。

这是个霞光灿烂的傍晚。小船飞速前行，一下子就冲进了阳光里。天空晴朗无云，大地金光闪烁，海鸥在船尾划开的波浪上忽高忽低地飞舞。他们身后河岸上的沙丘高高耸起，成了巍峨的山岗；他们前面的河岸上有一座农舍，里面满是火焰。

安德鲁斯先生

逝者的灵魂徐徐上升，飘向上帝的审判庭和天堂之门。世界灵魂①从四面八方挤压着他们，就像大气挤压着飘扬的泡泡，竭力要征服他们，打破他们那一层薄薄的个性外壳，把逝者的美德和它自己的美德融为一体。但是逝者的灵魂抵抗着，他们还记得自己在人世间辉煌而独特的生活，企盼着在来世的生活也能同样独特。

有一位安德鲁斯先生的灵魂就在这些逝者的灵魂之中。安德鲁斯先生一生仁慈，备受敬重，不久前在城里的家中去世。他知道自己为人友善，诚实刚正，笃信宗教，尽管他满怀谦卑前来接受审判，但是对审判的结果却不会有任何怀疑。上帝现在不是个心怀妒忌的上帝了。他不会仅仅因为人想获得救赎而拒绝给予救赎。一个正直的灵魂可以意识到自己的正直，这是理所当然的事，安德鲁斯先生就意识到了这一点。

"路很长啊，"一个声音说，"可是愉快的谈话能让长路变短。我可以跟你一起走吗？"

"荣幸之至。"安德鲁斯先生答道。他伸出一只手，于是两个亡灵一起向上飘去。

"我是和异教徒作战时被杀的，"他的同伴说，"我会直接得到先知穆罕默德②所讲的那些快乐。"

"你不是基督徒吗？"安德鲁斯先生严肃地问。

"不是，我是个有信仰的人。不过你是穆斯林，没错吧？"

"不是，"安德鲁斯先生说，"我也是个有信仰的人。"

---

① 世界灵魂（world soul）这一哲学概念最早出现在古希腊哲学家柏拉图和古罗马哲学家柏罗丁的著作中。他们认为宇宙像人和其他生物一样具有灵魂，即一种使万物具有活力的精神原则。

② 这里指的是穆斯林认可的伊斯兰先知穆罕默德，穆斯林认为穆罕默德是真主安拉的使者。

两个灵魂默默地向上飘升，但牵着的手并没有松开。"我是广派教会的①。"安德鲁斯先生温和地补充了一句。"广派"这个词在星际空间中怪异地颤动了一下。

"跟我说说你的一生吧。"那个穆斯林②终于说话了。

"我生在一个体面的中产阶级家庭，在温彻斯特③和牛津读书。我原本想当个传教士，可是贸易委员会给了我一个职位，我接受了。我是三十二岁那年结婚的，生了四个孩子，有两个已经死了。我妻子还健在。我要是再多活几年，就能封爵了。"

"我来说说我的一生吧。我一直弄不清我父亲是谁，我母亲也没啥名气。我在萨洛尼卡④的贫民窟里长大。后来我加入了一个团伙，我们抢劫异教徒的村庄。我发了财，娶了三个老婆，她们都还活着呢。我要是再多活几年，就能拉起自己的人马了。"

"我有个儿子在马其顿⑤旅行的时候被人杀了。也许是你杀了他呢。"

"还真说不准。"

两个灵魂向上飘去，手牵着手。安德鲁斯先生不再说话，因为他对即将到来的悲剧充满了恐惧。可是安德鲁斯先生既没有心生厌恶，也没有义愤填膺。他只是感觉到了一种巨大的悲悯，他自己的美德也完全无法让他释怀。他渴望着拯救这个人，便更紧地握住他的手，他感觉到这人也更紧地握住了自己的手。到达天堂门口的时候，他原本打算问"我能进来吗"，可脱口而出的却是："他能进来吗？"

同一瞬间，那个穆斯林也喊出了同样的话。因为他们受到了同一种精神的影响。

门口有个声音回答说："两位都能进来。"他们俩高兴极了，一起

---

① 广派教会（broad church）又称广教会派、广涵教会派，指英国基督教圣公会的一个教派，主张对圣公会教条和仪式进行广泛自由的解释，容纳接受不同的意见。
② 原文为"Turk"，即"土耳其人"，这里指土耳其苏丹治下的穆斯林。
③ 温彻斯特（Winchester）是英格兰南部城市，古时为撒克逊韦塞克斯王国首府和学术中心，有英国最古老的公学温彻斯特公学。
④ 萨洛尼卡（Salonika）是希腊中北部港口城市塞萨洛尼基的旧称。
⑤ 马其顿（Macedonia）是欧洲巴尔干半岛中南部一地区。

向前飘去。

然后那个声音问："你们穿什么衣服进来？"

"穿我最好的衣服。"那个穆斯林喊道。他裹上华美的穆斯林包头巾，穿上银线绣的背心和宽松的裤子，还扎了一条大皮带，上面插着各式烟管、手枪和刀子。

"你穿什么衣服进来呢？"那个声音问安德鲁斯先生。

安德鲁斯先生想到了自己最好的衣服，但他不想再穿了。最后他想起来了，回答说："穿长袍。"

"什么颜色、什么款式呢？"那个声音又问。

安德鲁斯先生对这种事情从来没怎么花过心思。他犹豫不定地回答说："我想，就白色的吧，用柔软悬垂的料子做的。"他当即得到了一件如他所说的长袍。"我穿得对吗？"他问。

"你想怎么穿就怎么穿，"那个声音回答说，"你还想要什么呢？"

"竖琴吧，"安德鲁斯先生想了想说道，"一把小竖琴①。"

一把金质的小竖琴放到了他手里。

"还要一片棕榈叶——不行，我不能要棕榈叶，那是对殉道者的嘉奖；我这辈子一直过得平静而快乐。"

"你想要棕榈叶的话，可以给你一片。"

但是安德鲁斯先生谢绝了，他穿上白色长袍，急急忙忙地去追赶那个穆斯林，那人已经进了天堂。安德鲁斯先生进入天堂敞开的大门时，遇见一个衣着和他相同的人正从门里往外飘，还做着绝望的手势。

"他为什么不高兴呢？"他问。

那个声音没有回答。

"里面那些坐在王座上和山上的，都是谁啊？为什么有的很可怕，有的很悲伤，有的很丑陋？"

---

① 现代竖琴都比较大，称一架或一台竖琴，一只手拿不起来。这里指的是希腊神话中古代的竖琴，即爱神阿波罗手里的那种，比较小，似有弦的弓。因此在西方文化里，弹竖琴的隐喻意义为多情。

　　没有回答。安德鲁斯先生进了大门，然后他看清楚了，那些坐着的都是当时尘世中人崇拜的神。每个神的身边都围着一群亡灵，亡灵们唱着赞美这位神的歌。但是众神对此并不关注，他们正在聆听活着的人祈祷，只有活人的祈祷才能滋养他们。有的时候一种信仰会逐渐势衰，这个信仰所崇拜的神也会随着每日香火递减而萎靡、衰弱、晕倒。有的时候，由于宗教复兴运动或者某个重大的纪念活动，或者出于其他原因，一种信仰会变得声势浩大，那个信仰所崇拜的神也随之变得强壮。更常见的情况是，信仰本身会发生变化，于是相应的神相貌也随之改变，变成自己的反面，或从忘形变成庄重，或从温和泛爱变成凶残好斗。偶尔一个神会分裂成两三个或者更多的神，每个新的神都有自己的仪式和数量供应不稳定的祈祷者。

　　安德鲁斯先生看见了佛陀、毗湿奴、安拉、耶和华，还有埃洛希姆①。他看见了一些相貌丑陋、神情坚毅的小神，几个野蛮人在用同样的方式膜拜着他们。他看见了新异教徒所崇拜的宙斯那巨大而模糊的轮廓。这里有残暴的神、粗鲁的神、受折磨的神，更可怕的是，还有一些脾气暴戾、满嘴谎言、庸俗不堪的神。人性中所有的愿望都会在这里得到满足。甚至还有一种中间状态，以满足很想处于这种状态的亡灵；还有一个地方是给基督教科学派②准备的，他们可以在那里表明他们并没有死。

　　安德鲁斯先生没弹多长时间竖琴，就去找他一位亡故的朋友，但没有找到。奇怪的是，尽管亡灵们源源不断进入天堂，可天堂还是显得空空荡荡。他想要的东西都得到了，但他并没有感觉到巨大的快乐，没有对美的神秘冥思，也没有与善的神秘融合。没有任何感觉能和他站在天堂门外的那一刻相比，当时他祈祷那个穆斯林能进入天堂，还听见那人也同样为他祈祷。安德鲁斯先生终于看见那个同伴

①　佛陀（Buddha）是佛教徒对释迦牟尼的尊称；毗湿奴（Vishnu）是印度教主神之一守护之神；安拉（Allah）是伊斯兰教信奉的唯一神的名称；耶和华（Jehovah）是《圣经·旧约》中对上帝的称呼；埃洛希姆（the Elohim）是希伯来文《圣经·旧约》中对上帝的称呼。
②　见本书第二篇《树篱的另一边》中译注。

了，他挥手打了个招呼，喊声中充满了人的快乐。

那个穆斯林坐在那里沉思，围坐在他身边的是一群处女，七人一组，正像《古兰经》里许诺的那样①。

"啊，我亲爱的朋友！"他喊道，"快过来，我们再也不分开了，我有什么快活，你就有什么快活。我其他的朋友在哪里？我喜欢的人在哪里？我杀了的人又在哪里？"

"我也只找到了你一个。"安德鲁斯先生说。他在穆斯林身边坐下，那些长得一模一样的处女用漆黑的眼睛娇媚地看着他们。

"我得到了想要的一切，"那个穆斯林说，"但我并没有感觉到巨大的快乐。没有任何感觉能和我站在天堂门外的那个时刻相比，当时我祈祷你能进入天堂，还听见你也同样为我祈祷。这些姑娘跟我想象的一样美丽温柔，可我还巴不得她们能更好些。"

如他所愿，处女们的身材变得更加圆润，眼睛也更大更黑了。安德鲁斯先生也有类似的愿望，于是他的长袍变得更纯净、更柔软，他的竖琴也更加金光闪闪。因为那个地方满足的是他们的期待而不是希望。

"我要走了，"安德鲁斯先生最后说，"我们渴望得到永恒，但我们想象不出永恒的样子。我们怎么能指望上帝把永恒赐给我们呢？我从来没有想象过什么东西具有永恒的善或者永恒的美，除非是在梦里。"

"我跟你一起走。"他的伙伴说。

他们一起找到了天堂的大门，穆斯林跟处女们道别，脱下他最华美的衣服，安德鲁斯先生也把自己的长袍和竖琴丢掉了。

"我们可以离开吗？"他们问。

"你们两位如果心里想离开，都可以离开，"那个声音说，"不过别忘了外面是什么样子。"

---

① 出自《古兰经》第 56 章："……还有白皙的、美目的妻子／好像藏在蚌壳里的珍珠一样。那是为了报酬他们的善行……我使她们重新生长，我使她们常为处女……这些都是幸福者所享受的。"（马坚译本）

　　他们一出天堂的门，就再次感觉到了世界灵魂的压力。有那么一会儿，他们手拉着手站着，抵抗着这种压力。然后他们忍着痛，任其闯入自己体内，这两个亡灵，连同他们获得的所有经验，连同他们付出的所有仁爱和智慧，随即都进入了世界灵魂，让这个灵魂变得更加美好了。

协 同

"别使劲敲,"哈顿小姐说,"每个乐句都应该像一串珍珠才对。这可不像啊。怎么回事?"

"艾伦,你坏,你弹了我的音。"

"没有啊,不是我,是你弹了我的音。"

"好啦,这个音是谁的?"

哈顿小姐从两个小姑娘的马尾辫中间探头一看,作出了裁决:"是米尔德丽德的。从复纵线那儿开始重弹。别使劲敲。"

两个小姑娘重弹了一遍,米尔德丽德右手的小指和艾伦左手的小指又抢弹了中音 G。

"这没法弹,"她们说,"是作曲的人搞错了。"

"这很好弹啊,艾伦,你的手指别停太长时间就行了。"哈顿小姐说。

钟敲了四点。米尔德丽德和艾伦走了,罗丝和伊妮德坐了上来。她们弹的这段二重奏不如米尔德丽德,不过比艾伦强。四点十五分轮到玛格丽特和简,她俩比罗丝和伊妮德还差,但是比艾伦好。四点半是多洛蕾斯和维奥莱特,弹得比艾伦还要糟糕。四点四十五分,哈顿小姐去和校长喝茶,校长解释了为什么要让所有的学生练习同一段二重奏。这和她新创的协同教学体系有关系。本学年学校只教一个主题,就一个:拿破仑①,所有的课程都得和这个主题联系起来。因此,法语课和历史课自不必说,背诵课就要背华兹华斯②的政治诗歌,文学课要读《战争与和平》节选,绘画课要临摹大卫③的画作,缝纫课要设计法兰西帝国用的礼袍,音乐课的学生嘛,当然就要练习

---

① 拿破仑·波拿巴(Napoleon Buonaparte,1769—1821),法国军事家、政治家,法兰西第一帝国皇帝。

② 威廉·华兹华斯(William Wordsworth,1770—1850),英国桂冠诗人。

③ 雅克-路易·大卫(Jacques-Louis David,1748—1825),法国大革命时期杰出的画家。

贝多芬①的《英雄交响曲》了，那起初就是为拿破仑皇帝写的（后来不是了）。还有几位老师也在喝茶，她们大声表示很喜欢协同教学法，这个体系很不错，教学过程不光学生们觉得有意思，她们也觉得很有趣。可是哈顿小姐没有应声。她年轻的时候可没有协同这回事，现在她也理解不了。她只知道自己年纪越来越大，音乐课越来越上不好了，不知还有多久校长就会发现这个情况，然后把她给解雇了。

与此同时，贝多芬坐在高高的天堂里，一群助手围在他身边，依次坐在小一些的云朵上。每个助手都拿着一本账簿在做记录，有个助手的账簿封面上写着"《英雄交响曲》：卡尔·米勒改编的四手联弹钢琴曲"，他正在记录以下内容："3：45，米尔德丽德和艾伦，指导教师：哈顿小姐。4：00，罗丝和伊妮德，指导教师：哈顿小姐。4：15，玛格丽特和简，指导教师：哈顿小姐。4：30……"

贝多芬打断了他。"这位哈顿小姐是什么人？"他问道，"她的名字反复出现，就像鼓点似的。"

"她演奏您的作品很多年了。"

"她的乐队呢？"

"全是出身中上阶层的女孩子，每天都在她面前弹《英雄交响曲》，弹一整天。音乐声无休无止，像熏香一样飘出窗子，绵绵不断，整条街都听得见。"

"她们的演奏有内涵吗？"

贝多芬耳聋，所以那位助手就这样回答说："有很深的内涵。和其他人相比，有段时间艾伦的演奏与您作品的精神距离稍远一些，不过多洛蕾斯和维奥莱特来了以后就不一样了。"

"新来的同伴激发了她的灵感。我明白。"

助手没吭声。

"我认可了，"贝多芬继续说，"为了表示我的赞许，我命令让哈顿小姐、她的乐队以及学校里所有的人听到我那首 A 小调四重奏的

---

① 路德维希·凡·贝多芬（Ludwig van Beethoven，1770—1827），德国作曲家、钢琴家、指挥家。

完美演奏，就在今晚。"

这道命令录入如仪，尽管所有的助手都不知道该怎么执行。与此同时，天堂的另一个地方出现了更为壮观的一幕。拿破仑端坐在那里，周围簇拥着他的助手，数量极多，最外圈的宝座看起来都跟卷积云差不多大小了。助手们忙着记录人世间所有涉及皇帝的事，这可是皇帝亲自布置的任务。每过一会儿他就问，"最新进展如何？"

拿着《华兹华斯的致敬》账簿的助手答道："5：00，米尔德丽德、艾伦、罗丝、伊妮德、玛格丽特、简，全都背诵了那首十四行诗：'锦绣东方曾一度归她主宰 ①'。多洛蕾斯和维奥莱特想背，可是没背下来。"

"那首诗是诗人庆贺我征服了威尼斯共和国，"皇帝说，"如此宏大的主题多洛蕾斯和维奥莱特怎么能理解呢，她们当然背不下来。下一个进展？"

另一个助手说："5：15，米尔德丽德、艾伦、罗丝、伊妮德、玛格丽特、简正在画保琳·波拿巴 ②的沙发左前腿。多洛蕾丝和维奥莱特还在背那首十四行诗。"

皇帝说："我好像听到过这些可爱的名字。"

第三个助手说："我的记录里也有她们。您也许记得，陛下，大约一小时前她们弹了贝多芬的《英雄交响曲》……"

"向我致敬的曲子，"皇帝断言，"我认可了。"

第四个助手说："5：30，所有人都在唱《马赛曲》，只有多洛蕾斯和维奥莱特给派去削铅笔了。"

"这就可以了，"拿破仑站起来，大声说道，"这些女孩子有一种真正的荣誉感 ③。我宣布嘉奖她们，她们和全校人员将出席明早举行的奥斯特里茨大捷 ④庆功会。"

---

① 华兹华斯的十四行诗《为威尼斯共和国覆亡而作》中的第一行。
② 保琳·波拿巴（Pauline Buonaparte，1780—1825）是拿破仑的二妹，法国公主。
③ 原文为法语。
④ 1805 年，拿破仑与俄国沙皇亚历山大一世、神圣罗马帝国皇帝弗朗茨二世在奥斯特里茨村（Austerlitz，今捷克境内）决战，取得了决定性胜利。

助手将这道命令记录在案。

晚自习时间是七点三十分。小姑娘们闷闷不乐地坐下来，新教学法已经把她们烦得快要哭了。不过这时候发生了一件美妙的事。一队骑兵路过学校，领头的是军装最为笔挺的乐队。小姑娘们高兴极了。她们从座位上站了起来，唱着歌，向前行进；她们跳起了舞，昂首阔步地大步走；她们用纸卷成喇叭唱着，用黑板当定音鼓敲着。大伙儿能这么闹腾，是因为本该看着她们的哈顿小姐离开了教室，去找玛丽·路易丝①的家族谱系图了。历史老师特地叮嘱过哈顿小姐把这个谱系图带到自习室，好让姑娘们在图上指认学习，可她给忘了。"我真是一点儿用也没有。"哈顿小姐心里想着，伸手去拿那张图。图和其他学习材料一起压在一个海螺壳下面，那是校长从圣赫勒拿岛②弄来的。"我又笨又累又老，还不如死了好呢。"她一边这么想着，一边下意识地把海螺壳拿起来凑到耳边。她父亲是个水手，她小的时候，父亲经常把海螺壳放在她耳边……

她听到了大海。起初是海潮漫上滩涂的低语声还是冲刷石子的哗哗声，是海浪拍击沙滩的脆响，是波涛撞击礁石余音不绝的轰鸣，是来自海洋中心的各种声音，那里海水立而成山，散而成谷，海雾降临时，深海轻柔起伏，海风清新时，巨浪与其间怀抱的细浪都在欢欣歌唱，用白色的泡沫彼此亲吻。这些声音她都听见了，但是说到底她听见的就是大海，她知道，大海永远属于她。

"哈顿小姐！"校长说，"哈顿小姐！你怎么不看着那些孩子呀？"

哈顿小姐把海螺壳从耳边拿开，面对着自己的雇主，决心愈发坚定。

"我在房子那一头都能听见艾伦的声音，"校长接着说道，"我还以为是背诵课呢。哈顿小姐，请你马上放下那个镇纸，回去履行职责。"

---

① 玛丽·路易丝（Marie Louise，1791—1847）是拿破仑的第二位妻子，法兰西帝国皇后。
② 圣赫勒拿岛（St Helena）是南大西洋的一个火山岛，拿破仑被流放到这个岛上直到去世。

校长从音乐老师手里拿过海螺壳，打算把它放回到架子上。可是榜样的力量太强大了，她不由自主地把海螺壳举到耳边。她也聆听起来……

她听到森林里的树在飒飒作响。这一点都不像她所熟知的森林，不过她认识的人全都骑着马在林中走动着，还轻轻地吹着号角互相打招呼。此时正是夜间，他们在狩猎。不时有动物窸窸窣窣地跑过，忽而响起召唤猎犬的一声呼喊"嘿喽"，接着便是一阵追逐，不过更多的时候她的朋友们都是悄无声息地骑着马行走的，她也跟他们一起，从四面八方穿行于林间，永无停息。

校长用一只耳朵听着这些声音，另一只耳朵同时听着哈顿小姐的下面这些话：

"我不回去履行职责了。自从来到这个学校，我就没能尽忠职守，再马虎一次也没什么区别。我不喜欢音乐。我骗了学生，骗了家长，骗了你。我不喜欢音乐，假装喜欢就是为了挣钱。我不知道你会怎么处置我，反正是我不能再装下去了。我可是话说在前边了。"

校长很惊讶，她的音乐老师竟然不喜欢音乐。钢琴声响了这么多年，她一直以为一切正常。若在平时，她必然给予严厉的回应，因为她自己就多才多艺，可是飒飒作响的森林让她不由得说道："哦，哈顿小姐，现在不说这个，我们明天早上再详细谈吧。现在嘛，要不你先在我的客厅里躺一会儿，自习室那边我来管。跟孩子们在一起总能让我放松。"

于是哈顿小姐躺下了，昏昏欲睡之间，海洋的灵魂回到了她身上。而校长这边呢，满脑子都是森林的喃喃低语。她来到自习室门外，咳嗽了三声才推开门。小姑娘们都坐在自己的座位上，除了多洛蕾丝和维奥莱特。她假装没看见那两个孩子。过了一会儿，她出去取玛丽·路易丝的家族谱系图，刚才她忘拿了，就在她离开的这个当口，骑兵们又从这里经过了……

第二天早上，哈顿小姐说："我还是想走，不过我昨天要是再等一等跟你说就好了。我得到了一个很不一般的消息。许多年前我父亲救过一个溺水的人，那人最近去世了，他给我留下了海边的一座小木屋，还有一笔钱，可以在那儿生活。我不需要再工作了。要是我等到今天再说，我会表现得文明一些，不仅是对你，"她的脸微微地红了，"对我自己也一样。"

可是校长握紧她的双手，亲吻了她。"我很高兴你没等到今天，"她说，"你昨天说的是真心话，是很清晰的一声呼叫，穿透了丛林。但愿我也……"她顿了一顿，"不过，接下来我要做的是给全校放一整天假。"

于是她们把小姑娘们召集起来，校长讲了话，哈顿小姐也讲了话，还把海边木屋的地址告诉了所有人，请她们去做客。然后校长派罗丝到糕点店去买冰激凌，伊妮德到果蔬店去买水果，米尔德丽德到糖果店去买柠檬水，简到马车行去租四轮敞篷马车，大家乘车走了很远，到乡下去玩了些游戏，都是乱玩的。所有人都躲起来了，却没人去找；所有人都去击球，却没人防守；谁都不知道自己是哪个队的，也没有老师跟她们说；她们甚至可以同时玩两个游戏，一会儿在这里报数抱团，一会儿在那里扮彼得·潘 [①]。至于那个协同教学法，根本就没人提起，提到了也是讥笑一番。比方说，艾伦就编了一首歌表示不满，是这么唱的：

> 傻瓜老博尼，
> 小马背上骑，
> 要吃圣诞饼，
> 指头伸进去，
> 抠出李子干，
> 说："看我多能干！"

[①] 彼得·潘是英格兰作家詹姆斯·马修·巴利（James Matthew Barrie，1860—1937）1911 年长篇小说《彼得·潘与温迪》（*Peter Pan and Wendy*）中的主人公，一个会飞的淘气男孩。

　　年纪小的孩子们唱这首歌，连唱了三个小时都没停。

　　傍晚时分，校长把所有人喊到自己和哈顿小姐身边。她周围一圈一圈的小脸，个个又兴奋又疲惫。夕阳西下，白天扬起的尘埃也都落了下来。"啊，姑娘们，"她笑着说道，不过有点儿难为情，"你们好像都不喜欢我的协同教学法啊？"

　　"哎哟喂，我们才不喜欢那个呢。""不太喜欢！"孩子们七嘴八舌地回答道。

　　"那好吧，我得承认，"校长接着说，"我自己也不喜欢。说实话，我挺讨厌那一套的。可我不得不这么做啊，因为这种东西能给教育董事会留下好印象。"

　　听到这话，所有的老师和学生都笑出了声，欢呼起来，多洛蕾斯和维奥莱特以为"教育董事会"是个新游戏，也哈哈笑起来了。

　　于是可想而知，这起有辱斯文的事件没有逃过靡菲斯特①的注意。他立刻抓住机会赶往审判庭，手里拿着一个巨大的文卷，上面写着"我控诉！②"。半路上他碰到了天使长拉斐尔③，天使长彬彬有礼地问，能不能帮他做点什么。

　　"这次不行，谢谢你了，"靡菲斯特回答说，"这次我的案子准能告成。"

　　"你最好给我瞧瞧，"天使长说，"要是飞了这么远还是告不成，就太遗憾了，约伯④那件事可是让你很失望啊。"

　　"哦，那件事不一样。"

　　"还有浮士德的事呢。我要没记错的话，那次你彻底败诉了。"

　　"哦，那件事也完全不一样。不会是那个结果，这次我有十足的把握。我能证明天才根本没用。伟人以为世人理解他们，其实并非如此；世人以为自己理解伟人，其实并不理解。"

---

① 靡菲斯特（Mephistopheles）是中世纪德国浮士德传说中的恶魔。浮士德（Faust）是一位术士，为了换取青春、知识和魔力，将灵魂出卖给了靡菲斯特。

② 原文为法语。

③ 拉斐尔（Raphael）是《圣经》中传说的天使长之一，司医疗。

④ 约伯（Job）是《圣经》中的人物，历经危难仍坚信上帝。

"你要是能证明这一点，这个案子倒是真有希望，"拉斐尔说，"因为这个宇宙理应建立在协同的基础上，所有的生灵都各尽其力，彼此协同。"

"听着啊。指控一：贝多芬命令，某些女性要听他那首 A 小调四重奏的演奏。她们倒是听了——有人听的是军乐队，有人听的是海螺壳。指控二：拿破仑命令，上述女性要参加奥斯特里茨大捷庆功会。结果呢——有人继承了一份遗产，然后学校放假去郊游了。指控三：某些女性弹奏贝多芬的作品。贝多芬耳聋，受不诚实的助手哄骗，以为她们的弹奏很有深度。指控四：某些女性研究拿破仑，就是为了给教育董事会留下好印象。拿破仑受了误导，还以为她们是在正规地研究他。我还有其他指控，但是这几条已经够了。自从该隐杀了亚伯①，天才和普通人一次都没有协同合作过。"

"好啦，瞧瞧你自己的案子吧。"拉斐尔不无同情地说。

"我的案子？"靡菲斯特结结巴巴地说，"怎么啦，这就是我的案子啊。"

"哦，天真的魔鬼，"拉斐尔叫了起来，"哦，够直率的，居然是来自地狱的灵魂。回到人世间去吧，继续巡视。这些人已经协同过了，靡菲斯特。她们靠着'旋律'和'胜利'的要义完成了协同。"

---

① 该隐（Cain）和亚伯（Abel）是《圣经》传说中人类祖先亚当与夏娃的长子和次子。

塞壬的故事

很少有什么景象比我记录"自然神论之争"①的笔记本掉进地中海的海水里向下沉落的那个过程更为美妙了。这个本子朝下坠落着，像一块黑石板，不过很快就打开了，露出浅绿色的内页，那些纸页微微颤动着又变成了蓝色。它忽而消失，忽而像一块神奇的印度橡胶一样无限延展，忽而又恢复成书本的模样，不过比百科全书还要大。快沉到海底的时候，这东西变得更加光怪陆离，海底腾起的一团流沙迎面扑来，把它遮住。可它又出现了，纸页摊开，颇为文雅地仰面躺在海中，微微颤动却相当理智，任凭看不见的手指在纸页间不停地抚弄着。

"太可惜了，"我姑姑说，"谁让你不在旅馆里把功课都做完呢。要不然你现在就可以尽兴地玩了，也不会出这种事。"

"任何东西在大海里都会化成瑰宝，富丽而珍怪，②"牧师③用颤声念道，他姐姐却说："哎呀！掉水里去了！"船夫呢，一个哈哈大笑，另一个二话不说，站起来就开始脱衣服。

"我的天哪，"上校惊叫，"这家伙疯了吗？"

"就是啊，谢谢他吧，亲爱的，"我姑姑说，"也就是说呢，告诉他多谢啦，不过还是以后再捞吧。"

"可我还是想要我的本子啊，"我挺不甘心，"那是我申请奖学金的论文要用的。以后再捞，里面就剩不下什么东西了。"

"我有个主意，"不知哪个女人缩在阳伞后面说，"就让这位自然

---

① 自然神论是 17 至 18 世纪欧洲出现的一种哲学思想，这种思想反对蒙昧主义和神秘主义，认为上帝创世之后就不再干预世界事务，而让世界按照自身的规律存在和发展下去。

② 此句化自莎士比亚的悲剧《暴风雨》第一幕第二场中的一句唱词。"化成瑰宝，富丽而珍怪"为朱生豪的译文。

③ 这里的"牧师"原文是 chaplain，也可译为"教士"。后面几处出现的神职人员是 priest，一般天主教称"神父"，基督教称"牧师"。地中海一带以天主教、东正教为主。

之子下去捞本子吧，我们继续走，去看另一个岩洞。可以把他放在这块礁石上，放在洞里伸出来的岩架上也行，我们回来的时候他也就把本子捞上来了。"

这主意听起来不错，我又改进了一下，说我也留下来好了，这样可以减轻小船的载重。于是他们把我们两个人放到小岩洞外面洒满阳光的一块大礁石上，这块礁石守卫着岩洞里深深浅浅却协调一致的各种色泽。我们姑且将其统称为蓝色吧，尽管这些色泽呈现出的其实是一种洁净的神韵——由居家的那种干净，达至神圣的澄澈，仿佛整个海洋的洁净都凝聚在了一起，散发着光芒。卡普里岛的蓝洞①里只是蓝色的海水更多，而不是海水更蓝。地中海每一个阳光可以照射进去、海水可以在里面流淌的岩洞，都天生拥有这种色彩和神韵。

小船刚一离开，我就意识到自己实在太鲁莽，竟然跟一个素昧平生的西西里人留在这块倾斜的礁石上。他猛然一跳，活跃起来，抓住我的胳膊说："到洞那头去，我给你看个漂亮的东西。"

他拉着我跳下礁石，来到岩架上，脚下是波光耀眼的一线海水；他拉着我离开阳光，一直走到岩洞的另一头，最后我站在了一片小小的沙滩上，那儿的细沙宛如绿松石的粉末。他让我拿着他的衣服待在那里，然后快步回到岩洞入口处的大礁石顶上。他赤身裸体站在耀眼的阳光下，低头看了一会儿笔记本落水的那个地方。然后他在胸前画了个十字，双臂举过头顶，头一低纵身跃入水中。

如果说那个笔记本落水给人的观感很美妙，那么这个人简直就无法描述。他给人的印象就是一尊银制的雕像在海底活了过来，生命在他身上的律动闪烁着蓝绿色的光。某种无限幸福、无限聪慧之物——不可思议的是，这尊雕像竟然从深海中冒了出来，全身烈日的晒痕，还滴着水，嘴里叼着那本"自然神论之争"的笔记本。

下海捞东西的人通常都希望得到酬劳。不管我给多少钱，他肯定还想多要，而我也不想在如此美丽却又如此偏僻的地方跟人争吵。可

---

① 意大利南部卡普里岛的一处石灰岩海蚀洞，是著名的观光胜地。

他居然用闲聊的口气说："这种地方有可能看见塞壬 ①。"我顿时松了口气。

我很高兴和他待在一起，因为这样我就能进入他生活环境的核心部分。我们一起留在了一个神奇的世界里，远离所有被称为现实的平常琐事。这是个蓝色的世界，地板是大海，岩石做成的墙壁和天花板在大海映射出的波光之中微微颤动。这里只容得下异想天开的事物。就是怀着这种心情，我重复了他的话："很有可能看见塞壬。"

他一边穿衣服，一边好奇地打量着我。我坐在沙滩上，在揭笔记本里那些黏在一起的内页。

"啊，"他终于开口了，"你大概是看过去年印的那本小册子吧。谁能想到啊，我们的塞壬会让外国人这么喜欢！"

（我后来才看了那本小册子。里面讲得并不全，这倒也不奇怪，不过书里有一幅那位年轻姑娘的木刻画，还有她那首歌的歌词。）

"她就是从这片蓝色海水里浮出来的，对吗？"我问道，"然后坐在洞口的那块礁石上梳头？"

我想引他开口。他突然严肃起来的模样勾起了我的兴趣，而且他最后那句话里透出一种嘲讽的味道，让我有点莫名其妙。

"你真的看见过她？"他问。

"经常看见。"

"我从来没见过。"

"可你听过她唱歌吧？"

他穿上外衣，不耐烦地说："她在水下怎么唱歌？谁唱得了？有的时候她会试试，可是唱不出来，只吐出很多大气泡。"

"她应该爬到礁石上来。"

"她怎么爬得上来？"他又喊了起来，看样子很生气，"神父祝福了空气，所以她没法呼吸空气；他们还祝福了礁石，所以她也没法坐在礁石上面。可是大海谁都不能祝福，因为海太大了，而且总是变个

---

① 关于塞壬，见本书《另类王国》中的译注。

不停。所以她才住在海里。"

我无言以对。

见我这样，他的脸色柔和了许多。他看看我，好像有什么心事，他走到洞口的那块礁石旁，凝望着外面湛蓝的大海。然后他回到我们所在的幽暗之地，说："一般都是只有好人才能看见塞壬。"

我不置可否。他停了片刻接着说："这是件很奇怪的事，神父们都不知道该怎么解释，因为她应该是邪恶的啊。不光斋戒、做弥撒的人会碰到危险，就连那些只是在平日生活中很善良的人也一样。村子里已经有两代人没见过塞壬了。我不觉得有什么可惊讶的。我们下水前都会在胸前画十字，其实没那个必要。我们原来都以为朱塞佩会比大多数人都安全。我们喜欢他，他也喜欢我们很多人；可那跟善良不是一回事。"

我问他朱塞佩是谁。

"那天……我那个时候十七岁，我哥哥二十岁，身体比我壮多了。就那年，游客开始到这儿来了，村子兴旺起来，也有了很多改变。特别是有位英国女士，出身很高贵，她来了以后写了本书介绍这个地方，'发展企业联合体'就是通过她建起来的，这个联合体打算修一条缆索铁路，把旅馆和车站连接起来。"

"可别在这儿跟我说那位女士的事。"我说。

"那天我们带着她和她的几个朋友去看岩洞。我们划到悬崖下快到地方的时候，我照例伸手抓了一只小螃蟹，拔掉蟹钳，把它当稀罕物送给客人。几位女士恶心得直抱怨，可是有位先生挺高兴，还掏出钱来要给我。我没经验，没要他的钱，只说他开心我就心满意足了！朱塞佩在我身后划桨，他气坏了，抬手就打了我一个嘴巴，结果我的牙把嘴唇划破，出血了。我想还手，可他一向就比我快，我回过身去这个当口，他一脚踢在我胳肢窝里，有一会儿工夫我都没法划船了。几位女士吵嚷了一通，我后来听说她们打算把我从哥哥身边带走，训练我当个服务生。不管怎么说吧，反正这事是一直也没兑现。

"我们到达岩洞以后——不是这个，是个更大的洞——那位先生很急切地想让我们俩当中的哪一个表演潜水捞钱，女士们也同意了，她们有的时候就是这个样子。朱塞佩早发现外国人看见我们下到水里就高兴得不得了，所以要他潜水捞东西他只捞银币，别的不干。于是那位先生往水里扔了一枚两里拉的银币。

"我哥哥正准备跳，突然看见我捂着身上的伤在哭，我实在是疼得忍不住啊。他哈哈大笑，说：'这次我是无论如何也看不到塞壬了！'他没在胸前画十字，就跳进了海里。可是他看见塞壬了。"

说到这儿他突然打住了，接过我递的一支烟。我凝视着洞口金色的礁石、颤动的岩壁和奇妙的海水，海水中不断地浮出巨大的气泡。

终于，他把滚烫的烟灰弹到水波里，别过头去，说道："他浮上来了，身上没有那个银币。我们把他拖上船，他个子太大，简直把小船都占满了，他身上全是水，我们都没法给他穿衣服。我从来没见过哪个人身上会有那么多水。我和那位先生把船划了回来，我们用麻袋布裹住朱塞佩，让他靠在船尾上坐着。"

"这么说，他淹死了？"我轻声问道，以为这是故事的关键。

"他没淹死，"他生气地喊道，"他看见了塞壬。我刚才跟你说了。"

我又一次无言以对。

"我们把他抬到了床上，尽管他并没有生病。医生来了，收了诊费；神父也来了，把圣水洒在他身上。可这些都不管用。他个子太大了——就像是一片海。他亲吻了圣比亚焦①的拇指骨，结果那几块骨头一直到晚上才干透。"

"他看起来什么样？"我大着胆子问。

"和所有看见过塞壬的人一样。你要是'经常'看见她，你怎么会不知道？不开心，不开心是因为他无所不知了。每个活物都让他不开心，因为他知道这东西得死。他喜欢做的事情就一件：睡觉。"

---

① 圣比亚焦（San Biagio）是天主教和东正教崇拜的一位圣徒，据称是医生、主教、梳羊毛工的保护圣贤，有神奇的医术。

我低头看着我的笔记本。

"他不干活，忘了吃饭，忘了自己穿没穿衣服。所有的活都落在我身上，我妹妹只好出去伺候人。我们想让他去当乞丐，可他身强力壮的，没人可怜他。他装傻子也不行，因为他眼神不像。他老是站在路上看人，越看越不开心。有小孩儿出生了，他就用双手捂着自己的脸。要是有人结婚了——他会变得很可怕，新人走出教堂，他就去吓唬人家。谁能想到他自己竟然也结婚了！那是我造成的，是我。我从报纸上看到，拉古萨①有个姑娘下海游泳后发疯了。朱塞佩起身就走，过了一个星期，他带着那个姑娘进了门。

"他什么都没告诉我，不过好像是这么回事：他直接去了那姑娘家，闯进她的房间，就把她抱走了。那是个有钱的矿主家的女儿，所以你可以想象我们的处境有多危险。姑娘的父亲来了，还跟着个精明的律师，可是他们跟我一样，一点办法也没有。他们又吵又闹，还威胁我们，最后也只好回去了，我们什么损失都没有——也就是说，没赔钱。我们把朱塞佩和玛丽亚带到教堂，让他们结婚了。唉！那个婚礼给弄的！仪式结束后神父连个笑话都没讲，出来的时候还有小毛孩子朝他们扔石头……我觉得要是我的话，我宁愿死也要让那个姑娘幸福；可是没办法，历来如此。"

"这么说，他们在一起并不幸福喽？"

"他们两个很恩爱，可是爱情并不等于幸福啊。我们都能得到爱情。爱情算什么。现在我得替他们夫妻俩干活了，因为那姑娘跟朱塞佩简直一模一样——你根本搞不清那两个人是谁在说话。我没法子，只好把我们自己的船卖了，给一个可恶的老家伙打工，就是你们今天雇的那个人。最糟糕的是，人们开始讨厌我们了。起初是小孩子——什么事都是从他们开始的，然后是女人，最后是男人。因为每次倒霉的源头都是……你不会把我说出去吧？"

我发誓守口如瓶，于是他突然像逃脱了监管一样，开始疯狂地亵

---

① 拉古萨（Ragusa）是意大利南部西西里岛上的一个城市。

渎神明，咒骂神父，说他们毁了他的生活。"我们就这么给骗了！"他嚷着，站起身来，伸脚去踢那蔚蓝色的水波，直到扬起的细沙把波纹搅得看不见了才罢休。

我也给打动了。朱塞佩的故事虽然充斥着荒诞和迷信，却比我之前听说的所有事情都更贴近现实。不知为什么，这个故事让我心中充满了帮助别人的渴望——我想这是我们所有渴望中最伟大的一种，也是最徒劳无功的一种。这个渴望很快就消失了。

"她快生孩子了。结果一下子把所有的事情都结束了。大家问我：'你那个宝贝侄子什么时候出生啊？有这样的爸爸妈妈，该是个多么快乐可爱的孩子啊！'我有意不动声色，回答说：'我觉得可能是吧。悲伤之后定有欢乐。'这是我们的一句老话。我的回答把他们吓坏了，他们告诉了神父，神父们也吓坏了。然后就有人嘀嘀咕咕，说这孩子会是个敌基督 ①。你用不着害怕：孩子根本没生下来。

"有个老巫婆开始预言了，也没人拦着她。她说：朱塞佩和那姑娘身上的魔鬼是不说话的，不会作什么恶。可那孩子以后会不停地说话、大笑、捣蛋，最后他会走进大海，把塞壬带到空中，让整个世界看见她，听见她的歌声。塞壬一开口唱歌，七个瓶子 ② 就打开了，教皇会死，蒙吉贝洛火山 ③ 会喷发，圣阿加塔 ④ 的面纱会烧掉。然后那孩子会和塞壬结婚，他们会一起主宰世界，永远永远。

"村子里全乱了，旅店老板们都慌了神，因为旅游旺季才刚刚开始。他们聚在一起商量，决定把朱塞佩和那姑娘送到内陆去，让他们在那儿一直待到孩子出生，然后他们捐了钱。朱塞佩他们动身的前一天夜里是满月，刮起了东风，整条海岸线上巨浪滔天，比悬崖还高，拍出的浪花像银色的云。那景色可壮观了，玛丽亚说她一定得再去看

---

① 敌基督原文是 Antichrist，又称反基督、伪基督，《圣经》中称其为基督大敌，在世上传播罪恶，最终将为救世主所灭绝。
② 《圣经·新约·启示录》预言，将有七个天使拿着七个瓶子（the Seven Vials）出现，他们将把瓶子里装的上帝的愤怒分别撒向大地、海洋、河流泉水、太阳、野兽住地、幼发拉底河和空气，给人类带来灾难。
③ 蒙吉贝洛火山（Mongibello）是西西里语，即埃特纳火山。
④ 圣阿加塔（Santa Agata）是意大利西西里岛卡塔尼亚城的保护神，传说她的面纱阻挡了埃特纳火山的岩浆，保护了该城的居民。

一眼。

"'千万别去,'我说,'我看见神父从这儿过去了,还有个人跟他在一起。那帮旅店老板也不想让人看见你们,要是连他们也得罪了,我们就得挨饿了。'

"'我想去,'她回答道,'海上现在风大浪急,我可能再也感受不到了。'

"'不行,他说得没错,'朱塞佩说,'千万别去——要不我们就去一个人陪你。'

"'我想一个人去。'她说。她真的一个人去了。

"我用一块布把他们的行李绑好,然后想想也许要失去他们了,我心里非常难过,就走过去坐到哥哥身边,搂着他的脖子,他也搂住我。他有一年多没这样做了。我们就这么搂着坐着,也不知道过了多久。

"突然门给吹开了,月光和风一起扑了进来,还有一个孩子的声音笑着说:'他们把她从悬崖上推到海里去了。'

"我走到我放刀的那个抽屉跟前。

"'给我回来坐下。'朱塞佩说,朱塞佩啊,不是别人!'如果她死了,为什么其他人也该死?'"

"'我猜到是谁干的了,'我喊道,'我要杀了他。'"

"我都快走出门口了,他一脚把我绊倒,跪在我身上抓住我的双手,扭伤了我的手腕,先是右手,然后是左手。除了朱塞佩,谁都想不出这种招数。可比你想象的疼多了,我昏了过去。我醒过来的时候,他已经走了,后来我再也没见过他。"

可是朱塞佩让我心生厌恶。

"我跟你说过他很坏,"他说,"谁都没想到他能看见塞壬。"

"你怎么知道他真的看见了呢?"

"因为他没有'经常'看见她,只见过她一次。"

"他要是那么坏,你为什么还爱他呢?"

他第一次哈哈笑了起来。这就是他的回答。

"这事儿就这么结束了？"我问。

"我没干掉那个杀她的凶手，因为等我的手腕好了，那家伙已经去了美国，而且神父是不能杀的。至于朱塞佩，他也周游世界去了，到处找见过塞壬的人——也许是个男人，最好是个女人，那样的话还可以生下那个孩子。最后他到了利物浦——那个地方有可能吗？——他在那儿开始咳嗽，吐血，一直到死。

"我觉得现在活着的人里谁都没见过塞壬。一代人里不会超过一个，等我过完这一辈子，也不会有一对见过塞壬的男女生出那个把塞壬带出海面、打破寂静、拯救世界的孩子！"

"拯救世界？"我惊叫道，"预言的结尾是这样的吗？"

他倚靠在岩石上，深深吸了一口气。从所有那些蓝绿色的倒影里，我看见他脸红了。我听见他说："寂静和孤独不可能永远持续。也许会持续一百年或者一千年，但是大海存在的时间更长，她总会从大海里出来唱歌的。"我本想再多问几句，可就在那一刻，整个岩洞一暗，小船回来了，从狭窄的洞口划了进来。

永恒的瞬间

一

"看见伊丽莎白帽子后面的那座山了吗？二十年前，一个年轻人就是在那儿爱上了我，爱得非常浪漫。伊丽莎白，请你把头低一下，好吗？"

"好的，小姐。"伊丽莎白说着朝前俯下身去，趴在车夫的座位旁边，就像个柔软的洋娃娃。莱兰上校戴上夹鼻眼镜，看了看那座年轻人落入情网的大山。

"小伙子人好吗？"他笑眯眯地问道，不过考虑到女仆在场，他压低了声音。

"我那会儿根本就不知道。不过到了我这个年龄，有这么一段回忆还是很让人欣慰的。行了，伊丽莎白，谢谢你。"

"能问问他是什么人吗？"

"一个行李搬运工，"雷比小姐淡然回答，"连持证导游都不是。雇来扛行李的一个小伙子，结果还把行李给摔了。"

"哎哟！哎哟！那你当时是怎么做的呢？"

"就像个年轻女士那么做的呗。尖叫，谢谢他，请他别给我找难看。跑，其实根本没必要。摔倒了，崴了脚，又尖叫起来。他只好抱着我走了半英里，懊悔得不行，我都以为他会把我扔到悬崖下面去。就是在那种情况下，我们见到了一位哈博特尔太太，一见到她我的眼泪就出来了。可是她比我笨得多，所以我很快就恢复平静了。"

"你肯定说这事全怪你自己，对吧？"

"我就是这么说的，"她的口气更认真了，"哈博特尔太太像大多数人一样，说出的话总是对的，她提醒过我要留心那家伙，我们以前旅行的时候雇过他。"

"啊！我明白了。"

"你可真不一定明白。那件事之前他挺有分寸的。不过花钱雇他太合算了，他帮我们做了很多分外的事。你知道的，出身低微的人愿意这么做，可不是什么好兆头。"

"可这怎么要怪你呢？"

"我给了他鼓励啊：我特别喜欢他，却一点都不喜欢哈博特尔太太。他长相英俊，而且照我的说法，很讨人喜欢；他穿的衣服也很漂亮。我们远远地走在后面，他采花给我。我伸出一只手去接——他没给我花，却一把抓住我的手，然后发表了一通爱的演说，那是他从《约婚夫妇》①里看来的，还事先做了一番准备呢。"

"啊！意大利人嘛。"

说话的当儿，他们要过边境了。冷杉林中的一座小桥上立着两根柱子，一根刷着红白绿三色油漆，另一根是黑黄两色。

"他住在'意大利沦陷区'②，"雷比小姐说，"可我们那时是打算逃到意大利王国去的。要真那么做了，不知后来会怎么样。"

"我的天！"莱兰上校顿生厌恶之感，脱口说道。坐在车夫旁的伊丽莎白打了个冷战。

"不过也说不定会是一段美满姻缘呢。"

她就喜欢说这种略有点出格的话。莱兰上校体谅她的奇思妙想，勉强发了声感慨："有可能！是啊，很有可能！"

她反唇相讥。"你觉得我是在取笑他？"

莱兰上校似乎有点不知所措，只是微微一笑，没有回答。此刻马车正绕着那座以险恶闻名的山在山脚下慢慢走着。路就建在从山坡上滚落下来的碎石上，现在还经常有石头滚下来；白色的石块形成一条条能摧毁一切的石流，把松树林切割得伤痕累累。不过雷比小姐记得，再往上走，东面较为平缓的山坡上有静谧的谷地和鲜花覆盖的岩

① 《约婚夫妇》(*I Promessi Sposi*) 是意大利作家亚力山德罗·曼佐尼 (Alessandro Manzoni, 1785—1873) 的长篇历史小说。

② 意大利沦陷区 (Italia Irredenta) 又称"尚未收复的意大利"，指 1866 年后仍处于奥匈帝国控制下而未属于意大利王国的特伦蒂诺、伊斯特拉地区，当地居民主要讲意大利语。意大利在 1870 年统一后，致力于收复这些地区。

石，景致极好。雷比小姐并不像莱兰上校以为的那样什么都可以拿来开玩笑。当年那件事确实荒唐。可她不知怎么却能把握好分寸，只嘲笑那出闹剧而不嘲笑演员或舞台。

"那个时候我倒宁愿他把我弄得像个傻瓜，也不愿意把他看成傻瓜。"她过了好一会儿才说道。

"到海关了。"莱兰上校换了个话题。

他们到了说德语的地区。雷比小姐叹了口气；她喜欢拉丁系语言，不赶时间的人想必都是这样。可莱兰上校是军人，他崇尚日耳曼语。

"再走七英里，人们说的还是意大利语。"雷比小姐说，像个孩子似的自己安慰自己。

"德语是未来的语言，"莱兰上校回答道，"只要是重要的著作，无论是什么题材，都是用德语写的。"

"可无论是什么著作，只要是重要的题材，都是用意大利语写的。伊丽莎白——给我说一个重要的题材。"

"'人性'，小姐。"女仆答话的时候有点儿不好意思，又有点儿傲慢无礼。

"伊丽莎白是个小说家啦，有其主必有其仆啊。"莱兰上校说。他扭头去看风景了，因为他不想卷入夹缠不清的交谈。他注意到这里的农场更红火，没人乞讨了；女人更难看，男人更壮实；路边小酒馆外面人们吃的东西也更有营养。

"莱兰上校，我们去哪家酒店好呢？是阿尔卑斯大酒店、伦敦旅馆、利比希膳宿公寓、阿希利-西蒙膳宿公寓、贝尔维膳宿公寓、老英格兰膳宿公寓，还是比肖内旅馆？"

"我估计你喜欢比肖内旅馆。"

"其实阿尔卑斯大酒店也不错。听说这两家都是比肖内家族开的。他们现在很有钱了。"

"这些人要是知道感恩的话，就应该隆重地接待你。"

因为雷比小姐的小说《永恒的瞬间》不光让她成了名，也让沃塔村出了名。

"哦，他们已经尽力对我表示过感谢了。小说出版后有三年吧，坎图先生给我写了信。那封信让我有点伤感，虽说信中极尽溢美之词。我可不想改变别人的生活。不知道他们一家现在住的是老房子，还是新房子。"

莱兰上校是为了陪雷比小姐才来沃塔村的；不过他很愿意和她住在不同的旅馆里。雷比小姐不关心这些细枝末节，所以不明白他们俩为什么不住在同一个屋檐下，就像她不明白他们为什么不同乘一辆马车出行一样。可另一方面呢，雷比小姐讨厌一切时髦的东西。莱兰上校决定住阿尔卑斯大酒店了，她就越来越想去住比肖内旅馆，偏在这时，那个挺烦人的伊丽莎白说话了："我朋友的女主人就住在阿尔卑斯大酒店。"

"噢！伊丽莎白的朋友住在那儿，这就好办了：我们都去吧。"

"太好啦，小姐。"伊丽莎白说着，故意不流露出丝毫感激之情。莱兰上校脸色一沉，觉得这女仆太缺管教。

大家都下了马车步行上山，这时候他小声说："你太惯着她了。"

"军人发话喽。"

"我跟当兵的打交道太多了，自然没法适应你们说的那种'人际关系'。只要有一丁点儿感情用事，整个部队就会垮掉。"

"我知道，可是整个世界并不是军队啊。那我干吗要假装自己是军官呢！你让我想起了我的那些英裔印度朋友，他们看见我对一些当地人挺友好，都非常震惊。他们确定无疑，说这么做对当地人根本行不通，却始终都不明白他们那个结论其实并不成立。在这一点上，可以说运气不好的人总想引导运气好的人，这种事是必须阻止的。你始终运气不好，一辈子都得带兵，要求他们服从命令毫不犹豫，还要他们具备别的一些没什么用处的美德。我运气挺好，用不着做那些事——我也不会那样去做。"

"那就别做吧，"他笑嘻嘻地说，"不过得注意别让这个世界到头来真成了军队。还得注意对运气不好的人也要公平才是：比方说，我们对你热爱的下等阶层就相当友善。"

"那是当然,"她说着,心不在焉,似乎没有意识到莱兰上校对她的迁就,"现在都成寻常事了。不过他们看得很透。他们和我们一样,知道这世上只有一种东西值得拥有。"

"啊!是这么回事,"他叹了口气,"如今是商业时代嘛。"

"不是这么回事!"雷比小姐喊了起来,颇有几分恼怒,弄得伊丽莎白都忍不住回头看看出了什么事。"你可真笨。善意和钱财都不难放开。只有自我才值得放开。你放开过你自己吗?"

"经常的事。"

"我的意思是,在地位不如你的人面前故意出乖露丑这种事你干过吗?"

"故意的,从来没有。"他终于明白她想说什么了。雷比小姐喜欢自以为是地想象,只有这种自我袒露才能为真正的交流打下基础,也只有这样做才能打破不同阶级之间的精神藩篱。她有一部作品就是以此为题材的,读来非常令人愉快。"那你呢?"他半开玩笑地追问了一句。

"这种事我总是做不好。到目前为止,我还从来没有真正感觉过自己出丑了,不过要是真有了那种感觉,我希望自己不要做任何掩饰。"

"但愿我在场啊!"

"你恐怕不会喜欢那种场面,"她回答道,"我随时都有可能产生那种感觉,而且周围说不定什么人都有。任何事情都可能成为导火索。"

"看啊,沃塔村!"车夫喊道,打断了这段热烈的谈话。车夫、伊丽莎白和马车已经到了山顶。幽暗的树林到此为止,他们出了树林,进入一个山谷,两侧都是翠绿的草地,草浪翻滚,草叶摇摆多姿,一片草地连着一片草地,不断向上延伸,直到两千英尺高处,巨石从草中突然冒出,成了崇山峻岭,山顶的岩石在傍晚纯净的夜色中显得格外精巧玲珑。

马车夫很有点翻来覆去说话的天赋，他不停地说道："沃塔村！沃塔村！"

山谷里远处的高坡上，有一个很大的白色村子在起伏的草浪间晃动，就像海上的一艘航船，船头的位置上矗立着一座壮观的塔楼，用新开采的灰色石块砌成，与旁边陡峭的山崖齐平。正当他们眺望着塔楼的时候，塔楼发出了声音，雄浑洪亮，对着群山说话，群山应声回答。

车夫再次告诉他们，这就是沃塔村，那就是新建的钟楼——跟威尼斯的钟楼一样，不过更漂亮——钟声是钟楼里那口新钟发出来的。

"谢谢你。你说得很对。"莱兰上校说。雷比小姐看到村子繁荣起来之后，能以这样的方式加以利用，觉得很高兴。她一直很怕回到这个她曾经无比热爱的地方，怕看到什么东西是新的。她从来没有想到过新的东西会很美。钟楼的建筑师还真的到南方去寻找灵感，群山之间这座新建的钟楼，与曾经矗立在环礁湖边的钟楼非常相似。只是这口钟的制造地无法判定，因为声音是不分国界的。

他们乘着马车驶进了这片迷人的地方，满心欢喜，却一言不发。游客们投来赞许的目光，以为他们俩人是非常般配的一对夫妻。雷比小姐棱角分明的脸上满是和善，丝毫没有惹人生厌的学究气；莱兰上校的职业让他看起来精干利落，却并不咄咄逼人。他们俩确实像一对有涵养而十分优雅的夫妻，一辈子都在欣赏人世间无处不在的美好事物。

他们一路前行，原先没注意到的其他教堂开始回应钟楼的钟声——极小的教堂，模样丑陋的教堂，钟楼活像南瓜的粉红色教堂，木瓦尖顶的白色教堂，林间空地上和草地山坳中那些完全看不见的教堂——最后是整个夜空中回荡着各种各样细碎的鸣响，而那宏大的钟声在其中吟唱不休。只有那座不久前按照早期英格兰风格建造的英国教堂始终肃穆无声。

钟声全都停了，所有的小教堂都隐入了黑暗。取而代之的是提醒人们更换晚装的锣声，还有疲惫的游客赶回来吃晚饭的景象。一辆漆着"阿希利-西蒙膳宿公寓"字样的双排座活顶四轮马车匆匆驶过，去迎接刚刚到达的公共马车。一位女士和母亲谈论着晚装的事。一群拿着球拍的年轻人在跟一群拿着登山杖的年轻人聊天。此时，黑暗的夜空之中仿佛有一根火红的手指划过，写出了"阿尔卑斯大酒店"几个字。

"看那电灯的光！"车夫听到了乘客发出的赞叹，说道。

"贝尔维膳宿公寓"在一片松林的映衬下开始闪烁，"伦敦旅馆"从河岸边发出呼应。"利比希膳宿公寓"和"洛尔莱膳宿公寓"分别以绿色和琥珀色的灯光宣告登场，"老英格兰膳宿公寓"则以深红色灯光出现。灯光照亮了很大一片地方，因为最好的宾馆都坐落在村子外面，要么位置比较高，要么富有浪漫情调。在旅游旺季，每天晚上都会有这样的灯光展示，不过只是在公共马车到达的时候。等到最后一位游客穿好晚装，灯光就熄灭了，旅馆老板有的骂骂咧咧，有的高高兴兴，也都躲到一边抽雪茄去了。

"真可怕！"雷比小姐说。

"这些人真可怕！"莱兰上校说。

阿尔卑斯大酒店是一座巨大的建筑，由于是木头造的，给人的感觉就像是膨胀变形了的瑞士农舍。不过，酒店造价高昂、美轮美奂的观景露台抵消了这种印象。露台方形的石沿数英里外就能看见，几条柏油小径从露台蜿蜒而出，伸向邻近的乡村，宛如大水库里涌出的涓涓细流。马车驶上了一条专用车道，停在北美油松搭建的拱形门廊下，门廊的一侧通向观景露台，另一侧是有顶篷的休息室。接着是一群高级店员旋风般地来来去去——制服上带金边的，制服上金边更多而且人也更加精明的，制服上不带金边却比精明还要精明的，全有。伊丽莎白摆出一副高傲的架势，吃力地提着一个草编的小篮子。莱兰上校也拿出了十足的军人气派。雷比小姐虽然阅历丰富，但大酒店总会让她感觉紧张，这时侍者忙把她带进一间豪华卧室，建议她尽快换上晚装，这样才能赶上为客人提供的上桌晚餐。

雷比小姐上楼的时候就看见餐厅里满是英国人和美国人，还有饥肠辘辘的德国富人。她喜欢与人相处，可今晚不知为什么她的心情很郁闷。她似乎预感到要出现令人不快的场面，大概会是什么事情她还没有头绪。

"我在房间里吃，"她告诉伊丽莎白，"你去吃晚饭吧，行李我来整理。"

她在房间里转来转去，浏览了一下住宿规定、价目表、短途旅游线路，打量着红丝绒沙发，看了看印有山景的水壶和脸盆。在这一派奢华之间，哪里是为叼着瓷烟斗的坎图先生和披着黄褐色披肩的坎图夫人留下的一席之地？

侍者总算把晚餐送上来了，她问起了酒店的老板坎图夫妇。

侍者用全球通用的英语回答说，他们两位身体都很好。

"他们住在这里，还是住在比肖内旅馆？"

"当然住在这里啦。只有穷游客才去比肖内。"

"那么谁住在那边？"

"坎图先生的母亲。她跟这里没有关系，"他接着说道，看样子是吸取过教训，"她跟我们完全没有关系。十五年前是有的。不过现在比肖内算什么呀？要是有人把我们和比肖内相提并论，请务必予以反驳。"

雷比小姐平静地说："是我弄错了。请你费心通知一下，我不要这个房间了，让他们把我的行李送到比肖内旅馆去，现在就送。"

"当然可以！当然可以！"侍者训练有素，满口应承。他又恶毒地哼了一声说："费用得照付。"

"那是自然。"雷比小姐说。

那台刚把她吞进去的精密机器又开始把她吐出来。箱子抬下了楼，她来时乘坐的那辆马车又给叫了回来。伊丽莎白来到大厅，脸气得煞白。床都没睡过，饭也没吃成，还让她付了钱。就待了这么一会儿，那些制服上带金边的高级店员还在转来转去，指望着找点借口来索要小费。雷比小姐从他们中间穿过，朝大门走去。休息室里的游客们饶有兴致地打量着她，断定她是嫌这家酒店太贵。

"怎么了？到底是怎么回事啊？你觉得不舒服吗？"穿着晚礼服的莱兰上校追在她身后问道。

"不是。是我弄错了。这个酒店是那家人的儿子开的，我得去比肖内旅馆。他跟老两口吵架了：我想他父亲是死了。"

"可是，说真的……如果你在这里住得舒服……"

"我今晚必须弄清楚他是不是真的死了。我还得……"她的声音颤抖起来，"搞清楚这是不是我造成的。"

"老天爷，怎么会……"

"如果是，我会承受住的，"她语气温和，接着说道，"我这个年纪，不能做邪恶的天才，也不能做悲剧女王啊。"

"她什么意思？她到底是什么意思？"莱兰上校看着马车灯往山下移动，喃喃自语："她伤害谁了？就算是那么回事，又能算个什么伤害？旅馆老板总是吵架，跟我们毫无关系嘛。"他默默地吃了一顿丰盛的晚餐。然后，邮局送来了他的信件，他的思绪转到了这些信上。

最亲爱的埃德温：

给你写信我极为忐忑，我知道你会相信我的话，我写这封信并非出于好奇。我只要求你回答一个简单的问题：你到底跟雷比小姐订婚了没有？从我年轻时起，世风就已经开始改变。可即便如此，订婚也毕竟还是订婚，理应立即宣布，以免各方尴尬。尽管出于健康缘故而放弃了你的职业，你仍然可以维护家族的荣誉。

"一派胡言！"莱兰上校脱口叫道。结识雷比小姐以来，他的眼光敏锐多了。他看出来，姐姐信里的这段话没别的，只是一种不假思索的传统观念罢了。他看了信没什么触动，就像姐姐写信也没投入什么感情一样。

至于班农夫妇和我说起的那个女仆，她并不是个可以当监护

人的女伴，无非是扔给世人的一个贿赂①罢了。我这里没有一句
是在说雷比小姐的坏话，我们常看她的书。搞文学的人向来不切
实际，我们相信她对此并不知情。也许我的确是觉得她不适合做
你的妻子吧，不过那是另外一回事了。

我的宝贝们都问你好（莱昂内尔也问你好），眼下他们是我
最大的快乐。唯一让人担忧的是将来，到时候我们就不得不考虑
让孩子们接受良好教育所需要的巨额费用。

爱你的内莉

他怎么才能解释清楚自己和雷比小姐的关系所具有的那种独特魅
力呢？他俩从来不曾谈婚论嫁，可能连一个"爱"字都不会说。假如
他们不是经常见面而是天天见面，他们的关系就会是一对深谙生活之
道的贤明伴侣，而不会是颇为自我的恋人，渴望着拥有那种他们既无
权索取也无力给予的源源不断的激情。他们俩人谁都没有标榜自己的
灵魂是多么纯洁，也没有声称自己并不了解对方的缺点和朝三暮四。
他们甚至很少体谅对方。宽容意味着有所保留，相知则是交往风平浪
静的最大保障。莱兰上校有着非同一般的勇气，他并不在乎他所了解
的那些人会怎么看。内莉、莱昂内尔和他们的孩子是震惊还是恼火，
尽随其便。雷比小姐是作家，算是激进人士；他是军人，算是贵族。
可是他们职业活动的巅峰时刻即将过去，他不会再上战场，她也不打
算再写作了。他们可以愉快地共度人生的秋季。或许他们还可以证
明，即使共度人生的冬季，这样相伴也不会太糟糕。

莱兰上校相当敏感，甚至对自己，他都不愿承认跟两千英镑的年
收入结婚所带来的好处。不过这种好处的确给他的思绪平添了一缕
无法言明的芬芳。他把内莉的信撕成碎片，扔进了卧室窗外的黑暗
之中。

"好奇怪的女士！"他低声说着，朝沃塔村看去，想借着越来越皎

---

① 原文sop，指浸泡过的面包片，典故指浸过催眠药的蛋糕，参见《天国的公共马车》中的译注。

洁的月光辨认出那座钟楼。"你干吗去找不舒服呢？你干吗要介入别人吵架呢？他们理解不了你，你也不理解他们啊。你太傻了，还以为人家吵架是你引起的。你以为自己写了一本书，就把这个地方给惯坏了，让住在这里的人腐化堕落了，利欲熏心了。我知道得很清楚你是怎么想的。就因为这个，你才要让自己不痛快，还跑来跑去，想纠正那些从来就没上过正路的事。好奇怪的女士！"

现在他能看清楚了，他姐姐那封信白色的碎纸片就落在下面不远的地方。山谷里，那座钟楼出现了，从一缕缕银色的雾霭中冒了出来。

"我亲爱的女士！"他低声说道，两手朝村子的方向动了一下。

二

雷比小姐的第一部小说《永恒的瞬间》是围绕着这个思想写的：人生不是只按时间来计算的，逝去的一个夜晚在天堂的宫廷里有可能长得像一千年——梅特林克[①]后来以更为富有哲理的方式详细阐释了这个思想。如今她自己坦言，这部小说既无聊又做作，书名还会让人联想到牙医的治疗椅。不过这本书是她在觉得年轻快乐的时候写的，而人生信念正是在那个阶段而不是成年之后形成。随着岁月流逝，信念或许更加坚实，然而将其传递予人的愿望和能力却都减弱了。她最早的作品也是她最富于进取精神的作品，这一点倒没有让她感到很不愉快。

命运真是奇怪，她的书竟然轰动一时，尤其是在那些想象力贫乏的圈子里。懒散的人认为这本书的意思是浪费时间没什么害处，庸俗的人觉得是说三心二意没什么害处，虔诚的人则认为这本书是对道德的攻击。女作者在社会上声名鹊起，而她对较低社会阶层的热忱出乎意料地让她更加富有魅力。就在那一年，安斯蒂勋爵夫人、赫瑞奥特

[①] 莫里斯·梅特林克（Maurice Maeterlinck，1862—1949），比利时诗人、剧作家、散文家，1911年获得诺贝尔文学奖。

太太、班伯格侯爵和许多其他人都深入探访了小说的背景地沃塔村。回去之后，他们个个热情洋溢。安斯蒂勋爵夫人展出了她的水彩画；赫瑞奥特太太拍了照片，在《河滨》杂志上登了篇文章；《十九世纪》杂志刊出班伯格侯爵的一篇长文，对那个地方做了详细描写，标题是《现代农民及其与罗马天主教的关系》。

这番努力之后，沃塔村日渐兴旺，喜欢另辟蹊径的游客趋之若鹜，还纷纷向其他人提供旅行指南。雷比小姐因为琐事缠身，始终没有重返故地，尽管这个村子的崛起和她自己的名声大振有着极为密切的关系。她不时听人说起村子的发展。也有传言说，社会地位低下的游客很快就会发现那块宝地。雷比小姐很怕看到村子里有什么东西遭到破坏，最后竟心生胆怯，不敢重回那个曾经带给她许多快乐的地方。莱兰上校说服了她。他本人是想找个有益健康的凉快地方消夏，他可以在那儿读书、聊天，还能找到适合像他这样因病退役却喜欢运动的人散步的小路。为这事，朋友嘲笑他们，熟人间飞短流长，亲戚们都气愤不已。但是莱兰上校不怕这个，雷比小姐也不在乎。借着伊丽莎白提供的些许保护，他们顺利成行了。

到了这里，她却感到了悲伤。她看到一家家酒店在外面围成一个大圈，远离了本该是全部生活中心的村子，心里很不痛快。灯光在夜晚静谧的山坡上打出的酒店招牌，仍然在她眼前跳动。阿尔卑斯大酒店大得吓人，像噩梦一般萦绕在她心头。在梦中，她又想起了那个酒店的门廊，极尽铺张的休息室，锃亮的胡桃木书桌，巨大的客房钥匙架，印有全景画的陶制卧室器具，高级店员的制服，还有时髦人物散发出来的气味——在有些人的鼻子里，这种气味跟穷人的气味完全一样，令人抑郁。她对文明的进步并不热心，在东方的体验告诉她，文明很少首先展现出美好的一面；文明往往是先把野蛮人变得道德沦丧、凶残恶毒，然后再显露出可以起补救作用的种种特质。在这一点上，不存在什么进步的问题：世界需要向这个村子学习的东西，可比这个村子需要向世界学习的多。

在比肖内旅馆，她的确没发现多少变化，只是落入了生存的感伤。老房东过世了，老夫人卧病在床，不过古老的精神尚未离去。原木正门上仍然画着那条正在吞噬小孩的龙——那是米兰维斯孔蒂家族 ① 的纹章，坎图一家很可能是维斯孔蒂家族的后裔。因为这家小小的旅馆有着某种氛围，能让有同理心的客人不由自主地至少有那么一阵子会崇尚贵族。旅馆的里里外外都为一种只有不刻意追求方可拥有的大家风度所统领着。每间客房里都有三四件漂亮的饰品：一幅小小的丝织挂毯，一块洛可可式浮雕的残片，几片蓝色的瓷砖，镶在镜框里，挂在粉刷过的白墙上。客厅里和楼梯边上挂着画，都是卡洛·多尔奇 ② 和卡拉齐兄弟 ③ 风格的十八世纪画作：一幅是穿着蓝色长袍的圣母玛利亚，一幅是鼓动双翼的圣徒，一幅是下巴凹陷的宽容之君亚历山大大帝。这种绘画风格已经过气了——上层人士和教科书是这么说的。然而有些时候，这种风格的作品可能比新买的弗拉·安吉利科 ④ 的画更让人耳目一新，也更加意味深长。雷比小姐连登门拜访公爵都不露怯色，可是走进比肖内旅馆，就觉得自己太艳俗、太时髦了。那些毫不起眼的东西——沙发靠垫、桌布、枕头套子——或许是用劣质面料做的，也不符合美学标准，却还是让她肃然起敬，自惭形秽。就在这座整洁雅致的住宅里，叼着瓷烟斗的坎图先生、披着黄褐色披肩的坎图太太，还有阿尔卑斯大酒店现任老板巴托洛米奥·坎图先生，都曾经走来走去。

第二天早晨，雷比小姐坐下来吃早餐的时候情绪很低落，她把这归咎于夜间失眠和自己年岁渐长。她觉得，她从没见过什么人比这家旅馆里的住客更加乏味、更不值得尊重。一个眉毛漆黑的女人滔滔不绝地大谈爱国主义，说英国游客有义务在外国人面前表现得团结一致。另一个女人喋喋不休地小声抱怨，活像个滴水的水龙头，出不

---

① 维斯孔蒂家族（Visconti）是中世纪至文艺复兴早期意大利米兰一个著名的贵族家族，曾在意大利历史上居于统治地位。
② 卡洛·多尔奇（Carlo Dolci，1616—1686），意大利画家，巴洛克画派的代表人物之一。
③ 卡拉齐兄弟（the Carracci）是16世纪末意大利卡拉齐家族的三个画家，17至18世纪学院派美术的倡导者。
④ 弗拉·吉利科（Fra Angelico，1387—1455），意大利文艺复兴早期画家，多米尼加派修士。

来像样的水流，却也一刻都不停止。她抱怨伙食，抱怨收费，抱怨噪声，抱怨云彩，抱怨尘土。她说她自己倒是挺喜欢这儿的，可是不怎么想向朋友推荐，这种旅馆就是会让人产生这种感觉。男士很少，供不应求，一位年轻男士在阵阵哄笑声中讲着他用了哪些手段让当地人目瞪口呆。

雷比小姐坐在一幅著名的壁画对面，那是房间里唯一的装饰。这幅画是修房子的时候偶然发现的，画面有几处残损，但色彩依然鲜艳。坎图夫人一会儿说这是提香①的作品，一会儿又说是乔托②画的，还声称谁都说不清这幅画的意思，许多教授和艺术家都百思不得其解。她说这些话是因为这么说让她高兴，壁画的意思其实非常清楚，别人跟她解释过好多次了。画中的四个人物是女预言家，手里拿着耶稣诞生的预言。至于当初为什么要把她们画在那么高的山上，画在意大利艺术最偏远的边缘地带，原因却不很明确。不管怎样，壁画上的人物现在都是宝贵的谈资，许多人得以相识，许多争论得以避免，正是因为她们恰好出现在了这面墙上。

"那几个圣徒多狡诈啊！"一位美国女士说，她顺着雷比小姐的目光看到了壁画。

女士的父亲嘟囔了几句迷信什么的。父女俩的神情都郁郁不乐，他们刚从圣地巴勒斯坦回来，在那儿遇到了无耻的欺骗，对宗教的态度也连带着受到了伤害。

雷比小姐不太客气地说，那几个圣徒其实是女预言家。

"可我不记得《圣经》里提到过女预言家啊，"那位女士说，"不管是在《新约》里还是在《旧约》里。"

"那是神父编出来骗骗农民的，"父亲悲伤地说，"他们的教堂也是。拿亮金属片当黄金，棉布当丝绸，灰泥当大理石。他们的仪式队列也是，他们的（他冒出一句脏话）钟楼也是。"

---

① 提香·韦切利奥（Titian Vecellio，1488—1576），意大利文艺复兴后期威尼斯画派的代表画家。
② 乔托·迪·邦多纳（Giotto di Bondone，1267—1337），意大利文艺复兴时期杰出的雕刻家、画家和建筑师，被誉为"欧洲绘画之父"。

"这位是我父亲，"女士欠了欠身，"他是让失眠给折磨得太苦了。真想不到，每天大清早六点就敲钟！"

"是啊，夫人，你们可沾光了。我们叫他们停了。"

"把清晨的钟声停了？"雷比小姐喊了起来。

众人抬起头来看这是谁。有人小声说，她是写书的。

女士的父亲回答说，他爬到这么高的山上来是为了休息，要是睡不好觉，他就打算住到另一个休假中心去。英国游客和美国游客通力协作，才逼得那些旅馆老板不得不采取行动。现在神父们只在晚餐的时候敲钟，这还是可以忍受的。他认为只要"通力协作"，什么事都能办成，对那帮农民也是一样。

"游客是怎么打搅农民的？"雷比小姐问。她越来越生气，浑身颤抖着。

"我们说的就是刚才那些话：我们是来休息的，就要得到休息。他们每个星期都喝得烂醉，唱歌唱到凌晨两点。不管怎么说，这样下去合适吗？"

"我记得，"雷比小姐说，"他们有些人的确会喝醉。可我也记得他们唱得很好。"

"是很好啊。一直唱到两点。"他反唇相讥。

俩人不欢而散，都很恼火。雷比小姐离开的时候，那位父亲还在喋喋不休，说有必要创立一个信奉户外生活的新普世宗教。他的头顶上方站着四位女预言家，粗笨拙朴却宽厚仁慈，每人都拿着一个牌子，上面写着简洁的救赎承诺。就算是旧宗教真的无法满足人类的需要，似乎也不可能在美国出现一种合乎要求的替代品。

离约定的时间还早，现在还不能去探望坎图夫人。也不能让伊丽莎白陪着去，女仆昨晚的行为失礼，现在后悔不迭，很是烦人。旅馆外面有几张桌子，几个女人坐在那儿喝啤酒。修剪过树梢的栗子树替她们遮阳，一道低矮的木栏杆把她们和村子的街道隔开。雷比小姐坐在栏杆上，因为从那儿她能看见钟楼。眼光挑剔的人会发现那座钟楼在建筑方面有许多缺陷。可她看着整个钟楼，却是越看越高兴，高兴中也夹杂着些许感激之情。

德国女侍者走出来，彬彬有礼地请她找个更舒适的位置坐下。这儿是下等阶层的人吃饭的地方，她去客厅坐好吗？

"谢谢你，不用了。你们按出身安排客人有多少年了？"

"好多年了。这很有必要。"令人钦佩的女侍者说罢，转身回到了充斥着肉味和常理的旅馆里。这也是个标志，说明在这座归属不定的山谷里，说德语的人正在超越说拉丁语的人。

接着走出来一位头发灰白的女士，她一边用手遮挡着太阳，一边哗哗地晃动着一张《晨邮报》。她友好地看了雷比小姐一眼，擤了擤鼻子，先告罪一声才说道：

"不知你听说了没有，今晚有一场音乐会，是为了赞助英国教堂安装彩色玻璃举办的。能请你买几张票吗？一直就有人说，英国人应该有个集会的地点，这很重要，对不对？"

"非常重要，"雷比小姐说，"不过这个集会的地点要是在英国就好了。"

头发灰白的妇人笑了笑，随即露出困惑的神情。然后她意识到自己讨了个没趣，便哗哗地晃着《晨邮报》走开了。

"我太无礼了，"雷比小姐懊丧地想，"竟然对一位跟我一样傻、也跟我一样头发灰白的女士无礼。今天我是不宜开口啊。"

雷比小姐的人生一直很成功，总的来说也挺幸福。对人们称为"抑郁"的那种情绪她很不习惯，可是处于那种心情之中无疑会让人的眼界变得更为开阔，哪怕是更为灰暗。那天早上，雷比小姐的人生观就发生了变化。她漫步穿过村子，几乎没有注意到依然环绕着村子的群山，也没有注意到依然照耀着村子的阳光。可是她清楚地察觉到了某种新的东西，察觉到大批游人来来去去所产生的那种说不清到底是什么的腐败味道。

即便是在早晨这个时候，空气中也弥漫着浓重的酒肉气味，此外还有灰尘和烟草味混在一起的烟雾，还有疲倦的马匹散发出来的气息。马车挤在教堂的墙边，一个妇人在钟楼下看管着一堆自行车。这个季节不宜登山，一群群小伙子身穿时髦的诺福克西装走来走去，等着游客雇他们当导游。邮局对过开了两家很大的廉价旅馆，旅馆前面不计其数的小桌子都摆到了街道上。这里的餐饮服务从凌晨开始，一直持续到深夜。顾客主要是德国人，他们一边吃吃喝喝，一边搂着妻子的腰大喊大笑。然后他们笨手笨脚地站起来，排成一队朝某个景点走去，景点那边插着一面红旗，表明那儿可能还有一顿饭等着呢。所有的村民都有人雇用，连小女孩都有活干，她们缠着游客兜售美术明信片和雪绒花。沃塔村已经开始发展旅游业了。

　　一个村子是得有某种产业，而这个村子一向活力充沛，能量十足，以前不为人知却很快乐，充沛的精力都用在向土地索取生计上，从中得到了某种尊严、善意，还有对他人的友爱。文明并没有让这种精力松弛下来得到休憩，而是把它引向了别处，本来或许有助于治愈世界的宝贵品质全都毁掉了。家庭亲情、邻里友情、明智的乡村美德——全部消亡，而这都发生在象征着这些美德的那座钟楼建造的过程中。干这事的并非恶棍：这都是善良富有而且通常还很聪明的绅士淑女们的功劳——他们就算是认真想过这件事的话，也只是自以为在给自己喜欢驻足的地方造福，既有利于商业发展，也有益于道德建设。

　　雷比小姐此前从来没有意识到这种极其普遍的做法是一种恶行。她回到比肖内旅馆，只觉得心烦意乱，疲惫不堪，她想起了那句可怕的经文，听起来颇有义正辞严之感："但那绊倒人的有祸了。"[1]

　　坎图夫人躺在一楼一个阴暗的房间里，有点太激动了。墙上空荡荡的，因为所有漂亮的饰物都挂到客房里去了，她爱自己的客人，就像善良的女王爱自己的臣民。墙上还很脏，因为这是坎图夫人自己的房间。不过哪个宫殿都没有这么漂亮的天花板，因为木头房梁上挂着一整套铜器嫁妆——各式各样的水桶、大锅、水罐，颜色从铮亮的黑色到最浅的粉红色，一应俱全。老太太很喜欢抬头看着这些富足兴旺

---

[1]　典出《圣经·新约·马太福音》第18章第7节。

的象征。前不久有位美国贵妇想买这些东西却空手而归，走的时候与其说是生气，倒不如说就是大惑不解。

坎图夫人和雷比小姐没什么共同之处，因为坎图夫人是个毫不动摇的贵族。倘若她是生活在那个大时代里的一位大贵妇，很快就会给人推上断头台，而雷比小姐则会高呼赞同。此刻坎图夫人头上稀稀拉拉的头发卷在烫发纸里，身上披着那条黄褐色的披肩，向名人女作家讲述着曾经入住并且可能再次入住比肖内旅馆的其他名人的情况。起初她的语气很庄重。可是没过多久她就讲到了村里的新闻，渐渐流露出了几分怨恨。她以一种带着忧伤的自豪历数着先后故去的人。她本人已到垂暮之年，总爱思索命运女神是多么公正，既没有饶过她的同辈，也时常不放过比她年轻的人。雷比小姐不习惯像这样寻求安慰。她自己也年岁渐长，可如果别人能青春常在，她也会觉得更加高兴。坎图夫人提到的人她已经记不清几个了，不过死亡常具有象征意义，正如一朵鲜花的凋谢可能意味着整个春天的离去。

然后坎图夫人讲起了自己的不幸。先是一次山体滑坡，毁了她的小农场。在那个山谷里，滑坡从来都不是突如其来的。水通常在草皮下汇聚，像脓液在皮肤下生成一样。山坡草地上会渐渐隆起一块，然后爆裂，释放出一股缓慢流淌的泥土和石头。接着整个那一片好像都垮了，周边的草地开裂塌陷，折叠成不可思议的褶皱，树木歪斜，谷仓和农舍倒塌，所有美好的东西都慢慢变成无法分辨的泥浆，向山下滑动，最后让河水冲走。

她们从农场又谈到了坎图夫人其他的苦处，雷比小姐心里压抑极了，几乎无法再感觉到同情。这个季节生意冷清啦，客人不理解旅馆的经营方式啦，侍者不理解客人啦。有人告诉坎图夫人，她应该雇个接待员。可接待员又有什么好？

雷比小姐说："我不知道。"她觉得哪个接待员都没法让比肖内旅馆时来运转。

"人家说接待员可以去迎接公共马车，把刚到的客人勾过来。我能从勾来的客人身上得到什么快乐呢？"

"别的旅馆就是这么干的。"雷比小姐难过地说。

"没错。阿尔卑斯大酒店每天都有个人到这儿来。"

一阵尴尬的沉默。直到此刻，她们都有意避免提到那个人的名字。

"他把客人都拉走了，"坎图夫人突然激动起来，接着说道，"我儿子把我的客人全都拉走了。他拉走了所有的英国贵族，拉走了最好的美国人，还有我所有在米兰时候的老朋友。他在山谷里到处造我的谣，说我的下水道不通。旅馆老板都不推荐我的旅馆，把游客都送到他那里去，因为每送一个客人，他就给他们百分之五的提成。他给马车夫钱，给搬运工钱，给导游钱。他还给乐队钱，结果乐队几乎都不来村里演出了。连小孩子们他都给钱，让他们说我的下水道坏了。他和他老婆，还有那个接待员，他们想毁了我，想看着我死。"

"你别——别说这些事了，坎图夫人。"雷比小姐开始在房间里走来走去，按着自己的习惯，心里想什么就直接说，不去管人家能不能听懂，"尽量别跟你儿子生这么大的气吧。你不知道他得跟什么竞争。你不知道是谁让他变成现在这样的。也许该责怪的另有其人。不管该责怪的是谁——在祈祷的时候你都可以为他们祝福。"

"当然啦，我是个基督徒啊！"忿忿不平的老夫人喊道，"不过他毁不了我。我看起来很穷，可他借了——借了太多的债。他那个酒店会倒闭的！"

雷比小姐又说："也许这世界并不太坏。我们看见的邪恶多半是很多小错造成的——是愚蠢或者虚荣的结果。"

"我都知道是谁让他这么干的——他老婆，还有现在给他当接待员的那个家伙。"

"这种说话的习惯，这种表达自我的习惯——好像很痛快，很有必要——不过确实会伤害……"

街上的一阵骚乱打断了她们的交谈。雷比小姐推开窗户，一团灰尘带着浓重的汽油味飘了进来。过路的汽车撞上了一张桌子。地上洒了许多啤酒，还有一点儿血迹。

坎图夫人听到吵闹声，恼怒地叹了口气。心烦气躁已经耗尽了她的体力，这会儿她一动不动地躺着，双目紧闭。一阵风突然吹来，她头顶上方的两个铜花瓶轻轻相碰，叮当作响。雷比小姐正打算作一番充满激情的重大忏悔，用一席打动人心的话请求宽恕。该说的话她已经准备好了。她的话向来都是准备好了的。可是看着那双闭着的眼睛，看着那副饱受折磨虚弱不堪的身躯，她知道自己没有权利奢求宽恕。

在雷比小姐看来，这次见面之后，她的一生似乎也就到头了。能做的她都做了。她做过许多坏事。现在她只有叉着双手等待，直到她的丑陋和无能像她的美貌和力量一样消逝。她眼前浮现出莱兰上校愉快的脸庞，或许她可以跟他一起度过余生而不再加害任何人。他不会让人兴奋起来，而她似乎也并不渴望兴奋。如果她的感官真的能够关闭，大脑和舌头的无意识活动能够渐渐麻木，那就好了。这辈子第一次，她有了很想变老的愿望。

坎图夫人还在说她的儿媳妇和那个接待员，说儿媳妇庸俗，说接待员忘恩负义。多年前那小子刚从意大利流浪过来的时候，还是个不起眼的孩子，她对他一直很好，现在他却站到了她儿子那边，跟她作对。这就是发善心得到的回报啊。

"他叫什么？"雷比小姐随口问道。

"费奥·基诺里，"坎图夫人回答说，"你不会记得他的。他过去是搬……"

从新钟楼那边突然传来一阵钟声，屋里的铜器也随之嗡嗡作响。雷比小姐抬起双手，不是去捂耳朵，而是蒙住了眼睛。在她虚弱的状态下，钟声搏动的节奏产生了奇特的效果，就像血又流进了早已冻僵的血管里。

"那个人我记得很清楚，"她终于开口说道，"今天下午我要去见他。"

三

雷比小姐和伊丽莎白一起坐在阿尔卑斯大酒店的休息室里。她们是从比肖内旅馆走上山来见莱兰上校的。可莱兰上校看来是下山到比肖内找她们去了，所以她们只好等着，为了给坐等找点由头，她们就点了些小吃。于是雷比小姐喝着下午茶，伊丽莎白则以十足的淑女风度吃着冰激凌，偶尔还会趁着没人注意，把嘴里的小勺子翻过来吮一吮。下等侍者在收拾餐桌大理石台面上的茶杯和玻璃杯，制服上带金边的高级店员把藤椅重新摆放成方便客人入座的两个一组或者三个一组。间或有客人守着吃剩的面包渣逗留很久，那位俄国亲王已经沉沉睡去，不雅的姿势很是惹人注目。不过大部分客人已经开始晚餐前的散步，或者去打网球，或者拿着书坐在树下。天气宜人，太阳已经落下去很多了，阳光变得纯净脱俗，夕阳沐浴中的一切都呈现出新的色彩，新的质感。雷比小姐坐在座位上，能看见他们昨天从下面路过的那些巨大的悬崖，悬崖的远处她可以看见意大利——四月山谷、塞奈斯山谷，还有她称为"南方野兽"的群山。整整一个白天，那些山都很不起眼，不过是远处一堆堆白色或者灰色的石头罢了。可是夕阳让群山摇身一变，变成了一群紫色的熊，端坐在南方的天空之下。

"伊丽莎白，你不出去转转简直是罪过。去找找你的朋友吧，让她跟你一起去。要是碰见莱兰上校，就跟他说我在这儿。"

"就这些吗，小姐？"伊丽莎白喜欢她这位有点怪癖的主人，何况她的心已经让冰激凌给软化了呢。她看得出来，雷比小姐的脸色不好。也许是恋爱的路途不太平坦吧。真的，对绅士一定要耍点手段，特别是在双方都想进一步发展关系的时候。

"别给小孩们硬币。就这一件事。"

客人们已经不见了，高级店员明显少了许多。身后的大厅里传来两个可恶的家伙假作斯文的窃笑，一个是坐在办公桌后面的年轻姑娘，另一个是身穿长礼服的小伙子，他负责把新来的客人领到房间去。几个搬运工站在不远不近的地方，跟那两个家伙一起笑。最后，休息室里只剩下雷比小姐、俄国亲王和那个接待员。

接待员是个能干的欧洲人，四十岁左右，能流利地讲各国语言，有几种说得还挺地道。他依然活跃主动，而且看得出来曾经身强力壮。不过，要么是因为生活方式的缘故，要么是因为毕竟到了这个年纪，他的身材已经受到了不利的影响，再过几年他肯定会变得很胖。他的神情不太容易判断。他正在忙活无疑属于他分内的事，这不是流露自我感情的时候。他把窗户——打开，把火柴盒全都装满，用掸子轻轻掸着一个个小桌子，眼睛一直盯着大门，以防有人没拿行李就进来，或没付钱就离开。他按了一个电铃，一个侍者飞奔过来收走了雷比小姐的茶具。他又摁了另一个电铃，打发一个小伙计去清理从一间客房窗户掉下来的纸屑。然后他说了声"对不起，女士"，微微弯腰，拾起了雷比小姐的手帕。他似乎并没有因为她前一天晚上突然离开而耿耿于怀。也许雷比小姐已往他手里塞了小费。也许他不记得雷比小姐来过这里了。

接待员归还手帕的动作激起了她模糊的记忆，让她感到不安。雷比小姐还没来得及谢他，他已经回到门口，侧身站在那里，门外的风景凸显出他略带弧形的腹部轮廓。他正跟一个身材健硕却神情忧郁的小伙子说话，那人一直在外面的门廊里心神不定地动来动去。"我告诉过你提成是多少了，"雷比小姐听见他说，"你刚才要是同意这个数，我就推荐你了。现在晚了。我的导游已经招够了。"

从我们的慷慨中获益的人其实比我们想象的要多。我们给出租车司机小费，一部分钱就落到吹口哨叫车的人口袋里。我们给点燃镁丝照亮钟乳石溶洞的人小费，一部分钱就落到划船带我们进洞的船夫手里。我们给饭店侍者小费，侍者的工资就要扣掉一点。一台巨大的机器在推进我们对财富的分配，尽管我们很少意识到这部机器的存在。接待员回来之后，雷比小姐问他："提成是多少？"

她这么问明摆着就是要让他心慌，倒不是因为她冷酷，而是因为她想探探他那副礼貌而又能干的外表下如果还藏着什么东西的话，那究竟是些什么品质。她的提问本质上属于感情用事，而不是认真的追究。

对受过教育的人，雷比小姐的做法也许会奏效。受过教育的人在回答她这个问题的时候总会露出点马脚。可是这个接待员完全不讲逻辑，连装装样子都觉得没必要。他回答道："是啊，女士！今天的天气太好了，既适合我们的游客，也适合晒干草。"然后他就匆匆走开，去招呼一位正在挑选明信片的主教。

雷比小姐没有从道德层面去想下等阶层如何缺乏教养，而是承认自己失败了。她看着接待员把几张明信片摊开，殷勤却不冒失，机敏又很谦恭。她看着他让主教改变初衷，多买了不少明信片。这就是那个曾在山上对她表白爱意的人。不过到目前为止，只有几个偶然的却是与生俱来的手势暴露出了他的身份。跟士绅阶级打交道肯定得具备一些新的品质，比如礼貌、博学，还有镇定自若。要问为什么，回答仍然是：士绅阶级对他负有责任。我们应该对彼此承担责任，这是很有好处的，也是不可避免的。

责怪费奥精于世故，本性庸俗，未免荒唐。造化弄人，由不得他自己。他的体貌也有了很大的改变，从一个健硕的小伙变成了现在的油腻胖子，前额上垂着厚实的黑色鬈发，唇边蓄着打了蜡的小胡须，下巴活像某种原始的生命形态，自行分裂增殖出了好几层，若是为这种改变而遗憾就更为荒唐了。约摸二十年前在英格兰，她不但把他的性格改了，还把他的模样也改了。他成了她的小说《永恒的瞬间》里的一个人物。

一股强烈的柔情涌了上来，压得她心痛——那是造物巨擘手艺笨拙的悲痛，她创造了一个世界，却发现这世界糟糕透顶。她想请求自己创造的人物原谅她，哪怕这些人物造得实在拙劣，连原谅都给不了。今天早上她在坎图夫人病榻前硬压下去的那种想要忏悔的愿望再次迸发，像肉体的欲望一样强烈。那位主教离开之后，雷比小姐又继续跟费奥攀谈，不过换了个话题。她说："是啊，天气是很好。我刚从比肖内旅馆走上来，感觉很不错。我就住在那儿！"

费奥看出她想聊天，便愉快地应声说道："比肖内旅馆肯定不错，很多人都有好评。那幅壁画美极了。"他十分精明，并不在乎表示一点宽容。

"这里居然有这么多新旅馆！"她压低了声音，免得吵醒俄国亲王。亲王在场竟然会让她感到心烦，真是奇怪。

"啊，女士！还真是这样。我还是个毛头小子的时候——对不起，请稍等一下。"

一位初来乍到的美国姑娘拿着一把硬币走过来，绝望地问他："这些硬币到底值多少钱啊？"费奥解释了一番，给她换了钱，换的钱够不够数，雷比小姐可没把握。

"我还是个毛头小子的时候……"他又给打断了，匆匆赶去送两位要离店的客人。一个客人给了他小费，他说："谢谢你。"另一个客人没给小费，他也说："谢谢你。"话一样，口气却不一样。看得出来，到目前为止他还没有想起雷比小姐这回事。

"我还是个毛头小子的时候，沃塔村是个很穷的小地方。"

"可也很舒适怡人吧？"

"非常舒适怡人，女士。"

"真带劲！"那个俄国亲王突然醒过来说了这么一句，把他俩吓了一跳。亲王抓起一顶毡帽，就飞跑出去做保健运动了。休息室里只剩下雷比小姐和费奥。

直到这时，雷比小姐才不再犹豫，她决定提醒费奥他们以前是见过面的。她一整天都在寻找一朵生命的火花，这火花也许可以借助另一团火来点燃，她依稀看到了那团火，在多年前走过的旅途中，在属于青春的那些高山上。他要是也看见了那团火会怎么做，她不知道，可她希望他能焕发活力，希望他无论如何都要逃脱她给这个地方和这些人带来的灭顶之灾。在他们俩人共同思考的时候，她又打算怎么做，这个问题她连想都没想。

要不是这一天经历的痛苦让她的心肠变硬了，她几乎不会如此贸然行事。惨烈的伤痛之后，好名声变得十分可笑。她只需要克服"费奥是个男人"这个难点，而不是"费奥是个接待员"这个难点。不向社会地位低下的人敞开心扉这条规矩她是从来都不遵守的，尽管这已经成了时下普遍的做法。

"这是我第二次来这儿了，"她大胆地说，"二十年前我就住在比肖内旅馆。"

费奥第一次流露出了情绪变化的迹象：以这种方式提到比肖内旅馆让他不高兴了。

"有人告诉我，我可以上山来在这儿找到你。"雷比小姐接着说，"我记得你，记得很清楚。是你带我们过那几个山口的。"

雷比小姐紧盯着他的脸。她没料到那张脸竟松弛下来，绽放出爽朗的笑容。"啊！"他说着摘下了尖顶帽，"我太记得你啦，女士。很高兴再次见到你，请允许我这么说。"

"我也很高兴。"这位淑女应声答道，疑惑地看着他。

"你和另一位女士在一起，对吧？那位叫——"

"哈博特尔太太。"

"没错。我给你们搬过行李。我经常想起你们有多好。"

雷比小姐抬起头。他站在一扇敞开的窗户旁边，身后铺开的是整个童话世界。她失去了理智，柔声说道："如果我说我也一直都没忘记你的好，你会误解我的意思吗？"

他回答说："是你们待人好，女士，我只是做了分内的事。"

"分内的事？"雷比小姐叫了起来，"什么分内的事？"

"你和哈博特尔小姐都是非常慷慨的女士。我记得很清楚，我那时是多么地感激不尽。你们付给我的钱总是比价目表规定的要多……"

她这才意识到他把什么都忘了：忘了她，忘了发生过的事，连他自己年轻时的样子都忘了。

"别装得这么有礼貌，"她冷冷地说，"我上次见到你的时候，你可没讲什么礼貌。"

"我很抱歉。"他惊叫一声，突然慌了神。

"转过身去。看看那些山。"

"好的，好的。"接待员紧张得直眨巴他那双狡猾的眼睛。他用手摆弄着西服背心褶皱里的怀表链子。他跑开去训斥几个衣衫褴褛的小孩，叫他们离开观景露台。等他回来了，雷比小姐还是坚持要他看那些山。

"我必须告诉你,"她用公事公办的口气平静地说,"看看那座大山,就是公路往南绕过去的那座。看看半山腰,在东面的山坡上,长满鲜花的地方。就在那儿,你有一次放开了自己。"

费奥目瞪口呆地望着她,惊恐不已。他想起来了。他感到无比震惊。

恰在此刻,莱兰上校回来了。

雷比小姐走到他跟前说:"这就是我昨天提到的那个男人。"

"下午好!什么男人?"莱兰上校大惊小怪地问道。他看见雷比小姐脸色泛红,断定有人对她粗鲁无礼了。因为和她的关系不太寻常,莱兰上校就特别在意,格外地要求别人要尊重她。

"就是我年轻的时候爱上我的那个男人。"

"不是那么回事!"可怜的费奥喊道,他一下子看清了给他设下的陷阱,"是这位女士想象出来的。我发誓,先生——我那会儿没有任何想法。我还是个小孩子,还不懂规矩呢。连这件事我都忘了。是她提醒了我。她打搅了我。"

"我的天!"莱兰上校说道,"我的天!"

"我会丢了工作的,先生,我有老婆孩子啊。这件事会毁了我。"

"够了!"莱兰上校大声说,"不管雷比小姐是出于什么动机,她都没想毁了你。"

"你还是误解我了,费奥。"雷比小姐轻声说。

"真是不巧,我们刚才走岔了。"莱兰上校说。他想表现得无所谓,可他的声音直发颤,"晚饭前我们去散散步好吗?我希望你多待一会儿。"

她没理会他的话。她在观察费奥。他的惊恐已然消失,脸上流露出了一种新的情绪,让她更加不喜欢。他挺起双肩,露出一种难以抗拒的微笑,发现她正注视着他而莱兰上校没看他,还朝她挤了挤眼。

这个情景令人作呕,也许是她在沃塔村见到的所有事物中最令人绝望抑郁的一幕。但此情此景对她产生的影响却刻骨铭心。她脑海里不由得浮现出这个人二十年前完整的形象。她能看见他衣服上头发上最细微的那些地方，还有他手里的鲜花和他手腕上的擦伤，还有他为了能像自由民一样说话从背上卸下来的重负。她能听见他的声音，既不粗野也不胆怯，绝不咄咄逼人，也不带丝毫歉意。他先是用书上学来的那些词儿恳求她，后来他越来越激情澎湃，变得语无伦次，嚷嚷着说她一定要相信他，一定要用爱回报他，一定要和他私奔到意大利去，他们会一直在那里生活，永远幸福，永远年轻。雷比小姐则是做了一位年轻淑女该做的事，大喊大叫，还说谢谢他，请别给她找难看了。现在人到中年，雷比小姐又喊了起来，因为突如其来的震惊和对比让她看清了一件事。"别以为我现在爱你！"她喊道。

因为她意识到，她只是到了现在才不爱他；她意识到二十年前山上发生的那件事，一直是她生命中很重要的一个瞬间——或许是最为重要的，必定是最为持久的；她意识到自己从那个瞬间汲取了不为人所知的力量和灵感，就像树木从地下泉水中汲取生命力一样。她再也没法把那个瞬间视为自己成长过程中一件有几分可笑的逸事。在那之后的许多年里，她取得了成功，获得了种种成就，可这全都不如那个瞬间来得真实，而且也正是那个瞬间成就了她的一切。她一向行为端方，表现如淑女般优雅，可她毕竟是爱过费奥的，而且后来再也没有那么热烈地爱过。一个放肆的小伙子曾把她带到天堂的门口，虽说她不愿意跟他一起走进去，但她永远记得当时的情景，这让生活似乎都变得可以忍受，变得美好了。

莱兰上校站在她旁边，不停地唠叨着面子名声什么的，想把这个局面淡化成寻常小事。他在拯救雷比小姐，因为他非常喜欢她，看到她犯傻只觉得痛心。可是她对费奥说的最后那句话把他吓坏了，他开始觉得必须拯救自己了。现在休息室里不止他们三个人了。办公桌后面的姑娘和那个小伙子屏着呼吸听他们谈话，搬运工们在嗤笑上司的尴尬处境。一位法国贵妇在客人中间传播着大家喜闻乐见的消息：有个英国人撞见妻子在跟旅馆的接待员谈情说爱。外面的观景露台上，一位母亲挥手赶走了自己的几个女儿。那位主教慢悠悠地做着去散步的准备。

可是雷比小姐对这一切浑然不觉。"我是多么无知啊！"她说，"到现在我才知道我爱过他，而且只是由于碰巧的缘故，闪过一个念头，忽发奇想什么的，我才从来没有把这事告诉过他。"

她的习惯是想到什么就说什么，眼下也没有什么激烈的情绪能干扰或者阻止她这么做。她依然超脱于现实之外，回望着山上的那团火，惊叹着那火光越来越耀眼，却因为离得太远而无法感受那火的炽热。可悲的是，她以为把自己的想法说出来就能让别人理解自己。而在莱兰上校听来，她的话简直粗俗得无以言表。

"可这些美好的想法是办不成事的，对不对？"她继续说着，转向费奥，费奥那副献殷勤的神情消失了，显得不知所措，"这些想法不足以让人安度晚年。我想我宁愿付出我所有的想象力，还有我所有的文学技能，只求再体验那么一次事实真相，补偿让我给毁掉的人，一个就行。"

"的确如此啊，女士。"他应声附和，低垂着眼睛。

"要是能在这里找到一个愿意理解我、听我忏悔的人，我想我心情就会好一些。我在沃塔村造成那么多伤害，亲爱的费奥……"

费奥抬起眼睛。莱兰上校用拐杖敲着拼花地板。

"……最后我就想我要跟你谈谈，说不定你能理解我。我记得你曾经对我非常亲切——没错，就是亲切，别的词都不合适。可是我也伤害了你啊，你怎么能理解呢？"

"女士，我完全理解。"接待员说。他已经恢复了一点镇定，决心结束这个烦人的场面。这一幕让他的名声岌岌可危，勾起了他的虚荣心，结果却是打回原形。"是你弄错了。你一点儿都没有伤害我。你让我得到了好处。"

"一点儿不错，"莱兰上校说，"这就是整个这件事的结论。雷比小姐造就了沃塔村。"

"太对了，先生。女士的书出版以后，外国人来了，旅馆建起来了，我们大家都有钱了。我刚来这儿的时候，只是个什么都不懂的小搬运工,替客人扛行李过山口。我干活,我找各种机会,我讨好客人……你看现在!"他突然打住了,"当然啦,我还是个穷人。我的老婆孩子……"

"孩子!"雷比小姐喊道,她突然看到了一条赎罪之路,"几个孩子?"

"三个宝贝小男孩。"他漠然答道。

"最小的多大了?"

"五岁,女士。"

"我来收养这个孩子吧,"她的语气令人肃然起敬,"我会抚养他长大。他会生活在富人当中。他会明白,富人并不像他想象的那么可恶,富人并不会总吵着要别人尊重他们、服从他们,也并不是总想用金钱来换取人们的尊重和服从。富人心地不坏,他们会同情也会爱;他们热爱真理;富人和富人相处的时候,也还是挺聪明的。你儿子会把这些都学到手,然后教你们也这样做。他长大以后,如果上帝待他仁慈,他还会去教富人,教他们别对穷人做蠢事。我自己一直在努力这样做,人们买我的书,说写得不错,然后笑笑就把书放下了。可是我知道:只要愚蠢还存在,那么不光我们的慈善机构、传教团体和学校起不了作用,我们的整个文明也起不了作用。"

这一番话听得莱兰上校痛心疾首。他再次尝试拯救雷比小姐。"我求你别……①"他用生硬的法语说,随即又打住了,因为他想到这个接待员肯定懂法语。可是费奥并没有注意听,当然他也没有注意听那位女士的预言。他正盘算着能不能说服妻子把最小的孩子送出去,如果能行的话,他们该向雷比小姐要多少钱才不至于招她反感。

"这样可以赦免我的罪过,"雷比小姐接着说,"只要能从我做了许多恶的地方带出来一点好的东西就行。我厌倦了回忆往事,尽管往事很美好。现在呢,费奥,我想跟你要点别的东西:一个现成的孩子。我总是会把你搞糊涂,这我也没办法。自从我们相遇以来,我改

---

① 原文为法语。

变了很多，我也改变了你。我们俩都是全新的人了。记住这一点，因为在分别之前我只想问你一个问题，我看不出你有什么理由不回答我。费奥！我要你认真听。"

"请原谅，女士，"接待员说，他刚从自己的盘算中回过神来，"有什么事我能为你尽力吗？"

"回答'是'或者'不是'：那天你说你爱上了我——是真的吗？"

费奥究竟能不能做出回答，眼下他对那天的事到底还有没有什么想法，这些都令人起疑。而实际上他根本就不想回答。他又一次看到的是，这个丑陋干瘪的老女人在威胁他，想毁掉他的名声，让他家无宁日。他朝莱兰上校那边退缩着，结结巴巴地说："女士，请你一定要原谅我，我想你还是不要跟我妻子见面为好，她凶得很。你对我的小儿子非常仁慈，可是，女士，不行啊，我妻子绝对不会同意的。"

"你侮辱了一位女士！"莱兰上校高叫着，以骑士风度冲上前去，准备发起攻击。身后大厅里传来人们的惊叫声，那里面有恐惧也有期待。有人跑去找经理。

雷比小姐挡在他们俩人中间说："他永远不会认为我值得尊敬了。"她看了看狼狈不堪的费奥：身材肥胖，大汗淋漓，毫无吸引力。然后颇为伤感地笑了，笑的是自己的愚蠢，而不是他的愚蠢。再跟他说什么都没用了，她刚才的话已经把他的能干和礼貌都吓跑了，几乎什么都没剩下。他现在简直不像个人，而像一只胆战心惊的兔子。"可怜的人，"雷比小姐喃喃地说，"闹了半天，我只是给他找了个大麻烦。可我真希望他能把孩子给我。我也很希望他能回答我的问题，哪怕只是出于怜悯呢。我为什么而活着，他不懂。"她转向莱兰上校，这才发现他的神色也很不安。她的一个特点就是，只能注意到她说话的对象，而忘记了旁边听的人具有什么样的个性。"我也给你找麻烦了，我真傻啊。"

莱兰上校脸色阴沉地说："现在才想到我，有点晚了吧。"

雷比小姐想起了他们昨天的谈话，立刻明白了他的意思。可是对他，她既不想认真解释，也没有温柔的怜悯。眼前的这个人，出身高贵，受过良好的教育，拥有人们所说的一切有利条件，他认为自己极具洞察力和文化修养，深谙人性。然而莱兰上校已经证明，他在精神层面上其实和费奥完全处于同一水平，而费奥并不具备任何有利条件，不光穷，还让生活给逼成了鄙俗之人，世事摧毁了他早年的美德，他的男子气概和质朴本性也在服侍富人的过程中丧失殆尽。如果莱兰上校也认为她现在还爱着费奥，她可不打算劳心费力去消除他的误会。而且她会发现，实际上这个误会她也消除不了。

山谷越来越暗，从那里传来了钟楼敲响的第一个强音。雷比小姐心中爱意涌动，从俩人身边走开，朝钟楼的方向看去。可是这一天非要粉碎了所有的希望才会结束。钟声让费奥找到了话头，在山谷发出的回响中他说："先生，你说这是不是很倒霉？今天早晨有位绅士去看了我们漂亮的新钟楼，他认为地基下的山体正在下滑，钟楼会倒掉。当然啦，这对我们山上的人不会有什么影响。"

他的话起了作用。一团混乱的场面突然平静地结束了。雷比小姐趁他们没注意，拿起她的《贝德克尔旅游指南》①离开了，没有表现出丝毫的悲伤。在最后挫败的那一瞬间，蒙上天所赐，她看见了自己的一生，她发现自己活得很有价值。她意识到自己战胜了经验，战胜了尘世间的现实，这个胜利辉煌而冷酷，几乎无关人性，除了她自己，没人会想到还有这样一场胜利。她站在观景露台上，俯瞰着山谷里渐渐消逝而且也极易消逝的美丽。虽然她对这里的热爱依然如故，但眼前的一切似乎无限遥远，就像是天边一颗星星上的山谷一样。在那个瞬间，即便旅馆里有亲切的声音呼唤她，她也不会转身离去。她心想："我想这就是衰老吧。衰老也没那么可怕。"

结果并没有人呼唤雷比小姐。莱兰上校本想喊她回来，他知道她肯定很不开心。可是她把他伤得太狠了，居然向另一个阶层的男人坦露自己的心思和欲望。这么做不仅让雷比小姐自己丢了脸，也让莱兰

---

① 卡尔·贝德克尔（Karl Baedeker, 1801—1859），德国出版商，以出版旅行指南著称。

上校及其所有同类颜面尽失。她当着外人让他们露出了本相。

客人们纷纷走进来，准备换衣服去吃晚餐，听音乐会。大厅中拥出一群兴奋的侍者，渐渐站满了休息室，就像歌剧团的合唱队员站满了舞台，昭告诸位经理来了。现在要装作什么事都没有已经不可能了。丑闻会闹得很大，现在必须尽可能大事化小。

莱兰上校不喜欢触摸别人，可他还是拉住费奥的胳膊，然后很快举起一根手指放在自己的额头上 ①。

"没错，先生，"接待员低声说，"当然了，我们都懂——噢，谢谢你，先生，非常感谢，真是太感谢了！"

---

① 指某人疯了或者脑子有毛病。

译后记

爱德华·摩根·福斯特最为人津津乐道的作品是《天使不敢涉足的地方》《看得见风景的房间》《霍华德庄园》《印度之行》等几部长篇小说和文学评论专著《小说面面观》，他的短篇小说虽较少被人评论与提及，却是福斯特本人相当看重的创作。在为这些短篇小说结集出版所写的序中，他开篇即言，这些幻想小说是他在第一次世界大战前的不同时期创作的，代表着他在一个特定领域的全部成就。

福斯特早年创作的幻想小说的确不同寻常。他的小说不是天马行空的构想，而是非常接近现实。他在日常生活的场景中巧妙注入《圣经》典故和古希腊罗马神话，构建出既现实又奇幻的世界，让人物游走在现实与幻想之间，展现了他丰富的想象力和深厚的创作功力。比如：小男孩乘坐马车穿行在伦敦的街道中，同时马车又踏着月光彩虹驶向天国（《天国的公车马车》）；助理牧师在荒原上讨好心仪的姑娘，而农牧神法翁就在他的左右喋喋不休地耳语着，弄得他痛失姑娘的欢心（《助理牧师的朋友》）；年轻姑娘伊芙琳在林中漫步，转瞬之间就不见了踪影，似乎化身为树木，终于摆脱了庸俗的丈夫（《另类王国》）；在单调沉闷的公路上，疲惫的徒步旅行者跌入了树篱的另一边，却发现自己进入的是安静祥和的天堂（《树篱的另一边》）；一生仁慈且刚正虔诚的安德鲁斯先生竟然跟一个残酷放荡的异教徒在天堂门口相遇，他们一起携手走进天堂，后来又结伴离开了天堂（《安德鲁斯先生》）。有意思的是，福斯特笔下的天堂既不美好，也不圣洁。旅行者跌入的天堂纵景景色美丽，却全无生机，仿佛是座监狱，只教人想快快逃离；安德鲁斯先生进入的天堂里不乏形形色色既贪婪又丑恶的神，分明折射着人世间的虚伪与丑陋。福斯特这些貌似离奇甚至荒诞的故事表明他并不迷信，无论是对宗教还是对神灵。

与此相对的是，福斯特相信人，相信人与人之间真诚、平等又自由的交流。在《永恒的瞬间》中，雷比小姐认为自己年轻时与搬运工的真挚交往是一生中最美好的时光，这个瞬间不仅成就了她小说家的名声，也成为她后来对抗平庸生活的力量，是她心底里的生命火花。在《协同》中，校长与哈顿小姐和女学生们坦诚而平等的对话，消解了彼此间的紧张与不睦，让她们共同度过了愉快的时光。《惊魂记》中的男仆詹纳罗只对小男孩尤斯塔斯关爱有加，因为众人中只有尤斯塔斯待他平等而且真诚。

这些短篇小说中最令人惊叹的是《大机器停转》。一百多年前福斯特就已经预见了机械自动化、视频通话、电子邮件、升降电梯、飞船等现代科技产品，表现出他惊人的前瞻性眼光。在福斯特描绘的未来世界里，人们生活在地下，因为地面上已经无法生存。人们各自居住在蜂巢似的斗室中，生活完全依赖于无处不在的各种机器装置，人与人之间只是通过语音或视频通话产生联系。人们对机器顶礼膜拜，接受机器给予的一切，丧失了探求外部世界的欲望，身体机能日渐萎缩，个性泯灭，逐渐沦为机器的奴隶。福斯特所描绘的世界似乎与我们今天的世界有几分相似。我们许多人不就是"宅"在室内，沉溺于电脑或者智能手机的世界里，为更加复杂的电子设备所包围、所奴役吗？不可否认，科学技术的进步是人类社会发展的必然趋势，一定会有更多的电子产品出现在我们的生活中。但是福斯特对人类不要远离大自然、不要被机器所主宰的告诫，对现世仍然具有警示意义，不可忽视。

有人说电影是遗憾的艺术，文学翻译何尝不是呢？没有哪个译本尽善尽美，总是有许多可以改进和完善的地方，这也是经典重译的意义所在。从提笔开始翻译到最终交稿，其间经历了无数次的反复修改及校审，这里面的酸甜苦辣，非亲历者是难以体会的。更何况，名著重译，前辈的译本已经珠玉在前，后出的译本必然会接受更加严苛的比较和评判。"读书须用意，一字值千金"，本书译者深感于心。翻译过程中，我们一直如履薄冰，希望能够不囿于字面的对应，竭力贴切通畅地再现作者的思想和语言风格。译者最大的心愿是用不同的语言再现经典，不辜负人们对经典重译的期望，奈何落在字里行间时，总是深感才疏学浅，捉襟见肘。在此也恳请各位读者不吝指正。

译者谨记

2020 年 11 月